W0287943

10|18

12, avenue d'Italie — Paris XIII^e

*Du même auteur*
*dans la collection 10/18*

MORT D'UNE GARCE, n° 2557
BIJOUX DE FAMILLE, n° 2558
LE SECRET DE L'ANNEXE 3, n° 2608
A TRAVERS BOIS, n° 2675
LES FILLES DE CAÏN, n° 2700
LE DERNIER BUS POUR WOODSTOCK, n° 2746
MORT À JÉRICHO, n° 2809

# PORTÉE DISPARUE

PAR

COLIN DEXTER

Traduit de l'anglais
par Elisabeth LUC

1018

INÉDIT

*« Grands Détectives »*
*dirigé par Jean-Claude Zylberstein*

Si vous désirez être régulièrement tenu au courant de nos publications, écrivez-nous en nous précisant le titre de l'ouvrage dans lequel est insérée cette annonce ainsi que votre âge :

Éditions 10/18
12, avenue d'Italie
75627 Paris Cedex 13

Titre original :
*Last Seen Wearing*

© 1977 Colin Dexter
© Union générale d'Éditions, 1996
pour la traduction française
ISBN 2-264-02355-4

Pour J.C.F.P. et J.G.F.P.

Les personnages et les événements de ce roman sont imaginaires. Toute similitude avec des personnes existantes ou ayant existé serait purement fortuite.

# PROLOGUE

## Quai n° 1

Il était assez content de lui. Bien sûr, c'était difficile à dire avec certitude, mais tout de même, il était assez content de lui. Son esprit retraça aussi précisément que possible les événements de la journée : les questions du comité de sélection, classiques et stupides, ses propres réponses, pensées avec prudence et, il le savait, bien tournées. Tandis qu'il attendait, un sourire se dessina sur ses lèvres à la fois fermes et pleines de bonhomie. Il y avait eu deux ou trois échanges particulièrement satisfaisants. Il se rappelait l'un d'eux presque mot pour mot.

— Vous ne pensez pas être un peu jeune pour ce poste ?

— Eh bien, oui. Ce sera une lourde tâche, et je sais qu'il y aura des moments, si toutefois vous décidez de m'accorder ce poste, bien sûr, où j'aurai besoin de l'avis d'esprits plus mûrs et plus sages (plusieurs têtes plus mûres et plus sages opinèrent d'un air grave en signe d'approbation). Mais si mon jeune âge joue contre moi, je n'y peux rien, j'en ai bien peur. Tout ce que je puis dire, c'est que c'est un défaut qui passera avec le temps.

Ce n'était même pas original. C'est l'un de ses anciens collègues qui lui avait raconté cette histoire en affirmant qu'elle était de lui. Toutefois, c'était une histoire efficace. A en juger par l'hilarité maîtrisée et les murmures approbateurs des treize membres du comité de sélection, aucun ne la connaissait.

Hum...

Un sourire discret effleura de nouveau ses lèvres. Il consulta sa montre. 19 h 30. Il pourrait certainement prendre le train de 20 h 35 à Oxford, pour arriver à Paddington à 21 h 42, puis se rendre à la gare de Waterloo. Il serait peut-être chez lui pour minuit. Avec un peu de chance il y arriverait, mais quelle importance ? C'étaient sans doute ces deux doubles whiskies qui le rendaient euphorique, confiant, qui lui procuraient cette impression d'être en totale harmonie avec la musique des sphères célestes. Il sentait qu'on allait lui proposer ce poste, un point c'est tout.

On était en février. Six mois de préavis... Il compta sur des doigts : mars, avril, mai, juin, juillet, août. Pas de problème. Il avait le temps.

Son regard balaya distraitement les élégants pavillons qui bordaient le trottoir opposé. Quatre chambres, des jardins assez grands. Il achèterait l'une de ces serres préfabriquées et ferait pousser des tomates et des concombres, comme Dioclétien... à moins que ce ne soit Hercule Poirot ?

Il recula sous l'abri en bois pour se protéger du vent glacial. Il recommençait à bruiner. De temps à autre passait une voiture. La route étincelait sous les lampadaires orange... certes, il y avait eu un petit hic quand ils l'avaient interrogé sur son bref passage dans l'armée.

— Vous n'avez pas été nommé officier, n'est-ce pas ?

— Non.

— Pour quelle raison, selon vous ?

— Je pense que je n'étais pas à la hauteur. Pas à l'époque. Le grade d'officier requiert certaines qualités (il commençait à perdre pied, continue à parler, dis n'importe quoi). Et, heu... enfin, je ne les ai pas convaincus. A la même période, des hommes très compétents ont été incorporés, des hommes bien plus sûrs d'eux et bien plus compétents que moi.

Restons-en là. Modeste.

Un ex-colonel et un ex-major hochèrent la tête d'un air approbateur. Deux voix de plus, probablement.

C'était toujours la même chose lors de ces entretiens d'embauche. Il fallait se montrer aussi honnête que possible, mais d'une façon malhonnête. La plupart de ses camarades de l'armée avaient fait leurs études dans des écoles privées, ils étaient sûrs d'eux et s'exprimaient avec l'aisance qui allait de pair. Des sous-lieutenants, des lieutenants, des capitaines. Ils avaient fait valoir leur droit naturel et avaient été honorés en conséquence (en temps utile). Au fil des ans, il était devenu quelque peu envieux. Lui aussi avait été élevé dans une école privée...

Les bus ne semblaient pas passer fréquemment. Il commençait à se demander s'il aurait le train de 20 h 35. Il regarda au loin dans la rue bien éclairée avant de reculer une nouvelle fois sous l'abri, dont les panneaux en bois étaient naturellement couverts de graffiti et d'inscriptions d'une indécence variable. L'incontournable Kilroy avait visité ce haut lieu au cours de ses pérégrinations, et plusieurs traînées locales clamaient à leurs clients potentiels leurs inclinations nymphomanes. Enid aimait Gary et Dave aimait Monica. Plusieurs citations concernant l'équipe d'Oxford United exprimaient la colère exaltée des amateurs de football du coin : le panégyrique et l'urine. Tous les fascistes étaient priés de rentrer chez eux sur-le-champ et il fallait libérer l'Angola, le Chili et l'Irlande du Nord. On avait aussi brisé une vitre. Des éclats de verre scintillaient çà et là parmi les épluchures d'orange, les paquets de chips vides et les canettes de Coca-Cola. Ah, les ordures ! Comme elles l'épouvantaient. L'obscénité des détritus le mettait bien plus en colère que celle d'une certaine littérature. S'il devenait principal de ce lycée, il ferait passer des lois draconiennes sur les ordures. Même dans le cadre de son travail, il pourrait faire quelque chose contre les ordures. Enfin, s'il obtenait le poste...

Allez, le bus, dépêche-toi. 19 h 45. Peut-être valait-il mieux passer la nuit à Oxford ? Cela ne serait pas grave. S'il fallait accorder la liberté à l'Angola et tout le reste, pourquoi pas à lui ? Cela faisait longtemps qu'il n'avait pas dormi loin de chez lui. Mais il ne perdait rien. Il y gagnait, en fait, car les frais de déplacement étaient extrêmement généreux. Tout cela avait dû coûter un sacré paquet aux autorités locales. Ils étaient six candidats sélectionnés, dont un originaire d'Inverness ! Mais celui-là ne serait certainement pas retenu. C'était une drôle d'expérience, tout de même, de rencontrer des gens comme ça. En effet, on ne pouvait pas se permettre d'être trop amical, comme dans un concours de beauté. Tout sourire par-devant et coups de griffes par-derrière.

Un autre souvenir resurgit à sa mémoire.

— Si vous êtes retenu, quel sera selon vous votre plus grand cauchemar ?

— Le gardien, je suppose.

Il fut stupéfait des éclats de rire provoqués par cette remarque innocente. C'est ensuite seulement qu'il découvrit que le titulaire de la sinécure était un ogre extraordinairement obstiné, au mauvais caractère notoire, secrètement redouté de tous.

Oui, il obtiendrait ce poste. Et son premier triomphe tactique serait le licenciement en grande cérémonie de ce gardien si cruel, avec l'approbation unanime des membres du conseil d'administration, du personnel et des élèves. Ensuite, les ordures. Et ensuite...

— Vous attendez le bus ?

Il ne l'avait pas vue arriver de l'autre côté de l'abri. Sous son chapeau de pluie en plastique, des gouttelettes tombaient de ses sourcils épilés avec soin. Il hocha la tête.

— Il n'y en a pas très souvent, on dirait.

Elle s'approcha de lui. Une jolie fille. Aux jolies lèvres. Difficile de lui donner un âge. Dix-huit ans ? Peut-être même moins.

— Il ne devrait pas tarder.

— Voilà une bonne nouvelle.

— Ce n'est pas une très belle soirée.

— Non.

Voilà qui ressemblait à une réponse quelque peu méprisante. Il avait envie de continuer la conversation et se demanda quoi dire. Autant bavarder plutôt que d'attendre en silence. De toute évidence, sa compagne pensait de même mais se montra plus habile.

— Vous allez à Oxford ?

— Oui. J'espère prendre le train de 20 h 35 pour Londres.

— Pas de problème.

Elle déboutonna son imperméable en plastique scintillant et secoua la pluie. Elle avait des jambes fines, presque osseuses, mais bien proportionnées. Des pensées très douces et vaguement érotiques lui montèrent à l'esprit. Ce devait être le whisky.

— Vous habitez Londres ?

— Non, Dieu merci. Je vis dans le Surrey.

— Vous allez faire tout ce chemin ce soir ?

Allait-il le faire ?

— Ce n'est pas loin, en fait, une fois qu'on a traversé Londres.

Elle ne dit mot.

— Et vous, reprit-il. Vous allez à Oxford ?

— Ouais. Y a rien à faire, ici.

Elle devait être jeune. Leurs regards se croisèrent et se soutinrent un moment. Elle avait une bouche superbe. D'accord, ce n'était qu'une brève rencontre sous un abri de bus, mais c'était agréable. Un tout petit peu trop, peut-être.

— Je suppose qu'il y a un tas de choses à faire dans cette grande ville cruelle qu'est Oxford, déclara-t-il avec un sourire franc.

— Ça dépend de ce qu'on cherche, répondit-elle avec un regard pétillant.

Avant qu'il puisse s'assurer de ce qu'elle voulait ou quels plaisirs extra-muros la vieille ville universitaire pouvait encore offrir, un autobus rouge à impériale se présenta à l'arrêt, éclaboussant d'une boue brunâtre ses chaussures noires cirées avec soin. Les portes automatiques s'ouvrirent avec fracas et il s'effaça pour laisser monter la jeune fille. Saisissant la rampe de l'escalier qui menait à l'étage, elle se retourna :

— Vous montez ?

Le bus était vide. Elle s'assit sur le siège arrière et

lui fit un clin d'œil, l'invitant à s'asseoir. Il n'avait ni la possibilité ni l'envie de s'installer ailleurs qu'à côté d'elle.

— Vous avez des cigarettes ?

— Non, désolé, je ne fume pas.

N'était-elle qu'une vulgaire fille facile ? Elle se comportait presque comme telle. Pour elle, il devait incarner le vrai citadin, avec son costume sombre impeccable, sa chemise blanche toute neuve, sa cravate de Cambridge, son épais pardessus bien coupé et sa mallette de cuir. Elle s'attendait peut-être à quelques consommations coûteuses dans un bar de luxe. Eh bien, si tel était le cas, elle allait au-devant d'une grande déception. Elle n'obtiendrait rien de plus que quelques kilomètres dans le bus numéro deux. Pourtant, il éprouvait pour elle une attirance à la fois contenue et magnétique. Elle ôta son chapeau de pluie en plastique transparent et secoua sa longue chevelure châtain, qui semblait douce et soignée.

Un receveur fatigué gravit péniblement l'escalier et se posta devant eux.

— Deux pour Oxford, s'il vous plaît.

— Où, au juste ? demanda-t-il d'un ton bourru.

— Heu... Je vais à la gare...

— Deux pour la gare, s'il vous plaît, dit la jeune fille à sa place.

Le receveur actionna machinalement son tourniquet et disparut d'un air déprimé.

C'était totalement inattendu. Il fut pris de court. Elle passa un bras sous le sien et serra doucement son coude contre son corps moelleux.

— Il doit croire qu'on va au cinéma, déclara-t-elle en gloussant gaiement. En tout cas, merci d'avoir payé le ticket.

Elle se tourna vers lui et l'embrassa gentiment sur la joue, de ses lèvres sèches et douces.

— Vous ne m'aviez pas dit que vous alliez à la gare.
— En fait, je n'y vais pas.
— Vous allez où, alors ?
— J'en sais rien, fit-elle en s'approchant de lui.
L'espace d'un instant horrible, la pensée lui traversa l'esprit qu'elle puisse être un peu attardée. Mais non. Il était même certain qu'elle appréciait bien mieux la situation que lui-même. Pourtant, il fut presque soulagé quand ils atteignirent la gare. 20 h 17. Un peu plus d'un quart d'heure avant le départ du train.
Ils descendirent et restèrent quelques instants silencieux sous le panneau indiquant le buffet. La bruine persistait.
— Et si nous prenions un verre ? proposa-t-il d'un ton léger.
— Je veux bien un Coca.
Il fut surpris. Pour une fille en quête d'un homme, c'était un choix étrange. La plupart des femmes de son espèce auraient sûrement opté pour un gin ou une vodka ou quelque chose de plus fort que du Coca. Qui était-elle ? Que cherchait-elle ?
— Vous êtes sûre ?
— Oui. Je ne bois pas beaucoup.
Ils entrèrent au buffet où il commanda un double whisky, un Coca pour elle et un paquet de Benson & Hedges.
— Tenez.
L'air sincèrement reconnaissant, elle alluma vite une cigarette et but son verre à petites gorgées. Le temps passait. La grande aiguille de l'horloge descendait inexorablement vers la demie.
— Bon, je ferais mieux d'aller sur le quai.
Il hésita un moment puis prit sa mallette sous le

siège. Enfin il se tourna vers elle et leurs regards se croisèrent de nouveau.

— J'ai été ravi de vous rencontrer. Peut-être nous reverrons-nous un jour.

Il se leva et baissa les yeux vers elle. A chaque nouveau regard il la trouvait plus attirante.

— J'aimerais bien faire des bêtises avec vous, pas vous ?

Mon Dieu, oui. Bien sûr que oui. Il avait le souffle court. Soudain, il sentit sa bouche se dessécher. Le haut-parleur annonça que le train de 20 h 35 se présentait quai n° 1 et qu'il s'arrêterait à Reading et Paddington uniquement. Les passagers à destination de... Mais il n'écoutait plus. Tout ce qu'il avait à faire, c'était admettre qu'il aurait aimé cela, puis lui adresser un gentil sourire avant de franchir la porte du buffet, à quelques mètres à peine, et de se diriger vers le quai n° 1. Dans les mois et les années qui suivirent, il allait se reprocher amèrement de ne pas l'avoir fait.

— Mais où pourrions-nous aller? demanda-t-il presque malgré lui.

Le col des Thermopyles venait d'être franchi et l'armée perse s'y engouffrait déjà.

# CHAPITRE PREMIER

« L'enseigne de beauté
est encore cramoisie sur tes lèvres, tes [joues
Et le pâle drapeau de la mort n'est pas [avancé. »

SHAKESPEARE, *Roméo et Juliette*, acte V

Trois ans et demi plus tard, deux hommes étaient réunis dans un bureau.

— Voilà le dossier. Il y a de quoi faire.

— Mais il n'est pas allé bien loin, c'est ça ? fit Morse, que toute l'affaire semblait rendre cynique.

— Peut-être qu'il n'y avait pas très loin à aller.

— Vous voulez dire qu'elle aurait tout simplement fichu le camp ?

— C'est possible.

— Mais que voulez-vous que je fasse ? Ainley n'a pas réussi à la retrouver.

Le surintendant Strange ne répondit pas tout de suite. Son regard passa au-dessus de Morse pour se poser sur des boîtes d'archives rouges et vertes sagement alignées sur les étagères.

— Non, dit-il enfin. Non, il ne l'a pas retrouvée.

— Et il était sur l'affaire depuis le tout début.

— Depuis le tout début, répéta Strange.

— Et il n'est arrivé nulle part.

Strange ne dit rien.

— Ce n'était pas un imbécile, insista Morse.

Qu'est-ce que cela pouvait bien faire, d'ailleurs ? Une fille part de chez elle et on ne la revoit plus jamais. Et alors ? Des centaines de filles font la même chose. La plupart écrivent à leurs parents au bout de quelque temps, dès que leur enthousiasme est retombé et qu'elles n'ont plus un sou. Certaines ne rentrent pas au bercail. D'accord. Certaines ne rentrent jamais. Et ceux qui les attendent, seuls, ont le cœur serré à chaque nouvel an. Non. Quelques-unes ne rentrent jamais à la maison... jamais.

— Vous reprenez l'enquête ? demanda Strange en l'interrompant dans ses sombres pensées.

— Écoutez, si Ainley...

— Non, c'est vous qui allez m'écouter ! coupa Strange d'un ton sec. Ainley était un bien meilleur policier que vous ne le serez jamais, bordel ! En fait, si je vous demande de reprendre l'enquête, c'est justement parce que vous n'êtes pas un très bon policier. Vous êtes trop farfelu. Vous êtes trop... je ne sais pas.

Mais Morse comprenait. Dans un sens, cela aurait dû lui faire plaisir. Peut-être cela lui faisait-il plaisir. Mais l'affaire remontait à deux ans. Deux années entières !

— Le dossier est froid, à présent, monsieur. Vous devez le savoir. Les gens oublient. Certains ont besoin d'oublier. Deux ans, c'est long.

— Deux ans, trois mois et deux jours, corrigea Strange.

Morse posa le menton dans sa main droite et se frotta le nez avec l'index. Ses yeux bleus regardaient fixement par la fenêtre ouverte sur la cour bitumée. Çà et là poussaient des touffes d'herbe. C'était incroyable. De l'herbe jaillissant du béton. Comment était-ce possible ? Voilà un bon endroit pour cacher un cadavre. Sous le béton. Il suffisait de...

— Elle est morte, affirma soudain Morse.

— Qu'est-ce qui vous fait dire cela ? demanda Strange en levant les yeux vers lui.

— Je ne sais pas. Quand on ne retrouve pas une fille au bout de tout ce temps, eh bien, à mon avis, c'est qu'elle est morte. C'est assez difficile de cacher un cadavre, mais ça l'est encore plus de cacher un être vivant. Je veux dire qu'un être vivant se lève, se promène, rencontre d'autres personnes, non ? Non. A mon avis, elle est morte.

— C'est aussi ce que pensait Ainley.

— Et vous étiez de son avis ?

Strange hésita un instant.

— Oui, j'étais de son avis, admit-il en hochant la tête.

— Il considérait le dossier comme une affaire de meurtre, alors ?

— Pas officiellement. Il le considérait comme ce qu'il était. Une recherche de personne disparue.

— Et officieusement ?

Strange hésita de nouveau.

— Ainley est venu me voir plusieurs fois à propos de ce dossier. Il était, disons, troublé. Il y avait certains aspects qui le... qui l'inquiétaient beaucoup.

Morse consulta discrètement sa montre. 17 h 10. Il avait une place pour *La Walkyrie*, par l'Opéra National au New Theatre. Le spectacle commençait à 18 h 30.

— Il est 17 h 10, déclara Strange.

Morse se sentit coupable comme un écolier surpris par son professeur en train de bâiller. L'école. Oui, Valerie Taylor était lycéenne. Il l'avait lu dans le dossier. Dix-sept ans et des poussières. Mignonne, à n'en pas douter. Plus que probablement fascinée par la grande ville. La folie, le sexe, la drogue, la prostitution, le crime, puis le caniveau. Et enfin, le remords. Tout le monde finit par avoir des remords. Et après ? Pour la première fois depuis qu'il était assis dans le bureau de Strange, Morse sentit son cerveau se mettre en marche. Qu'était-il arrivé à Valerie Taylor ?

Il entendit Strange parler à nouveau, comme pour répondre à ses pensées.

— A la fin, Ainley commençait à se dire qu'elle n'avait jamais quitté Kidlington.

— Je me demande ce qui lui a fait penser cela, fit Morse en relevant la tête.

Il parlait doucement, les nerfs à fleur de peau. La vieille sensation familière le reprenait. L'espace d'un instant, il en oublia même *La Walkyrie*.

— Comme je vous l'ai dit, c'est un dossier qui inquiétait Ainley.

— Vous savez pourquoi ?

— Vous avez le dossier.

Un meurtre ? Voilà qui était davantage dans ses cordes. Quand Strange lui avait exposé l'affaire, il avait d'abord cru qu'il l'invitait à reprendre l'une de ces enquêtes ingrates, peu concluantes, interminables, où il fallait chercher une aiguille dans une botte de foin : souteneurs et prostituées, rackets et racketteurs louches, rue sordides et hôtels borgnes à Londres, Liverpool, Birmingham. Pouah ! Procédures, vérifications, revérifications. Rien. On repart à zéro. *Ad infinitum.* Mais son visage commençait à s'illuminer. De toute façon, Strange aurait toujours le dernier mot. Mais un petit instant. Pourquoi maintenant? Pourquoi ce vendredi 12 septembre, deux ans, trois mois et deux jours (non?) après que Valerie Taylor eut quitté son domicile pour retourner en classe? Il fronça les sourcils.

— Il a dû se passer quelque chose.

— Oui, admit Strange en hochant la tête.

Enfin, une bonne nouvelle. Attention, misérable pécheur, qui que tu sois, qui as tué la pauvre Valerie! Il demanderait à faire équipe une fois de plus avec le sergent Lewis. Il aimait bien Lewis.

— Et je suis sûr, reprit Strange, que vous êtes l'homme de la situation.

— C'est gentil à vous de le dire.

— Il y a encore quelques minutes, cela n'avait pourtant pas l'air de vous enchanter, déclara Strange en se levant.

— Pour vous dire la vérité, monsieur, je pensais que vous alliez me demander de reprendre l'une de ces pénibles affaires de disparition de mineure.

— C'est exactement ce que j'ai l'intention de faire, répondit Strange d'un ton soudain plus autoritaire. Et je ne vous le demande pas, je vous l'ordonne.

— Mais vous avez dit...

— C'est vous qui l'avez dit. Pas moi. Ainley avait tort. Il avait tort parce que Valerie Taylor est tout ce qu'il y a de plus vivant.

Il se dirigea vers son placard à dossiers et l'ouvrit. Il en sortit un petit rectangle de papier à lettres bon marché agrafé à une enveloppe marron tout aussi bon marché qu'il tendit à Morse.

— Vous pouvez les toucher. Pas d'empreintes. Elle a enfin écrit à ses parents.

L'air penaud, Morse baissa les yeux sur trois brèves lignes d'un gribouillis souillon et inculte :

« Chers maman et papa,

« Je voulais juste vous dire que tout va bien. Ne vous inquiétez pas. Désolée de ne pas avoir écrit plus tôt, mais tout va bien.

« Bons baisers, Valerie. »

La lettre ne donnait aucune adresse.

Morse ôta le trombone. Le cachet de la poste indiquait le mardi 2 septembre, London, EC4.

# CHAPITRE II

« Siège cher à Wagner. »

Définition de mots croisés

A la gauche de Morse était assis un homme très corpulent qui n'était arrivé que quelques minutes avant le début du spectacle. Il s'était frayé un passage dans la rangée J comme un poids lourd gigantesque négociant un pont très étroit, en marmonnant une série de « merci » au fur et à mesure que les personnes qui entravaient sa progression se levaient et se plaquaient contre leurs sièges relevés. Quand il eut enfin installé sa carcasse à côté de Morse, il avait le front en sueur et haletait comme une baleine échouée.

De l'autre côté était installée une jeune femme sage à lunettes, vêtue d'une longue robe pourpre. Elle tenait sur ses genoux un épais livret de l'opéra. En s'asseyant, Morse avait accompagné son « bonsoir » d'un signe de tête poli, mais les lèvres de la jeune femme ne s'étaient entrouvertes que furtivement avant de reprendre une froideur pincée de rigueur. Mona Lisa constipée, se dit Morse. Il avait connu compagnie plus gaie.

Mais, une fois encore, il allait pouvoir savourer cet opéra magnifique. Il songea au sublime duo d'amour de l'acte I en espérant que le Siegmund de ce soir saurait maîtriser ce noble morceau de ténor, l'un des plus émouvants (et exigeants) de toute grande œuvre d'opéra. Le chef d'orchestre s'avança devant ses musiciens, monta sur l'estrade et accueillit suavement les applaudissements du public. Les lumières se tamisèrent. Morse s'installa confortablement avec une délicieuse impatience. Les quintes de toux cessèrent petit à petit avant de s'arrêter. Le chef d'orchestre leva sa baguette. *La Walkyrie* commençait.

Au bout de deux minutes, Morse perçut un mouvement à sa droite qui l'empêchait de se concentrer. Jetant un coup d'œil, il remarqua que Mona Lisa avait sorti une lampe de poche de quelque part et s'en servait pour parcourir la partition en faisant bruire les pages. Sans qu'il sût pourquoi, en voyant cette lumière, Morse pensa à un phare. Qu'importe. Elle allait sans doute tout ranger dès que le rideau se lèverait. Mais c'était tout de même un peu agaçant. Et il faisait chaud dans le New Theatre. Ne ferait-il pas mieux d'ôter sa veste ? Il se rendit aussitôt compte qu'un autre spectateur venait quant à lui de prendre une décision franche à ce sujet et la mettait en application avec infiniment plus de difficulté qu'un Houdini vieillissant se serait extirpé d'une camisole de force. Au milieu des « chut » et des claquements de langue de plus en plus insistants, le gros homme vit ses efforts monumentaux enfin récompensés et se leva lourdement pour enlever le vêtement importun de sous lui. Le siège se rabattit alors bruyamment contre le dossier. Il le replaça en position horizontale, provoquant un grincement quand sa lourde charge le fit sombrer de nouveau. Encore quelques « chut » et des claquements de langue et ce fut la fin bienvenue des hostilités dans la rangée J, que, selon l'âme sensible de Morse, seule la lumière clignotante du phare de la dame à la lampe venait troubler. Les wagnériens étaient décidément des gens bizarres !

Morse ferma les yeux et se laissa enfin submerger par les célèbres accords. Un vrai bonheur...

L'espace d'un instant, le policier crut que le coup qu'il venait de recevoir dans les côtes annonçait quelque déclaration de la plus haute importance, mais la gigantesque carcasse installée à côté de lui ne luttait que pour sortir son mouchoir des profondeurs de la poche de son pantalon. Dans la bataille qui s'ensuivit, le revers de Morse parvint à se faire happer. Les maigres efforts qu'il fit pour se libérer furent gratifiés d'un regard sombre et sec de Florence Nightingale[1].

A la fin du premier acte, Morse était au trente-sixième dessous. Siegmund croassait de plus belle, Sieglinde transpirait abondamment et un jeune philistin assis derrière le policier ne cessait de faire du bruit avec son paquet de bonbons. Au cours du premier entracte, Morse se replia vers le bar. Il commanda un whisky, puis un autre. Quand la sonnerie annonça le début de l'acte II, il en commanda un troisième. La jeune fille qui était assise juste derrière lui au cours du premier acte put jouir d'une vue bien dégagée pendant tout l'acte II, ainsi que l'acte III. A ce moment-là, son deuxième sachet de Maltesers, froissé, rejoignit le premier sur le sol.

1. Florence Nightingale : infirmière britannique du siècle dernier ayant organisé la formation du personnel hospitalier.

En vérité, ce soir-là, Morse n'aurait jamais pu s'abandonner tout à fait à un plaisir non frelaté, même dans les circonstances les plus propices. Toutes les deux minutes, son esprit revenait sur la conversation qu'il avait eue avec Strange, dans l'après-midi, puis sur Ainley. Surtout sur le divisionnaire Ainley. En fait, il ne le connaissait pas très bien. Un type plutôt réservé. Sympathique sans jamais être amical. Un solitaire. D'après les souvenirs de Morse, ce n'était pas un homme très intéressant. Réservé, prudent, légaliste. Marié, sans enfants. Et il avait perdu toute occasion d'en avoir, car il était mort. Selon un témoin oculaire de son accident, c'était en grande partie de sa faute. Il avait voulu dépasser une voiture sans se rendre compte qu'une BMW approchait à grande vitesse dans la file de droite, sur la M40, à la hauteur de High Wycombe. Par miracle, il n'y avait pas eu de blessés graves. A part Ainley qui était mort, bien sûr. Cela ne lui ressemblait pas, à Ainley. Il devait avoir la tête ailleurs... Il s'était rendu à Londres dans sa voiture personnelle pendant ses heures de repos, onze jours plus tôt. En fait, c'était plutôt effrayant de voir comme les autres continuaient à vivre. Tout le monde était sous le choc, bien sûr, mais il n'avait guère d'amis pour le pleurer amèrement. Sauf sa femme... Morse ne l'avait rencontrée qu'une seule fois, lors d'un concert de la police, l'année précédente. Assez jeune, bien plus jeune que lui. Assez jolie, mais pas de quoi faire battre le cœur. Elle s'appelait Irene, ou quelque chose comme cela. A moins que ce fût Eileen ? Non, Irene, se dit-il.

Ayant terminé son whisky, il chercha des yeux la barmaid. Personne. Il était tout seul. Les torchons de lin étaient étendus sur les pompes à bière. Inutile de s'attarder davantage.

Il descendit les marches et sortit dans la rue. Il faisait chaud et la nuit tombait. Apercevant le mur du théâtre entièrement couvert d'une affiche portant en lettres capitales : English National Opera, lundi 1er sept. — samedi 13 sept., il fut parcouru d'un frisson d'exaltation. Le lundi 1er septembre. C'était le jour où Dick Ainley avait trouvé la mort. Et la lettre ? Postée le mardi 2 septembre. Était-ce possible ? Pourtant il ne fallait pas tirer de conclusions hâtives. Mais pourquoi pas, bordel ? Il n'existait aucun onzième commandement interdisant de tirer des conclusions, alors il tira des conclusions. Ce lundi-là, Ainley s'était rendu à Londres et il avait dû se passer quelque chose. Peut-être avait-il enfin découvert Valerie Taylor ? Cela commençait à paraître plausible. Le lendemain, elle avait écrit à ses parents, au bout de plus de deux ans d'absence. Pourtant, quelque chose n'allait pas. Le dossier Taylor avait été suspendu, pas clos, bien sûr, mais suspendu. Mais Ainley travaillait sur autre chose, sur une histoire de bombe, d'ailleurs. Alors pourquoi ? Pourquoi ? Une minute ! Ainley s'était rendu à Londres pendant son jour de congé. Avait-il... ?

Morse rentra dans le foyer du théâtre pour apprendre de la bouche d'un larbin en uniforme que la salle était complète et que, de toute façon, on en était au milieu du spectacle. Morse le remercia et entra dans la cabine téléphonique située près de la porte.

— Je suis désolé, monsieur. C'est réservé aux clients, fit le larbin, juste derrière lui.

— Mais je suis un client, bordel, répondit Morse.

Il sortit de sa poche la souche de son billet pour la rangée J, la colla sous le nez du larbin et claqua ostensiblement la porte de la cabine. Un épais annuaire était posé sur un casier de métal peu pratique. Morse l'ouvrit à la lettre A. Adderley... Allen... Un peu en arrière... Ainley. Il n'y avait qu'un seul Ainley. Dans l'annuaire de l'année suivante, il n'y en aurait plus du tout. R. Ainley, 2 Wytham Close, Wolvercote.

Serait-elle chez elle? Il était déjà 20 h 45. Irene ou Eileen, ou quel que soit son prénom, était probablement chez des amis. Sa mère ou une sœur, probablement. Devait-il tenter sa chance? Mais pourquoi une telle hésitation? Il savait qu'il allait y aller. Il nota l'adresse et sortit en passant vivement devant le larbin.

— Bonsoir, monsieur.

Morse regagna sa voiture, garée non loin de là dans St Giles. Il regretta d'avoir répondu avec un sourire plein de dédain à cette salutation amicale.

Le larbin ne faisait que son travail. Tout comme moi, se dit Morse en roulant sans enthousiasme vers le nord, quittant Oxford en direction de Wolvercote.

## CHAPITRE III

« Un homme ne sert plus à grand-chose quand sa femme est veuve. »

Proverbe écossais

Au rond-point de Woodstock, sur la rocade d'Oxford, Morse s'engagea sur la gauche. Laissant un motel sur sa droite, il franchit le pont qui enjambait la voie ferrée, d'où, étant enfant, il avait si souvent regardé en rêvant les locomotives à vapeur. Puis il descendit vers Wolvercote.

Le petit village ne comptait en fait qu'une rangée de maisons carrées en pierre bordant la rue principale. Morse le connaissait uniquement parce que ses deux pubs se vantaient de servir une bière directement du tonneau. Sans nourrir trop de préjugés sur ce qu'il était prêt à boire, Morse préférait une pinte éventée à la bière pression mousseuse que la plupart des brasseurs produisaient de nos jours, à son grand regret. Aussi traversait-il rarement le village sans savourer une ale au *King Charles*. Il gara la Jaguar dans la cour, échangea quelques propos aimables avec la patronne en buvant sa bière et se renseigna sur l'emplacement de Wytham Close.

Le policier n'eut aucun mal à trouver. C'était un cul-de-sac en forme de croissant situé à moins de cent mètres de la route, sur la droite. Il comptait dix résidences de trois étages, des « maisons de ville » au style pompeux, bâties un peu en retrait d'allées bétonnées et en pente qui menaient aux garages. Deux réverbères projetaient une lumière pâle sur des pelouses non clôturées et bien entretenues. A l'étage du numéro 2 brillait une lampe derrière les rideaux orange. Dans le silence de la rue sombre, le carillon parut strident.

La lumière se fit dans l'entrée et une ombre vague apparut derrière la vitre opaque de la porte.

— Oui ?

— J'espère que je ne vous dérange pas, commença Morse.

— Oh, bonsoir inspecteur.

— Je pensais...

— Entrez, je vous en prie.

Morse refusa de prendre un verre d'un air si peu convaincant qu'il ne se fit guère prier pour changer d'avis. Installé dans le salon avec un gin-tonic, il s'efforça de trouver les mots justes. Globalement, il ne s'en sortait pas trop mal.

Mrs Ainley était une petite femme presque frêle, aux cheveux châtains et aux traits délicats. Elle semblait aller bien, quoique les cernes qui soulignaient ses yeux témoignent de la tragédie qu'elle venait de vivre.

— Vous allez rester ici ?

— Oh, je crois. J'y suis bien.

En effet. Morse connaissait très bien les avantages de la rue. L'année précédente, il avait failli acheter l'une de ces maisons. Il se rappelait la vue que l'on avait sur l'étendue verdoyante de Port Meadow, jusqu'au grandiose bouquet de flèches et au dôme imposant de la Radcliffe Camera. On aurait dit une gravure d'Ackerman, mais bel et bien vivante, à quelques kilomètres seulement.

— Encore un verre ?

— Il ne vaut mieux pas, répondit Morse en regardant son hôtesse avec convoitise.

— Vous êtes sûr ?

— Bon, alors un petit.

Il se jeta à l'eau.

— Vous vous appelez bien Irene, n'est-ce pas ?

— Non, Eileen.

Le moment était mal choisi.

— Vous vous remettez un peu du choc, Eileen ? demanda-t-il avec gentillesse.

— Je crois, oui.

Elle baissa tristement les yeux et ramassa une poussière inexistante sur la moquette vert olive.

— Il était très peu marqué, vous savez. On n'aurait vraiment pas dit...

Morse vit les larmes lui monter aux yeux, mais elle se ressaisit très vite.

— Je ne sais même pas pourquoi Richard est allé à Londres. Le lundi, il ne travaillait pas.

Elle se moucha bruyamment. Morse se sentit plus à l'aise.

— Il lui arrivait souvent de s'absenter ainsi ?

— Assez souvent, oui. Il semblait toujours très occupé.

Elle recommençait à avoir l'air vulnérable, aussi Morse progressa-t-il avec précaution. Il le fallait bien.

— Vous croyez que, quand il allait à Londres, c'était pour...

— J'ignore pourquoi il y allait. Il ne m'a jamais

beaucoup parlé de son travail. Il disait toujours qu'il en avait trop au bureau pour remettre ça à la maison.

— Mais son travail le tourmentait, n'est-ce pas? demanda doucement Morse.

— Oui. Il a toujours été très angoissé, surtout...

— Surtout?

— Je ne sais pas.

— Vous voulez dire qu'il était plus inquiet, dernièrement?

— Je crois savoir ce qui l'inquiétait, répondit-elle en hochant la tête. C'est la petite Taylor.

— Pourquoi dites-vous cela?

— Je l'ai entendu en parler au téléphone avec le principal du lycée.

Elle avait l'air un peu coupable, comme si cela ne la regardait pas.

— Quand était-ce?

— Il y a à peu près quinze jours, trois semaines.

— Mais ce sont les vacances scolaires, non?

— Il s'est rendu chez le principal.

Morse commençait à se demander ce qu'elle savait d'autre.

— Cela se passait-il l'un de ses jours de congé?

Elle hocha la tête et leva les yeux vers le policier :

— Cette affaire vous intéresse beaucoup, on dirait.

— J'aurais dû vous l'annoncer tout de suite, répondit Morse avec un soupir. Je reprends le dossier Taylor.

— Alors Richard avait découvert quelque chose, finalement?

Elle semblait presque effrayée.

— Je l'ignore, déclara Morse.

— Et... Et c'est pour cette raison que vous êtes venu me voir, je suppose.

Morse ne dit rien. Eileen Ainley se leva et se rendit vivement vers un bureau, à côté de la fenêtre.

— La plupart de ses affaires ont disparu. Mais autant que vous preniez ceci. C'était dans sa voiture.

Elle lui tendit un agenda noir d'environ dix centimètres sur cinq.

— Il y a aussi une lettre pour la comptabilité, au bureau. Peut-être pourriez-vous la lui déposer pour moi ?

— Bien sûr, assura Morse, très peiné.

Il était souvent très peiné. Ce n'était pas nouveau.

Eileen quitta la pièce pour aller chercher l'enveloppe. Morse ouvrit vite l'agenda à la date du lundi 1er septembre. Il n'y figurait qu'une adresse, inscrite en lettres minuscules et bien tracées : 42 Southampton Terrace. C'était tout. Le sang de Morse ne fit qu'un tour. Dans un éclair de certitude absolue, il sut qu'il n'aurait guère besoin de vérifier le code postal du 42 Southampton Terrace. Bien sûr, il vérifierait. Naturellement. Il regarderait aussitôt rentré chez lui. Mais il le connaissait déjà sans l'ombre d'un doute. Ce serait EC4.

A 22 h 45, il rentra dans son appartement de célibataire, dans le nord d'Oxford. Il finit par retrouver son plan de Londres, bien caché derrière les *Œuvres complètes* de Swinburne et une *Anthologie de pornographie victorienne* (il faudrait ranger ce dernier dans un endroit moins voyant). Il consulta fébrilement l'index alphabétique puis fronça les sourcils en trouvant Southampton Terrace. Son expression sceptique s'accentua quand il découvrit les coordonnées sur le plan quadrillé. Southampton Terrace était l'une des nombreuses rues donnant sur Upper Richmond Road, au sud de la Tamise, au-delà de Putney Bridge. Le code postal était SW12. Il se dit qu'il en avait décidément assez fait pour la journée.

Il posa le plan et l'agenda sur son étagère, se prépara une tasse de café instantané et choisit sur la précieuse étagère consacrée à Wagner la version de *La Walkyrie* par Solti. Pas un homme obèse, pas une femme aux lèvres minces, pas de ténor enroué, pas de soprano en sueur ne vinrent détourner son attention tandis que Siegmund et Sieglinde chantaient l'extase de la reconnaissance de toute leur âme. Il ne toucha pas à son café, qui finit par refroidir.

Mais, une fois la première face du disque achevée, une idée séduisante commença à germer dans l'esprit de Morse. Il y avait certainement une raison très simple au déplacement d'Ainley à Londres. Il aurait dû y penser plus tôt. Son jour de repos. Occupé, préoccupé, peu loquace. Ce ne pouvait être que cela ! Le 42 Southampton Terrace. Tiens, tiens ! Peut-être le vieux Ainley était-il allé voir une autre femme.

# CHAPITRE IV

« Apparemment, il n'existait aucun lien entre eux, hormis le lien ténu de la succession. »

Peter CHAMPKIN

Le lundi qui suivit la conversation entre Strange et Morse, dans divers coins du pays, quatre personnes relativement normales vaquaient à leurs occupations diverses. D'une certaine façon, ce que faisait chacune d'entre elles était extraordinaire, mais parfois aussi d'une banalité confinant à l'ennui. Chacune d'elles, à des degrés divers d'intimité, connaissait les autres, bien qu'une ou deux ne soient guère dignes de toute relation amicale. Toutefois, elles étaient unies par un lien qui, au cours de la semaine à venir, allait les attirer inexorablement au cœur d'une enquête criminelle. En effet, chacune d'elles avait connu, plus ou moins intimement, la dénommée Valerie Taylor.

Mr Baines était proviseur adjoint du lycée Roger Bacon, à Kidlington, depuis son ouverture, trois ans auparavant. Précédemment, il occupait déjà le même poste, dans les mêmes locaux. Mais ils abritaient alors un collège, à présent relégué dans la partie supérieure d'un complexe de trois étages, un système que dans leur sagesse ou leur folie (Baines n'avait pas tranché), les autorités scolaires de l'Oxfordshire avaient adopté pour répondre aux problèmes du monde de l'éducation en général et des enfants de Kidlington en particulier. La rentrée aurait lieu dès le lendemain, mardi 16 septembre, après six semaines et demie de vacances. Alors que la plupart de ses collègues étaient partis vers les stations balnéaires du continent, Baines avait passé ses congés à lutter contre les problèmes insolubles de l'emploi du temps. Cette tâche incombait normalement au proviseur adjoint, et Baines ne s'en plaignait pas. C'était un certain défi intellectuel que de répartir les innombrables combinaisons et options possibles du programme et de les adapter aux préférences et aux aptitudes du personnel disponible. En même temps (selon Baines), cela conférait une sorte de pouvoir indirect. Tristement, Baines s'était résigné à se considérer comme un bon perdant, jouant toujours les deuxièmes violons. Il avait cinquante-cinq ans, était célibataire et mathématicien. Au fil des années, il avait souvent postulé au poste de proviseur. Une ou deux fois il avait été second. Sa dernière tentative remontait à trois ans et demi, pour la direction de son établissement actuel, et il pensait alors avoir ses chances. Mais une fois encore, au fond de lui-même, il savait qu'il avait raté le coche. Non qu'il ait été très impressionné par Phillipson, le candidat qu'ils avaient choisi. Pas à l'époque, en tout cas. Un jeune de trente-quatre ans, plein d'idées nouvelles. Il avait envie de tout changer, comme si le changement était forcément synonyme d'amélioration. Mais, au cours de l'année écoulée, il avait appris à respecter Phillipson. Surtout après cette superbe épreuve de force avec cet odieux gardien.

Baines était assis dans le petit bureau qui lui servait de quartier général de même qu'à Mrs Webb, la secrétaire du proviseur, une brave femme qui, comme lui, avait travaillé dans l'ancien collège. C'était le milieu de la matinée et il apportait les dernières touches au tableau de service des repas des professeurs. Tout le monde rentrait à merveille, sauf le proviseur, bien sûr. Et lui-même. Il fallait bien qu'il prenne de petits avantages. Il traversa le bureau encombré, une feuille manuscrite à la main.

— Trois copies, ma jolie.

— C'est pour tout de suite, je suppose, répondit Mrs Webb avec entrain.

Elle prit une enveloppe cachetée et regarda le nom du destinataire avant de l'ouvrir à l'aide d'un coupe-papier.

— Que diriez-vous d'une tasse de café ? demanda Baines.

— Que diriez-vous de finir votre emploi du temps ?

— D'accord. Je vais préparer le café.

— Oh non.

Elle se leva, prit la bouilloire et se rendit dans le vestiaire adjacent. Baines regarda la pile de courrier d'un air désabusé. La même chose que d'habitude, à n'en pas douter. Parents, entreprises de travaux, réunions, assurances, examens. C'est lui qui se serait chargé de tout cela si... Il piocha au hasard parmi les lettres qui restaient. Soudain, une lueur d'intérêt traversa son regard perspicace. La lettre était posée à l'envers et il lut sur le revers « Police de Thames

Valley ». Il la retourna. Elle était adressée au principal et portait la mention PRIVÉ ET CONFIDENTIEL imprimée en lettres capitales rouges sur le haut de l'enveloppe.

— Qu'est-ce que vous cherchez dans mon courrier ? demanda Mrs Webb, qui branchait la bouilloire électrique, en feignant l'agacement.

Elle lui prit l'enveloppe des mains.

— Vous avez vu ? répondit Baines.

Elle baissa les yeux vers la lettre.

— Cela ne nous regarde pas.

— Vous croyez qu'il a fraudé le fisc ? demanda Baines avec un gloussement.

— Ne dites pas de bêtises.

— On l'ouvre ?

— Non ! dit Mrs Webb.

Baines retourna derrière son bureau encombré et se mit au travail sur le tableau de service des chefs de classe. Phillipson devrait en nommer plusieurs nouveaux ce trimestre. Ou, pour être plus précis, il demanderait à Baines de lui fournir une liste de candidats. Par certains aspects, le principal n'était pas un mauvais bougre.

Phillipson arriva peu après 11 heures.

— Bonjour, Baines, bonjour, Mrs Webb.

Il paraissait bien trop enjoué. Avait-il oublié que les cours reprenaient le lendemain ?

— Bonjour, monsieur le proviseur.

Baines l'appelait toujours ainsi, alors que les autres membres du personnel l'appelaient « monsieur ». Ce n'était qu'un détail, mais il comptait.

Phillipson se rendit dans son bureau en s'arrêtant devant celui de sa secrétaire.

— Rien d'important, Mrs Webb ?

— Je ne pense pas, monsieur. Enfin, il y a ceci.

Elle lui tendit l'enveloppe marquée « privé et confidentiel ». Phillipson, l'air légèrement troublé, entra dans son bureau et referma la porte derrière lui.

Dans le comté de Gwynedd, dans une petite maison mitoyenne aux environs de Caernarfon, un autre enseignant était pleinement conscient du fait que la rentrée des classes avait lieu le lendemain. Ils étaient rentrés la veille d'un semblant de vacances en Écosse — pluie, deux pneus crevés, une carte de crédit perdue et encore de la pluie — et ils avaient un tas de choses à faire. La pelouse, pour commencer. Elle avait bien profité (alors que lui avait souffert) d'une série de pluies torrentielles et avait poussé dans des proportions alarmantes pendant leur absence. Elle avait un besoin urgent d'être tondue. A 9 h 30, il découvrit que l'allonge de la tondeuse électrique ne fonctionnait pas. Il s'assit sur les marches menant à la porte du jardin, le cœur lourd, un petit tournevis à la main.

La vie était rarement un long fleuve tranquille pour David Acum, qui, encore deux ans auparavant, était professeur de français au lycée Roger Bacon de Kidlington. A présent, il l'était toujours, mais au lycée de la ville de Caernarfon.

Il ne trouva aucun défaut sur l'allonge et finit par rentrer. Pas le moindre signe de vie. Il se rendit au pied de l'escalier.

— Hé ! Tu ne crois pas qu'il serait temps de sortir de ce foutu lit ? cria-t-il d'un ton exaspéré.

Il se rendit à la cuisine et s'assit, maussade, à la table où une demi-heure plus tôt il s'était préparé lui-même son petit déjeuner avant de monter, dévoué, un plateau de thé et de pain grillé. Il tritura une nouvelle fois les maudites prises. Elle le rejoignit dix minutes plus tard, en peignoir et en chaussons.

— Qu'est-ce que tu as ?

— Mais tu ne vois pas, non ? Je suppose que c'est toi qui as tout déglingué la dernière fois que tu as passé l'aspirateur, même si je ne me souviens déjà plus de quand c'était !

Elle ignora la perfidie et lui prit l'allonge des mains. Il la regarda écarter ses longs cheveux blonds de son visage avant de dévisser adroitement et d'examiner les fiches récalcitrantes. Elle était plus jeune que lui, bien plus jeune, de toute évidence. Il la trouvait extrêmement séduisante. Il se demanda, comme il le faisait souvent, s'il avait pris la bonne décision. Une fois de plus, il se dit que oui.

Le problème identifié et résolu, David se sentit mieux.

— Une tasse de café, chéri ? lui demanda-t-elle tout miel.

— Pas maintenant. Il faut que je m'y mette.

Il regarda au-dehors, vers la pelouse et jura entre les lèvres en voyant de légères gouttes de bruine se former sur la vitre.

Une femme d'âge mûr, peu soignée, des bigoudis dans les cheveux, apparut par une porte latérale, au rez-de-chaussée. Sa proie dévalait maladroitement les marches.

— Il faut que je vous parle.

— Pas maintenant. Pas maintenant. Je suis en retard.

— Si vous pouvez pas maintenant, c'est pas la peine de revenir. Vous trouverez vos affaires devant la porte !

— Alors juste une minute, ma belle.

Il s'approcha d'elle, pencha la tête de côté et posa les mains sur ses épaules.

— Qu'est-ce qui ne va pas ? Vous savez bien que je ne ferais rien qui vous cause de la peine.

Il lui adressa un sourire plutôt aimable et quelque chose assez proche d'une certaine franchise illumina son regard sombre. Mais elle le connaissait bien.

— Il y a une femme dans votre chambre, hein ?

— Vous n'avez pas à être jalouse, vous le savez, n'est-ce pas ?

Elle le trouvait repoussant, à présent, et regretta ces jours passés.

— Sortez-la d'ici et qu'elle ne revienne pas. Je ne veux plus d'autres femmes ici.

Elle ôta les mains de ses épaules.

— Elle va s'en aller. Elle va s'en aller. Ne vous en faites pas. Ce n'est qu'une petite jeune. Elle n'a nulle part où aller. Vous savez ce que c'est.

— Tout de suite !

— Qu'est-ce que vous voulez dire par « tout de suite » ?

— Tout de suite !

— Ne soyez pas stupide. Je suis déjà en retard. Je vais me faire virer si je ne fais pas attention. Allez, soyez sympa.

— Vous allez perdre votre lit et tout le reste si vous faites pas c'que j'vous dis.

Le jeune homme sortit un billet de cinq livres sale de sa poche.

— Je suppose que ça vous suffira pour un ou deux jours, espèce de vieille peau.

La femme empocha l'argent sans cesser de le regarder.

— Il va falloir que ça cesse.

— Ouais, ouais.
— Ça fait combien de temps qu'elle est là ?
— Un jour ou deux.
— Quinze jours, plutôt, sale menteur.
Le jeune homme claqua la porte derrière lui, descendit la rue en courant et tourna à droite dans Upper Richmond Road.

Même selon ses modestes critères, Mr George Taylor n'était pas arrivé à grand-chose dans la vie. Cinq ans plus tôt, ouvrier non spécialisé, il avait accepté une indemnité de « licenciement économique » après la restructuration de l'aciérie de Cowley. Ensuite, il avait travaillé pendant presque un an comme conducteur d'engin sur le chantier de la M40, puis avait passé une année à faire des petits boulots, à boire et à jouer un peu trop. Enfin, il y avait eu cette scène terrible avec pour conséquence son emploi actuel. Chaque matin, à 7 h 15, il conduisait sa vieille Morris verte et rouillée de son HLM de Kidlington au centre d'Oxford, en passant par Aristotle Lane et Walton Street avant d'emprunter le chemin goudronné qui traversait les champs entre le canal et la ligne de chemin de fer où se trouvait la principale décharge municipale. Depuis trois ans, chaque matin, les jours ouvrables, y compris le jour de la disparition de Valerie, il suivait le même parcours, ses sandwiches pour le déjeuner et son bleu de travail posés sur le siège du passager.

Mr Taylor était un homme qui parlait avec difficulté. Il était incapable d'exprimer clairement les raisons de son intérêt pour son emploi actuel. Les ordures nauséabondes de la ville l'entouraient, aliments avariés et épluchures de pommes de terre, vieux matelas, tas de saleté, rats — et les éternels charognards. Pourtant, il s'y plaisait.

Le lundi 15, à l'heure du déjeuner, il était assis sur le site avec son collègue, un homme au visage maculé de crasse, dans la cabane de bois qui était le seul havre presque hygiénique dans ce paysage d'ordures. Ils mangeaient leurs sandwiches, arrosant les tranches de pain d'une mixture brunâtre de thé peu ragoûtant. Pendant que son compagnon parcourait la rubrique des courses hippiques du *Sun*, George Taylor ne disait rien, son visage flegmatique accusait la fatigue. La lettre avait fait resurgir toute l'histoire dans son esprit. Il repensait à Valerie. Avait-il bien fait de persuader sa femme d'aller porter la lettre à la police ? Il l'ignorait. Ils n'allaient pas tarder à remontrer le bout de leur nez. En fait, il était étonné qu'ils ne soient pas encore revenus. Cela ferait encore une fois de la peine à sa femme. Depuis le début, elle n'était qu'un paquet de nerfs. C'était drôle que cette lettre soit arrivée juste après la mort de l'inspecteur Ainley. Un homme intelligent, cet Ainley. Cela ne faisait que trois semaines qu'il était venu les voir. Pas officiellement, bien sûr, mais c'était le genre de type à ne jamais laisser tomber. Comme un chien s'acharne sur son os.

Valerie... Il avait beaucoup pensé à Valerie.

Un véhicule municipal s'arrêta lourdement devant la cabane. George Taylor passa la tête par la porte.

— Monte par là, Jack, lança-t-il. J'arrive dans une minute.

Il indiqua vaguement l'extrémité de la décharge, avala ses dernières gorgées de thé et se prépara à un après-midi de travail.

A l'extrémité de la décharge, le piston hydraulique se mit en branle et la benne du camion se souleva doucement pour déposer son contenu sur cet océan de déchets puants.

Pour Morse, ce même lundi marquait le début d'une semaine agaçante. Au cours du week-end, une nouvelle série d'incendies criminels avait eu lieu dans des boîtes de nuit et des cinémas. Toutes les huiles de la police, y compris lui-même, avaient été réunies d'urgence. Il fallait impérativement mobiliser tout le personnel disponible. Tous les suspects connus, des républicains irlandais aux anarchistes internationaux, devaient être interpellés et interrogés. Le chef de la police voulait des résultats rapides.

Le vendredi matin à l'aube, on procéda à une série d'arrestations lors d'une rafle. Plus tard, huit personnes furent inculpées de complicité lors d'attentats sur la voie publique. La contribution de Morse à la réussite de cette semaine d'enquête s'avéra quasiment nulle.

## CHAPITRE V

« Elle se détourna, mais dans le vent
[d'automne
Occupa mes pensées bien des jours,
Bien des jours et bien des heures. »

T. S. ELIOT, *La Figlia Che Piange*

Allongé dans son lit, le dimanche 21 septembre, Morse était tenaillé par le sentiment lancinant qu'il avait énormément de choses à faire, du moins s'il parvenait à rassembler assez d'énergie mentale pour s'y mettre. C'était comme repousser l'écriture d'une lettre promise depuis longtemps. Son intention lui pesait tant sur la conscience que cette simple tâche semblait prendre petit à petit des proportions gigantesques. Bien sûr, il avait écrit au proviseur du lycée Roger Bacon et avait reçu par retour du courrier une réponse très coopérative. Mais c'était tout. Il rechignait à continuer. La plupart de ses idées fantaisistes sur la jeune Taylor s'étaient envolées au cours de cette semaine de pénible travail de routine. Il commençait à se dire qu'une enquête plus poussée sur la disparition de Valerie n'en serait guère qu'un prolongement fâcheux et tout aussi pénible. Mais il était sur l'affaire, à présent. Tout dépendait de lui.

Déjà 9 h 30. Il avait la migraine, aussi décida-t-il de passer une journée d'abstinence totale. Il se retourna, enfouit la tête dans son oreiller en s'efforçant de ne penser à rien. Mais, pour Morse, un tel état béni de nihilisme était chose impossible. Il finit par se lever à 10 heures, se lava, se rasa et descendit la rue d'un pas vif pour acheter son journal dominical. Il en avait pour vingt minutes de marche tout au plus. Morse appréciait cette promenade. Il avait déjà l'esprit plus clair et tituba presque, comme ivre, se demandant s'il devait acheter *News of the World* ou le *Sunday Times*. C'était son cruel dilemme dominical, parallèle à la lutte intérieure que se livraient dans l'esprit du policier le grossier et le cultivé. Parfois, il achetait l'un, parfois l'autre. Ce jour-là, il prit les deux.

A 11 h 30, il alluma la radio pour écouter la revue musicale sur Radio 3, confortablement installé dans son fauteuil favori, avec une tasse de café chaud et fort. Parfois, la vie avait du bon. Il prit *News of the World* et se vautra pendant dix minutes dans les révélations scandaleuses et les découvertes saisissantes que les reporters de ce journal avaient réussi d'une façon ou d'une autre à rassembler au cours de la semaine écoulée. Il y avait plusieurs articles croustillants. Morse commença par la vie sexuelle cachée d'une glamoureuse starlette hollywoodienne. Mais il se lassa au bout de quelques paragraphes. Mal écrit et (surtout) pas très excitant. C'était toujours la même chose. Morse croyait fermement qu'il n'y avait rien de plus frustrant que cette espèce de semi-pornographie. Il voulait du torride ou rien du tout. Il n'achèterait plus ce satané journal. Toutefois, il avait pris la même décision bien des fois par le passé, et savait que, la semaine suivante, il tomberait dans le même piège à cause des mêmes promesses salaces de la couverture. Mais pour ce matin il en avait eu assez. A tel point qu'il ne jeta qu'un vague coup d'œil à la photographie provocante et suggestive d'une starlette exposant l'un de ses seins à un million de dollars.

Jetant (comme toujours) la rubrique des affaires dans la corbeille à papiers, il se tourna vers le *Sunday Times*. Il grimaça en apprenant que Oxford United avait essuyé une défaite écrasante. Il lut l'article principal et la plupart des critiques littéraires, essaya sans succès de résoudre le problème de bridge avant de se tourner vers le courrier des lecteurs. Retraites, pollution, médecine privée, toujours les mêmes sujets, mais empreints d'une belle dose de bon sens. Puis son regard se posa sur une lettre qui le fit se redresser d'un bond. Il la parcourut. Un air troublé apparut sur son visage. Le 24 août ? Il n'aurait pas pu acheter le *Sunday Times* cette semaine-là. Il relut la courte missive.

« Cher monsieur le rédacteur en chef,

« Ma femme et moi souhaitons exprimer notre gratitude envers votre journal pour l'article “Les jeunes fugueuses” (supplément en couleurs, 24 août). En conséquence directe de la lecture de cet article, Christine, notre fille unique, est rentrée à la maison la semaine dernière, après avoir disparu pendant plus d'un an. Nous vous en remercions très sincèrement.

« Mr et Mrs J. Richardson (Kidderminster). »

Morse se leva pour aller chercher une pile de journaux, attachés avec soin par une ficelle, posée dans le couloir, près de la porte d'entrée. Les scouts venaient les chercher une fois par mois. Bien qu'il n'ait jamais été scout lui-même, il approuvait totalement ce mouvement. Il arracha impatiemment la ficelle et se plongea dans les journaux. 31 août, 14 septembre. Mais pas de 24 août. Il avait dû partir avec le paquet précédent. Zut. Il les parcourut une nouvelle fois, mais en vain. Qui pourrait en détenir un exemplaire ? Il se renseigna chez son voisin, mais, à la réflexion, il aurait pu s'éviter cet effort. Et Lewis ? Peu probable, mais cela valait la peine d'essayer. Il composa son numéro de téléphone.

— Lewis ? Morse à l'appareil.

— Ah, bonjour, monsieur.

— Lewis, vous lisez le *Sunday Times* ?

— Non, monsieur. Désolé. On prend le *Sunday Mirror*.

Il semblait presque s'excuser de ses lectures dominicales.

— Oh.

— Je suppose que je pourrais en acheter un.

— J'ai celui d'aujourd'hui. Je voudrais celui du 24 août.

— Oh, fit à son tour le sergent Lewis.

— Je ne comprends vraiment pas comment un homme intelligent comme vous, Lewis, ne lit pas un journal décent, le dimanche.

— Le *Sunday Mirror* a une très bonne rubrique sportive, monsieur.

— Vraiment ? Alors apportez-le avec vous demain matin.

— Je n'oublierai pas, répondit Lewis avec un sourire.

Morse le remercia et raccrocha. Il avait failli lui

proposer un échange avec son numéro de *News of the World*, mais il n'était pas inutile de cacher à ses subordonnés certains aspects dépravés de sa personnalité.

Il pouvait toujours se procurer un exemplaire à la bibliothèque d'ouvrages consultables sur place. Il attendrait donc. Pourtant, il ne pouvait attendre. Il relut la lettre des parents de la fille prodigue. Ils allaient être encore plus contents, à présent, voyant leur lettre publiée dans le journal. Papa allait sans doute la découper et la garder dans son portefeuille, maintenant que le noyau familial était reconstitué. Les gens sont si vaniteux. Coupures de journaux, découpages, et tout le reste. Morse avait encore ses taux de réussite sportive, quelque part...

Soudain, l'idée le frappa. Tout coïncidait. Quatre ou cinq semaines plus tôt, Ainley avait relancé l'affaire Taylor de son propre chef et l'avait menée pendant ses heures de congé. Un journaliste était allé à la police de Thames Valley et avait tiré les vers du nez d'Ainley sur la jeune Taylor. Ainley lui avait fourni les faits (pas de chichis avec Ainley !) et, en passant ces faits en revue une nouvelle fois, quelque chose lui était venu à l'esprit qu'il n'avait pas remarqué auparavant. Comme lorsqu'on remplit une grille de mots croisés. On reste coincé. On laisse reposer dix minutes. On réessaie et eurêka ! Ce genre de choses arrivait à tout le monde. Ainley avait remarqué un élément nouveau, se répéta-t-il. Il ne pouvait en être autrement.

De plus, Morse comprit que si Ainley avait pris part à la rédaction de l'article, non seulement Valerie Taylor devait être l'une des jeunes disparues citées, mais Ainley lui-même avait dû conserver une copie dudit article, tout aussi certainement que Mr J. Richardson rangerait sa lettre dans son portefeuille.

Il téléphona donc à Mrs Ainley.

— Eileen? (il ne s'était pas trompé, cette fois) Morse à l'appareil. Vous n'auriez pas, par hasard, conservé cette coupure du *Sunday Times*, vous savez, l'article sur les jeunes fugueuses?

— Vous voulez dire celui pour lequel ils ont interrogé Richard?

Il avait raison.

— C'est cela, confirma-t-il.

— Oui, bien sûr que je l'ai gardé. On y mentionne plusieurs fois Richard.

— Pourrais-je... heu... Pourrais-je faire un saut pour le consulter?

— Je vous le donnerai avec plaisir. Je n'en veux plus.

Une demi-heure plus tard, faisant fi de ses bonnes résolutions, Morse était attablé devant une pinte de bière et une tourte un peu spongieuse au bœuf et aux champignons. Il parcourut l'article avec un sentiment de déception. Après le baratin sociologique préliminaire sur les problèmes de l'adolescence, on parlait de six filles sur une ou deux colonnes chacune. Mais l'accent était mis sur les parents que les filles avaient abandonnés. « La lampe reste allumée dans le couloir tous les soirs depuis son départ », signalait une mère pleine d'angoisse. C'était pathétique et bouleversant. Il y avait aussi des photos. D'abord, des photos des filles, bien qu'aucune d'elles (par la force des choses) ne fût très récente. Deux ou trois (dont celle de Valerie Taylor) étaient d'une clarté plus qu'approximative. Mais, pour la première fois, l'inspecteur principal Morse vit le visage de Valerie Taylor. Des six, elle aurait sans nul doute été la plus sûre prétendante au prix de beauté, bien que suivie de près par une fille adorable de Brighton. Un beau visage, une bouche pulpeuse, des yeux provocants, de beaux sourcils (épilés, songea Morse) et de longs cheveux bruns. On ne voyait que son visage. Pas de silhouette à admirer. Ensuite, sur la page suivante, la photo des parents. Mr et Mrs Taylor semblaient être un couple banal, assis d'un air emprunté sur un vieux sofa. Monsieur portait une cravate bon marché de chez Woolworth. Ses manches relevées révélaient un grand tatouage violet sur son avant-bras droit musclé. Madame était vêtue d'une robe toute simple en coton, avec un camée épinglé de façon un peu ostensible sur le col. Près d'eux, sur une table basse, bien mis en valeur par le photographe, une série de cartes de félicitations pour leur dix-huitième anniversaire de mariage. Tout cela était prévisible et posé. Morse se dit que quelques larmes auraient été plus proches de la réalité.

Il commanda une autre pinte et s'assit pour lire le commentaire sur la disparition de Valerie.

Il y a deux ans, le mois de juin connut de longues journées ensoleillées. Le mardi 10 juin était une journée particulièrement étouffante dans le village de Kidlington, dans l'Oxfordshire. A 12 h 30, Valerie Taylor quitta le lycée Roger Bacon pour rentrer chez elle à pied. Elle habitait Hatfield Way, dans le quartier HLM voisin, à tout au plus cinq cents mètres de l'établissement. Comme beaucoup de ses camarades, Valerie détestait manger à la cantine. Depuis l'année précédente, elle rentrait déjeuner à la maison. Le jour de la disparition de sa fille, Mrs Grace Taylor, la mère de Valerie, avait préparé une salade et du jambon, avec une tarte au cassis et de la crème anglaise pour le dessert. Mère et fille avaient déjeuné ensemble dans la cuisine. Les cours reprenaient à 13 h 45. Valerie partait en général à 13 h 25. C'est ce qu'elle fit le 10 juin. Tout allait bien en cet après-midi sans nuage. Valerie emprunta la petite allée puis tourna en direction du lycée en faisant un signe de la main à sa mère. Elle ne l'a plus jamais revue.

Mr George Taylor, employé municipal à Oxford, rentra de son travail à 18 h 10 pour trouver sa femme dans un état de grande anxiété. Cela ne ressemblait guère à Valerie de ne pas prévenir sa mère qu'elle allait rentrer tard. Toutefois, il n'y avait pas encore vraiment lieu de s'inquiéter. Les minutes passaient. Les quarts d'heure sonnaient sur l'horloge du grand-père Taylor, puis les heures. A 20 heures, Mr Taylor prit sa voiture et se rendit au lycée. Il ne restait plus que le gardien, qui ne put lui être utile. Mr Taylor se rendit alors chez plusieurs camarades de Valerie, mais il n'apprit rien non plus. Personne ne se rappelait avoir vu la jeune fille cet après-midi-là. Mais ils avaient eu cours de gymnastique et il n'était pas rare que des élèves s'éclipsent discrètement du terrain de sport.

Mr Taylor rentra chez lui à 21 heures.

— Il doit y avoir une explication très simple, affirma-t-il à sa femme.

Mais si c'était le cas, elle demeurait un mystère. Le temps passait. 22 heures. 23 heures. Toujours rien. George Taylor suggéra d'appeler la police, mais sa femme était terrifiée à l'idée de franchir le pas.

Lors de notre entretien de cette semaine, tous deux se sont montrés réticents (de façon fort compréhensible) à parler de la terrible douleur éprouvée cette nuit-là. Tout au long de leur veillée, ce fut Grace Taylor qui souffrit le plus, craignant le pire. Son mari était en effet persuadé que la jeune fille s'était enfuie avec un garçon et rentrerait à l'aube. A 4 heures du matin, il parvint à persuader sa femme de prendre deux somnifères et de monter se coucher.

Elle dormait encore quand il quitta la maison à 7 h 30, laissant un petit mot pour dire qu'il serait de retour à midi et que, si Valerie n'était toujours pas rentrée, il faudrait appeler la police. En fait, la police fut prévenue plus tôt. Mrs Taylor s'était réveillée vers 9 heures et, désespérée, avait téléphoné de chez une voisine.

C'est l'inspecteur en chef Ainley de la police de Thames Valley qui fut chargé de l'enquête. Des recherches intensives furent aussitôt lancées. Au cours de la semaine qui suivit, les alentours de la maison de Valerie et les bois situés derrière le lycée furent fouillés avec un soin particulier. On dragua le fleuve et le bassin, mais sans découvrir la moindre trace de Valerie Taylor.

L'inspecteur Ainley lui-même était franchement critique à l'égard du retard. Ils avaient perdu au moins douze heures. Quinze, si la police avait été prévenue dès que la crainte des Taylor s'était transformée en véritable angoisse.

Un tel retard est un facteur que l'on retrouve dans tous les cas évoqués ici. C'est un temps précieux que l'on perd. Sans doute des indices décisifs envolés, tout cela parce que les parents ont peur de faire perdre leur temps aux policiers et craignent d'être ridicules au cas où leur progéniture réapparaîtrait alors qu'ils étaient en train de faire leur déclaration. C'est une faiblesse humaine très fréquente. Il est trop facile de blâmer les parents comme les Taylor. Mais aurions-nous agi différemment à leur place ? Je savais exactement ce que Mrs Taylor essayait de me dire quand elle a déclaré : « Je me disais que si nous appelions la police quelque chose d'horrible avait dû se produire. » On peut penser que cela n'a pas de logique, mais c'est fort compréhensible.

Mr et Mrs Taylor vivent toujours à Hatfield Way, dans la cité HLM. Cela fait maintenant plus de deux ans qu'ils attendent en priant pour que leur fille revienne. Comme dans les cinq autres cas abordés dans cet article, le dossier reste ouvert.

— Non, a déclaré l'inspecteur Ainley. Le dossier ne sera pas clos tant que nous ne l'aurons pas retrouvée.

Ce n'était pas un mauvais compte rendu, se dit Morse. Certains détails de l'article le troublaient un peu, mais il chassa délibérément les idées séduisantes qui commençaient à envahir son esprit. Plus tôt, il ne s'était pas trompé. En mettant les faits bruts sur papier, Ainley avait remarqué quelque chose qui était resté dans l'ombre depuis plus de deux ans et qui lui avait échappé. Un indice qui devait monopoliser son attention et emplir son temps libre, avant de le mener indirectement vers la mort.

Il fallait en rester aux faits, en rester aux faits ! Ce serait difficile, mais Morse allait s'y efforcer. Le lendemain, Lewis et lui se plongeraient dans les dossiers contenant les faits tels qu'Ainley les avait glanés. De toute façon, Christine était de retour à Kidderminster et Valerie rentrerait sans doute à Kidlington avant la fin du mois. Les vilaines filles rentrent toujours à la maison pour reprendre sans tarder les mêmes disputes avec papa et maman. La vie, hélas, était ainsi faite.

Avec sa troisième pinte de bière Morse ne put retenir le flot de ses pensées plus longtemps. Il relut vivement l'article. Oui, quelque chose ne collait pas. Une toute petite chose, et il se demandait si c'était la même qui avait relancé Ainley sur une nouvelle piste...

C'est alors qu'une idée des plus étranges émergea dans l'esprit qui peu de temps auparavant ne voulait s'en tenir qu'aux faits...

# CHAPITRE VI

« D'accord, il a pas mal de fantaisie et une très bonne mémoire mais, avec une ingéniosité perverse, il emploie ces qualités mieux que toute autre personne. »

Richard BRINSLEY SHERIDAN

En frappant à la porte du bureau de Morse, le sergent Lewis, qui avait beaucoup apprécié le travail de routine de la semaine passée, se demandait ce qui l'attendait, cette fois. Il avait déjà travaillé avec l'imprévisible inspecteur et s'était plutôt bien entendu avec lui, mais il avait quelques réserves.

Morse était assis dans son fauteuil de cuir noir. Devant lui, sur son bureau en désordre, était posé un dossier vert.

— Ah, entrez, Lewis. Je ne voulais pas commencer sans vous. Ce ne serait pas juste, non?

Il tapota le dossier d'un geste affectueux.

— Tout est là, Lewis, mon grand. Tous les faits. Ainley était un homme de faits, pas un théoricien rêveur. Et nous allons marcher sur les traces de ce grand homme. Qu'est-ce que vous en dites?

Sans donner au sergent la moindre occasion de prononcer un mot, il vida le contenu du dossier sur le bureau.

— On commence par le dessus ou le dessous ?

— Ce serait peut-être une bonne idée de commencer par le début, vous ne croyez pas, monsieur ?

— Je crois qu'on pourrait résoudre une bonne enquête en commençant par n'importe quel bout, mais faisons comme vous voulez.

Avec quelque difficulté, Morse remit à l'endroit l'épaisse pile de papier.

— Qu'allons-nous faire, exactement ? demanda Lewis d'un ton indifférent.

Morse entreprit de relater sa conversation avec Strange puis tendit à Lewis la lettre de Valerie Taylor.

— Nous reprenons donc l'enquête, Lewis. Vous êtes content ?

Le sergent hocha la tête presque à contrecœur.

— Vous avez pensé à m'apporter le *Sunday Mirror* ?

Lewis sortit consciencieusement le journal de la poche de son manteau et le tendit à Morse, qui saisit son portefeuille, trouva son coupon de loto sportif pour vérifier son pari avec le plus grand sérieux. Lewis vit le regard du policier s'illuminer puis s'éteindre plusieurs fois. Puis il déchira le bulletin en morceaux avant de le lancer vaguement en direction de la corbeille à papiers.

— Je ne passerai pas la semaine prochaine aux Bahamas, déclara-t-il. Et vous ?

— Moi non plus, monsieur.

— Vous gagnez parfois quelque chose ?

— Quelques livres, l'an dernier. Mais on n'a qu'une chance sur un million de remporter le gros lot.

— Comme dans cette satanée affaire, marmonna Morse en examinant avec dégoût le fruit des recherches d'Ainley.

Ils passèrent deux heures et demie sur les documents relatifs aux Taylor, se concertant de temps à autre sur un point obscur ou intéressant. Mais, la plupart du temps, ils gardèrent le silence. N'importe quel témoin objectif aurait remarqué que Morse lisait à peu près cinq fois plus vite que son sergent. Mais on pouvait se demander s'il retenait cinq fois plus de choses de ce qu'il lisait. Morse avait en effet du mal à se concentrer sur les documents qu'il avait sous les yeux. Pour lui, les faits, les faits tels quels, ne se montaient pas à grand-chose de plus que ce qu'il avait lu, au pub, la veille. Les déclarations relues et signées semblaient confirmer simplement la vérité. Après avoir quitté son domicile pour retourner à l'école, Valerie Taylor avait disparu. Si Morse voulait un fait, il en avait un. Parents, voisins, enseignants, camarades de classe, tout le monde avait été longuement interrogé. Et au milieu de leur verbosité bien intentionnée, ils avaient tous dit la même chose, c'est-à-dire rien du tout. Ensuite, les comptes rendus des entrevues d'Ainley avec Mr et Mrs Taylor, le proviseur, le professeur principal de Valerie, avec son professeur de gymnastique et deux de ses petits amis. (A l'évidence, Ainley avait apprécié le proviseur et détesté tout autant l'un des petits amis.) Tout était noté avec soin d'une petite écriture ronde que Morse avait déjà vue. Mais il n'y avait rien. Ensuite, les rapports concernant les recherches et enquêtes de la police. La jeune disparue avait été aperçue à Birmingham, Clacton, Londres, Reading, Southend et dans un village perdu du Morayshire. Tout cela pour rien. Fausses alertes. Ensuite, les rapports personnels et médicaux sur la jeune fille elle-même. Elle ne paraissait pas avoir de dons pour les études. Ou si c'était le cas, elle avait réussi à bien dissimuler ses capacités à ses enseignants. Ses bulletins scolaires reflétaient son échec, sauf dans les matières pratiques, à tirer le meilleur parti de ses capacités limitées (que d'expressions familières !), mais elle paraissait être une jeune fille de belle allure, très appréciée (Morse tirait là ses propres conclusions) par ses camarades des deux sexes. Selon les dossiers de l'établissement, elle avait, le jour de sa disparition, dix-sept ans et cinq mois et mesurait un mètre soixante-sept. L'année précédente, elle avait passé quatre matières pour le CSE[1], sans grand succès. Elle préparait trois matières pour les GCE-O-levels[2] : anglais, français et sciences appliquées. Le dossier médical indiquait que la jeune fille jouissait d'une excellente santé. Sa carte d'assurée sociale n'affichait aucune maladie depuis trois ans. Auparavant, elle n'avait eu que la rougeole et une mauvaise entaille à l'index gauche. Ensuite, il y avait un rapport sur lequel Ainley s'était de toute évidence donné beaucoup de mal, à propos de l'éventualité d'un problème familial qui aurait pu causer des frictions entre Valerie et ses parents et l'aurait poussée à partir de chez elle. Sur ce point crucial Ainley avait pris la peine de remplir deux pages de papier ministre de sa propre main. Mais les conclusions étaient négatives. Sur le témoignage du professeur principal de Valerie (dont les nombreuses tâches incluaient celle de guide pédagogique — il

1. CSE (Certificate of Secondary Education) : examen du niveau du BEPC.
2. GCE-O-levels ((General Certificate of Education) : examen d'entrée de deuxième cycle au lycée.

semblait avoir une grande importance), sur celui des parents eux-mêmes, des voisins et des amis de la jeune fille, il ne ressortait rien de plus que les hauts et les bas normaux dans les rapports entre les membres de la famille Taylor. Des disputes, bien sûr. Une ou deux fois, Valerie était rentrée très tard de soirées ou de discothèque. Mrs Taylor pouvait avoir la dent dure. Comme tout le monde. Ainley en avait tiré la conclusion que rien dans le cercle familial ne pouvait justifier une brouille, même mineure, encore moins le départ inexplicable d'une fille unique. En bref, rien. Morse songea au vieux proverbe latin, *Ex nihilo nihil fit*. De rien, on ne tire rien. Même si cela ne servait à rien.

Outre les documents dactylographiés et manuscrits, il y avait trois cartes. Une carte d'état-major du district d'Oxford montrant les zones couvertes par les patrouilles de recherche, une carte plus grande de la région d'Oxford dont les principales routes et voies ferrées portaient des symboles cryptiques. Enfin, un croquis des rues situées entre le lycée Roger Bacon et la maison des Taylor, avec l'itinéraire de Valerie tracé avec soin au stylo rouge par le défunt inspecteur. Tandis que Lewis avançait péniblement, loin derrière son supérieur, celui-ci semblait trouver quelque chose d'extraordinaire à ce dernier article. Sa main droite couvrait son front et il paraissait perdu dans la plus profonde réflexion.

— Vous avez trouvé quelque chose, monsieur ?

— Hein ?

Morse releva la tête. Finie la rêverie.

— Le croquis, monsieur.

— Ah, oui. La carte. Très intéressante. Oui.

Il la regarda de nouveau, décida qu'il était incapable de retrouver l'intérêt qu'il avait ressenti et reprit le *Sunday Mirror*. Il lut son horoscope. « Vous obtenez de meilleurs résultats que vous ne pensez, il pourrait y avoir un changement décisif dans le domaine sentimental. Cette semaine portera ses fruits si vous la passez en compagnie d'un être spirituel et brillant. »

Il lança un regard morne à Lewis, qui ne lui sembla à cet instant ni spirituel ni brillant.

— Alors Lewis ? Qu'est-ce que vous en pensez ?

— Je n'ai pas tout à fait terminé, monsieur.

— Mais vous devez bien avoir une petite idée, non ?

— Pas encore.

— Allons ! Qu'est-ce qui lui est arrivé, selon vous ?

Lewis réfléchit avec attention et finit par exprimer une conviction qui s'était fixée en lui au fur et à mesure de sa lecture.

— A mon avis, elle s'est fait prendre en stop et s'est retrouvée à Londres. C'est là qu'elles se retrouvent toutes.

— Alors vous croyez qu'elle est toujours en vie ?

— Pas vous ? répondit Lewis en dévisageant son supérieur, l'air passablement surpris.

— Allons boire un verre, proposa Morse.

En quittant le Q.G., ils empruntèrent un passage clouté protégé pour traverser la route très fréquentée qui reliait Oxford à Banbury.

— Où allons-nous, monsieur ?

Morse sortit la carte dessinée à la main par Ainley de sa poche.

— Je me suis dit que nous devrions faire une petite promenade sur le terrain. On ne sait jamais.

La cité HLM donnait sur la route principale, à

gauche en quittant Oxford. Ils se retrouvèrent vite dans Hatfield Way.

— On va les voir?

— Il faut bien commencer quelque part, je suppose, répondit Morse.

La maison était nette et soignée, avec un massif de roses circulaire trônant au milieu d'une pelouse bien entretenue. Morse sonna une première, puis une seconde fois. Apparemment, Mrs Taylor était sortie. Morse jeta un regard inquisiteur par la fenêtre de devant, mais ne vit pas grand-chose à part un grand sofa rouge et une rangée diagonale de canards aux ailes inévitablement déployées vers le plafond. Les deux hommes s'éloignèrent, refermant avec soin la barrière.

— Si je me souviens bien, Lewis, il y a un pub au coin de la rue.

Ils commandèrent un sandwich et une pinte de bière chacun. Morse tendit à Lewis le supplément en couleurs du 24 août.

— Jetez donc un coup d'œil là-dessus.

Dix minutes plus tard, le verre de Morse était vide et celui de Lewis à peine entamé. De toute évidence, le coup d'œil se transformait en un examen plus attentif. Morse remplit son verre avec quelque impatience.

— Alors? qu'est-ce qui vous trouble?

— Ils se sont un peu trompés, vous ne trouvez pas?

— Qu'est-ce que vous voulez dire par là? demanda Morse avec un regard perçant.

— Eh bien, il est écrit qu'on ne l'a plus jamais revue après son départ de chez elle.

— C'est exact.

— Et l'homme du passage clouté?

— Qui ça ?

— L'homme du passage clouté. C'est dans le dossier.

— Vraiment ?

— Je me disais bien que vous aviez l'air un peu fatigué, monsieur.

— Fatigué, moi ? Mais non ! Il vous faut une autre pinte.

Il vida le contenu de son propre verre, prit celui de Lewis et se dirigea vers le bar.

Une femme élégante et élancée aux jambes superbes venait de prendre un double whisky et y versa un peu d'eau. Le gros diamant qui étincelait à sa main gauche paraissait coupant et éclatant.

— Oh, Bert, un paquet d'Embassy, s'il vous plaît.

Le patron tendit la main derrière lui, lui donna les cigarettes, fronça les sourcils en calculant l'addition, lui rendit la monnaie, marmonna un vague « merci » et se tourna vers Morse.

— La même chose, monsieur ?

En voyant la femme s'éloigner du bar, Morse se dit qu'il l'avait déjà rencontrée. Il oubliait rarement un visage. Toutefois, si elle vivait à Kidlington, il aurait pu l'apercevoir n'importe où. Mais il continua à la dévisager, à tel point que le sergent Lewis commençait à douter de ses intentions. Elle n'était pas mal, plutôt jolie, même. Environ trente-cinq ans, peut-être, un beau visage. Mais le pauvre vieux devait être fauché si...

Deux ouvriers tout poussiéreux entrèrent, achetèrent leur ale et s'installèrent pour jouer aux dominos. En se dirigeant vers une table, l'un d'eux interpella la femme.

— Salut, Grace. Ça va ?

Morse ne trahit pas la moindre surprise. Elle était pourtant bien plus séduisante que ne le suggérait la photographie.

A 13 h 20, Morse décida qu'il était temps de partir. Ils reprirent le chemin qu'ils avaient emprunté pour venir, en passant devant la maison des Taylor avant de descendre la route principale. Il y avait beaucoup de circulation à cette heure-là, avec un flot presque discontinu de voitures dans les deux sens. Ils tournèrent à droite pour se retrouver au passage clouté.

— Vous croyez que c'est lui, l'homme du passage clouté ? demanda Morse.

Au milieu de la chaussée se tenait un employé au manteau blanc, coiffé d'un képi à pointe, agitant avec autorité un sceptre comme un évêque arthritique et bossu. Plusieurs élèves du lycée Roger Bacon traversaient sous la protection de ce porte-étendard, les filles en chemisiers blancs, jupe grise et chaussettes rouges, les garçons (d'après ce que voyait Morse) vêtus n'importe comment. Quand l'employé quitta le milieu de la route, Morse s'adressa à lui d'une manière qu'il se plaisait à considérer comme amicale et vernaculaire.

— Ça fait longtemps que vous faites ça ?

— Un peu plus d'un an.

C'était un petit homme rougeaud aux mains noueuses.

— Vous connaissez celui qui vous précédait ?

— Vous voulez dire le vieux Joe ? Bien sûr. Il l'a fait pendant, oh, cinq ou six ans.

— Il est à la retraite, maintenant ?

— Ah, j'suppose qu'on peut dire ça, oui. Pauvre vieux Joe. Il s'est fait renverser. Un type à moto.

Enfin, il commençait à être un peu lent, le vieux Joe. Il avait soixante-douze ans quand il s'est fait renverser. Il s'est fracturé la hanche, le pauvre.

— J'espère qu'il est sorti de l'hôpital, fit Morse en priant avec ferveur pour que le vieux Joe claudique encore quelque part dans le monde des vivants.

— Non. Il est chez les vieux, à Cowley.

— Bon, eh bien, soyez prudent, dit Morse, tandis qu'il traversait en compagnie de Lewis avec un autre groupe d'élèves.

Il les regarda lambiner devant les magasins et les toilettes publiques avant de s'engager à contrecœur dans l'allée qui menait au lycée.

De retour dans son bureau, Morse lut à voix haute la partie importante du témoignage de Mr Joseph Godberry, Oxford Road, Kidlington :

> Je voyais Valerie presque tous les jours, à l'heure du déjeuner, et je l'ai vue le 10 juin. Elle n'a pas traversé devant moi parce que, quand je l'ai vue, elle était sur l'autre trottoir. Ellc courait assez vite comme si elle était en retard à un rendez-vous. Mais je me rappelle qu'elle m'a fait un signe de la main. Je suis sûr que c'était Valerie. Elle s'arrêtait souvent pour échanger quelques mots avec moi. Elle m'appelait Joe, comme la plupart des autres. C'était une fille très gentille, très joviale. Je ne sais pas ce qu'elle a fait après que je l'ai vue. Je croyais qu'elle retournait en cours.

Morse avait l'air pensif.

— Je me demande...

— Quoi, monsieur ? fit Lewis.

Morse regardait dans le vague, par la fenêtre de son bureau, dans le bleu, les yeux pétillants.

— Je me demandais simplement si elle portait un sac ou autre chose quand le vieux Joe Godberry l'a vue.

Lewis ne put cacher à quel point il était intrigué, mais ne reçut aucune explication.

— Voyez-vous, reprit Morse en posant doucement les yeux sur le sergent. Voyez-vous, si c'était le cas, je commence à croire que vous vous trompez.

— Je me trompe ?

— Oui. Vous vous trompez. Vous avez dit que vous pensiez que Valerie Taylor était toujours en vie, non ?

— Eh bien, oui. Je crois qu'elle l'est.

— Et moi, je crois que vous vous trompez, Lewis. Je crois que Valerie Taylor est morte.

# CHAPITRE VII

« Elle parlait le français, bien et élé-
[gamment,
D'après l'École de Stratford-le-Bow,
Le français de Paris lui était en effet
[inconnu. »

Geoffrey CHAUCER, *Les Contes de Cantorbéry*

Mardi matin, Donald Phillipson arriva à l'école à 8 heures. Le premier trimestre était commencé depuis une semaine et les choses se passaient bien. Sa campagne anti-ordures s'avérait un succès mitigé, le nouveau gardien semblait être un type plutôt accommodant, et l'association de parents d'élèves (de façon assez surprenante) le soutenait complètement quand il manifestait l'intention de se montrer plus sévère dans le port de l'uniforme au lycée. Côté enseignants, seuls quatre membres de l'équipe étaient partis l'été précédent (soit un quart de moins que l'année d'avant), les résultats du brevet s'étaient nettement améliorés et, ce trimestre, trente élèves avaient été admis en quatrième, parmi lesquels (à en croire leurs directeurs d'écoles d'origine) se trouvaient quelques éléments très doués. Peut-être dans quelques années compterait-on parmi eux un ou deux lauréats d'Oxford ou Cambridge... Oui, Phillipson n'était pas mécontent de lui et de sa vie, en ce mardi matin. Seul un nuage venait ternir son horizon, un nuage bien plus gros que la main, sur un horizon qui n'était pas si lointain. Mais il se sentait capable d'affronter toutes les tempêtes, même s'il lui faudrait à l'avenir réfléchir un peu plus qu'il ne l'avait fait jusqu'à présent.

A 8 h 20, les chefs de classe de terminale viendraient dans son bureau, comme tous les matins. Plusieurs sujets étaient à l'ordre du jour. Il entendit Mrs Webb arriver à 8 h 15, suivie de Baines à 8 h 30. Le personnel faisait preuve d'une plus grande ponctualité. Lui-même donnait quelques cours à sa classe de terminale (il était historien), mais il était libre tous les mardis. Depuis sa nomination, il avait pour habitude de prendre tous ses mardis après-midi, aussi envisageait-il avec plaisir une journée agréable.

Les activités du matin se déroulèrent sans problème ; même le traditionnel chant des cantiques, lors de l'assemblée des élèves de l'établissement, était en progrès. Mais, à 11 h 15, Mrs Webb reçut un appel téléphonique.

— Le proviseur est-il là ?

— De la part de qui, je vous prie ?

— Morse. L'inspecteur Morse.

— Un instant, monsieur. Je vais voir si monsieur le proviseur est libre.

Elle composa son numéro de poste.

— L'inspecteur Morse voudrait vous parler, monsieur. Je vous le passe ?

— Heu... Oui, bien sûr.

Mrs Webb transmit l'appel dans son bureau, hésita un instant puis souleva de nouveau le combiné pour écouter la conversation.

— ... votre appel. Je peux vous être utile ?

— Je l'espère. C'est à propos de la jeune Taylor. J'aurais une ou deux questions à vous poser à son sujet.

— Écoutez, inspecteur, je ne suis pas très disponible pour le moment. Ce matin, je reçois des élèves dans mon bureau. Ne croyez-vous pas qu'il serait...

Mrs Webb raccrocha vite et sans bruit. Lorsque Phillipson apparut, elle pianotait activement sur son clavier.

— Mrs Webb, l'inspecteur Morse vient me voir cet après-midi à 15 heures, alors il faudra que je sois là. Pourrez-vous nous préparer du thé et des biscuits ?

— Bien sûr. Simplement vous deux ? demanda-t-elle en griffonnant quelques mots sur son bloc-notes.

— Non. Nous serons trois. Il vient avec un sergent dont j'ai oublié le nom.

Le sergent anonyme passait la matinée à la maison de retraite de Cowley. Joseph Godberry se révéla un homme plutôt intéressant (mais à petites doses). Il avait fait la bataille de Mons pendant la guerre de 14-18. A l'en croire, il avait couché avec toutes les filles de joie à vingt kilomètres à la ronde de Rouen, avant d'être réformé en 1917 (probablement pour épuisement sexuel, songea Lewis). Il raconta ses souvenirs au sergent de façon très détaillée, assis près de son lit, dans le service D. Il semblait accepter son enfermement avec bonne humeur et une certaine dignité. Il expliqua qu'il pouvait à peine marcher à présent, et relata avec force détails les circonstances et les conséquences de son mémorable accident. En fait l'« accident » était devenu, avec Mons et Rouen, l'un des faits marquants de sa vie. Lewis eut des difficultés à orienter les pensées de Joe sur la disparition de Valerie Taylor. Oh, bien sûr qu'il se la rappelait ! Une très gentille petite, Valerie. Il aurait parié son dernier sou qu'elle se trouvait à Londres. Très gentille, la petite Valerie.

Mais Joe se souvenait-il du jour de sa disparition ? Lewis l'écouta attentivement parler d'une voix traînante, répétant avec une cohérence et une précision surprenantes ce qu'il avait déclaré à la police. Selon Lewis, c'était un bon témoin, mais il commençait à se fatiguer. Aussi le sergent se dit que le moment était venu de lui poser une question à laquelle Morse attachait une extrême importance.

— Vous rappelez-vous si par hasard Valerie portait quelque chose quand vous l'avez vue, ce jour-là, le jour de sa disparition ?

Joe remua sur sa chaise, mal à l'aise. Il posa doucement ses yeux humides de vieillard sur Lewis. Quelque chose semblait le troubler, aussi le sergent insista.

— Vous voyez ce que je veux dire, un sac en plastique, ou une valise, ou quelque chose comme ça ?

— C'est drôle que vous disiez ça, répondit enfin le vieil homme. J'y avais jamais pensé.

Il parut soudain sur le point de faire jaillir à la lumière un souvenir trouble. Lewis retint son souffle et attendit.

— Je crois que vous avez raison. Elle portait quelque chose. C'est ça. Elle portait un genre de sac, elle le portait dans sa main gauche, si ma mémoire ne me fait pas défaut.

Dans le bureau de Phillipson, on échangeait des amabilités sur un ton chaleureux. Morse posa des questions polies sur l'établissement. L'inspecteur était en forme, songea Lewis. Mais l'atmosphère n'allait pas tarder à se gâter.

Morse informa le proviseur qu'il avait repris le dossier Taylor à la suite de l'inspecteur Ainley. Un cessez-le-feu fut scrupuleusement respecté pendant encore quelques minutes, le temps d'exprimer la commisération d'usage. C'est seulement lorsque Morse sortit la lettre de Valerie que Lewis eut l'impression que son supérieur commençait à s'enflammer étrangement.

Phillipson parcourut rapidement la lettre.

— Eh bien ? fit Morse.

Lewis sentit que le proviseur était plus surpris par le ton sec du policier que par la lettre de sa turbulente ex-élève disparue.

— Eh bien quoi ? répondit-il sur le ton d'un homme qui, de toute évidence, n'avait pas l'habitude de se laisser malmener.

— C'est bien son écriture ?

— Je l'ignore. Ses parents ne le savent pas ?

Morse ignora la question.

— Vous ne pouvez pas me le dire.

C'était une affirmation ferme et définitive, qui impliquait tacitement qu'il s'attendait à mieux.

— Non.

— Possédez-vous certains de ses vieux cahiers que je puisse consulter ?

— Je n'en sais rien, inspecteur.

— Qui le saurait ? demanda le policier avec une fois de plus une impatience contenue dans la voix.

— Baines, peut-être.

— Faites-le venir, s'il vous plaît, dit Morse d'un ton sec.

— Je suis désolé, inspecteur, mais Baines a pris son après-midi. Le mardi, il y a sport et...

— Je sais, oui. Alors Baines ne peut pas nous aider, lui non plus. Qui alors ?

Phillipson se leva et ouvrit la porte du bureau.

— Mrs Webb ? Vous pouvez venir, une minute, je vous prie ?

Lewis se trompait-il ou avait-elle lancé un regard un peu effrayé en direction de Morse ?

— Mrs Webb, l'inspecteur se demande si on a gardé d'anciens cahiers de Valerie Taylor quelque part dans l'école. Qu'en pensez-vous ?

— Il y en a dans la remise, je suppose, monsieur.

— Les élèves ont-ils pour habitude d'en garder eux-mêmes ? demanda Morse directement à la secrétaire.

— Oui. Mais, dans le cas de Valerie Taylor, ses affaires ont dû être enlevées à la fin du trimestre et ses cahiers doivent être...

Elle commençait à s'affoler et jeta un regard désorienté vers le proviseur.

— Je suis certain que Mrs Webb a raison, inspecteur. Si les livres sont quelque part, ce ne peut être que dans la remise.

Mrs Webb hocha la tête, déglutit péniblement puis reçut la permission de se retirer.

— Nous ferions mieux de jeter un coup d'œil dans cette remise. Vous n'y voyez pas d'objections ?

— Bien sûr que non. Mais c'est un peu en désordre, à mon avis. Vous savez ce que c'est, en début d'année scolaire.

Morse esquissa un sourire, sans confirmer ni réfuter sa connaissance en la matière.

Ils longèrent le couloir, descendirent des marches et tournèrent à droite pour traverser une salle de cours dont toutes les chaises étaient retournées avec soin sur les pupitres. Le lycée était presque désert, mais, de temps à autre, un éclat de rire joyeux provenant du terrain de sport semblait prouver que cette matière n'était pas aussi exécrée par la majorité des élèves que l'on pouvait le croire.

Le principal ouvrit une porte fermée à clé et les trois hommes entrèrent dans une vaste pièce sans fenêtres ni ventilation. Pris d'un pressentiment, Lewis se retrouva face à des piles de cahiers poussiéreux, des dossiers et divers papiers.

— Je crains que ce ne soit un travail de longue haleine, déclara Phillipson d'un ton un peu irrité. Si vous voulez, je peux charger quelques employés de parcourir tous ces vieux cahiers.

Il désigna vaguement les piles posées sur des étagères en bois, sur le mur situé à l'extrémité de la pièce.

— C'est très gentil à vous, monsieur le proviseur, mais nous allons nous en charger. Pas de problème. Nous pouvons passer dans votre bureau quand nous en aurons terminé ?

Cela sous-entendait de façon très claire que la présence du proviseur n'était pas utile à ce stade de l'enquête. Morse dressa l'oreille tandis que Phillipson s'éloignait.

— Il a l'air un peu inquiet, vous ne trouvez pas, Lewis ?

— Je le comprends. Vous avez été un peu dur avec lui.

— Cela lui fera du bien, affirma Morse.

— Qu'est-ce qu'il a fait de mal ?

— Je lui ai parlé au téléphone ce matin et il m'a dit qu'il recevait des élèves dans son bureau.

— C'était peut-être vrai, suggéra l'honnête Lewis.

— J'ai eu l'impression qu'il n'avait pas envie de me parler à ce moment-là. Et j'avais raison.

Lewis lui lança un regard sceptique.

— J'ai entendu un déclic sur la ligne pendant que nous parlions. On devine qui était en train de nous écouter.

— Mrs Webb?

— Mrs Webb. Je l'ai rappelée plus tard pour lui demander pourquoi elle nous avait espionnés. Bien sûr, elle a nié. Mais je lui ai dit que j'étais prêt à tout oublier si elle me disait qui se trouvait vraiment dans le bureau du proviseur. Elle avait peur. Pour son emploi, je suppose. En tout cas, elle m'a dit qu'il n'y avait personne avec le proviseur au moment de mon appel.

Lewis ouvrit la bouche pour parler, mais Morse s'était déjà attaqué à une pile de cahiers.

— Ah, Keats. Un bon poète, Keats. Vous devriez le lire, Lewis...Tiens, tiens, *Voyage avec un âne*.

Il en prit un exemplaire et se mit à lire sous l'ampoule couverte de toiles d'araignées.

Lewis se dirigea vers l'extrémité de la pièce, où des piles de cahiers, neufs et usagés, mauves, verts, bleus et orange étaient posés sur les étagères, certains ficelés avec soin, mais la majorité placés n'importe comment. Comme toujours, Lewis se mit au travail de façon systématique et consciencieuse, bien qu'il doutât fort de découvrir quelque chose. Par chance, ce fut bien plus facile qu'il ne le pensait.

Il les trouva une demi-heure plus tard. C'était un tas de cahiers non attachés, il y en avait huit. Chacun portait sur la couverture le nom de Valerie Taylor en lettres capitales. Il souffla la poussière qui en recouvrait les bords et savoura un bref moment de triomphe.

— Je les ai trouvés, monsieur.
— Bien joué. Laissez-les là. N'y touchez pas.
— Je les ai déjà touchés, je le crains.
— Celui du dessus était couvert de poussière ?
Le goût du succès avait déjà viré à l'amer.
— Je ne sais pas.
— Donnez-les-moi, dit Morse avant de marmonner dans sa barbe, visiblement très fâché.
— Pardon, monsieur ?
— Je dis que, à mon avis, quelqu'un d'autre a pu jeter un coup d'œil à ces cahiers, dernièrement. Voilà ce que j'ai dit !
— Je ne crois pas que le cahier du dessus était poussiéreux, monsieur. Seulement sur les bords.
— Et où est-elle, cette poussière ?
— J'ai soufflé dessus.
— Vous avez soufflé dessus ! Nom de Dieu ! Nous sommes sur une affaire de meurtre et nous sommes censés mener l'enquête, pas souffler sur les indices !
Il se calma peu à peu et retourna dans le bureau de Phillipson, un Lewis silencieux sur les talons. Il était 16 h 30, et l'école était vide à part Mrs Webb et le principal.
— Je vois que vous avez trouvé les cahiers.
Morse fit un signe de tête sec et les trois hommes se rassirent.
— Vous avez de la chance, en fait, reprit Phillipson. C'est un miracle qu'ils n'aient pas été jetés.
— Et où jetez-vous les vieux cahiers ?
Cela semblait une question étrange.
— Bizarrement, on les enterre. A la décharge. C'est un sacré travail que de brûler tout un tas de vieux cahiers, vous savez.
— Sauf quand on a un four, dit doucement Morse.

— Eh bien, oui. Mais même...

— Vous avez un four, ici ?

— Oui, en effet. Mais...

— Et on peut y brûler à peu près n'importe quoi, n'est-ce pas ?

— Oui. Mais comme j'allais vous le...

Une fois de plus, Morse lui coupa la parole.

— Pourrait-on y brûler un cadavre ?

Ses paroles demeurèrent suspendues en l'air. Lewis fut parcouru d'un frisson. Phillipson plongea un regard ferme dans les yeux de Morse.

— Oui. On pourrait y faire brûler un cadavre. Et sans laisser de traces.

Morse sembla accepter cette réflexion sans surprise ni intérêt.

— Revenons un instant sur ces cahiers, monsieur. En manque-t-il ?

Phillipson n'en avait pas la moindre idée et poussa intérieurement un soupir de soulagement quand Baines (répondant à un appel urgent antérieur) frappa à la porte du bureau et entra.

Il apparut aussitôt que le proviseur adjoint était une mine d'informations pour tout ce qui concernait le programme scolaire. En dix minutes, Morse obtint les copies des renseignements dont il avait besoin. L'emploi du temps de Valerie au cours du trimestre de sa disparition, ses devoirs au cours de la même période ainsi qu'une liste de ses professeurs. Apparemment, il ne manquait aucun cahier. Morse fit quelques compliments sur l'efficacité de Baines, qui cligna ses yeux perspicaces d'un air plein de gratitude.

Après le départ des autres, Phillipson, assis derrière son bureau, grogna intérieurement. En l'espace d'un court après-midi, le nuage qui menaçait à l'horizon avait pris des proportions alarmantes. Quel imbécile il avait été !

En tant qu'époux et père de famille, le sergent Lewis connaissait les plaisirs et les découragements, les difficultés et les contraintes de la vie conjugale. A 17 h 45, il rentra chez lui avec la bénédiction de Morse.

A la même heure, Morse, qui n'avait pas de telles responsabilités, retourna dans son bureau. Il se faisait un plaisir de cette soirée de travail.

D'abord, il étudia l'emploi du temps de Valerie pour chaque mardi matin du dernier trimestre.

9 h 15 – 10 h 00 environnement
10 h 00 – 10 h 45 sciences appliquées
10 h 45 – 11 h 00 pause
11 h 00 – 11 h 45 sociologie
11 h 45 – 12 h 30 français

Il regarda avec dédain les matières (plutôt des sous-matières, selon lui) qui monopolisaient à présent les programmes des études secondaires. A son avis, « environnement » n'était qu'un euphémisme pour des visites occasionnelles d'usines de gaz, de la caserne des pompiers ou des égouts. Pour la sociologie et les sociologues, il n'avait que mépris et ne découvrirait jamais ce que couvrait ce sujet ni comment ses praticiens déployaient leurs talents douteux. Avec une telle pléthore de non-sujets dans les emplois du temps, il n'y avait plus de place pour les matières traditionnelles enseignées de son temps... Mais il restait tout de même le français. Au moins, cela ressemblait à quelque chose, bien qu'il se fût toujours dit qu'une langue où l'on prononce indifféremment les mots « donne, donnes et donnent » ne pouvait être prise au sérieux. En tout cas, Valerie faisait du français et ce fut cette matière qui s'imposa. Il consulta le programme des devoirs et découvrit que le cours de français avait lieu le vendredi soir. Il devina que les élèves rendaient leurs devoirs le lundi et étaient notés le même jour. Il vérifia qu'un cours de français apparaissait le lundi. C'était le cas. L'enseignant rendait sans doute leurs copies aux élèves le mardi. Du moins s'il avait pensé à donner le devoir à faire et s'il était assez consciencieux pour corriger ses copies tout de suite. D'ailleurs, qui était ce professeur ? Il consulta la liste. Mr D. Acum. Eh bien, une petite vérification du travail de Mr Acum s'imposait. Morse feuilleta le cahier orange jusqu'à la dernière inscription. Il trouva la date, le vendredi 6 juin, inscrite avec soin et soulignée proprement. Il porta alors son attention sur les efforts de Valerie pour traduire en français dix courtes phrases. Toutefois, à en juger par la grande quantité d'encre rouge que le pauvre D. Acum avait dû répandre sur son thème, à en juger par les mots soulignés et le pathétique « oh non ! » inscrit à côté d'une faute particulièrement affligeante, les prouesses linguistiques de Valerie semblaient extraordinairement limitées. Mais Morse ne regardait pas l'exercice lui-même. Il avait remarqué un détail dès qu'il avait tourné la page. Sous l'exercice, Acum avait écrit : « Passez me voir tout de suite après le cours. » Morse fut saisi d'un frisson d'enthousiasme. « Après le cours », c'est-à-dire à 14 h 30. Acum devait être l'une des dernières personnes à avoir vu Valerie avant qu'elle ne... Avant quoi ? Il regarda par la fenêtre de son bureau vers le ciel pâle qui s'assombrissait peu à peu et réfléchit.

Ainley avait-il interrogé Acum ? Pourquoi Acum voulait-il voir la jeune fille à ce moment-là ? Il supposa que la réponse la plus probable était que Valerie allait se faire exclure tout bonnement pour un travail aussi médiocre. Mais un simple fait demeurait : Acum avait été l'une des dernières personnes à avoir vu Valerie vivante.

Avant de rentrer chez lui, Morse parcourut une dernière fois la courte lettre de Valerie et compara les écritures. Bien sûr, il existait indéniablement une ressemblance. Mais pour en avoir le cœur net, il devrait attendre le rapport des experts, c'est-à-dire le lendemain au soir, car il devait se rendre à Londres avec Lewis dans la matinée. Si les rapports affirmaient avec certitude que la lettre était de la main de Valerie, les croirait-il ? Oui. Il n'avait d'autre possibilité que d'accepter cette conclusion. Mais il n'avait que peu de soucis à se faire à ce sujet. Il avait en effet à présent la ferme conviction que Valerie n'était pas l'auteur de la lettre, mais que quelqu'un avait imité avec soin son écriture, peut-être même trop bien, d'ailleurs. De plus, Morse avait l'impression de savoir de qui il s'agissait. Toutefois, à ce stade, il n'aurait su expliquer les raisons de cette falsification. Sans le moindre doute, il s'agissait dans son esprit d'une affaire d'homicide volontaire.

# CHAPITRE VIII

« Gypsy Rose Lee, strip-teaseuse, était arrivée à Hollywood avec douze malles vides. »

Harry P. WADE, éditorialiste américain

Bien qu'elle eût sans doute connu son heure de gloire en tant qu'exemple éloquent de l'élégance néo-georgienne, la maison robuste et attrayante connaissait à présent des temps plus difficiles, avec sa façade en stuc sale et lépreuse. Sur l'une des épaisses colonnes qui flanquaient la porte d'entrée écaillée était collée une affiche annonçant l'arrivée du Maharaj Ji, et sur l'autre, en chiffres noirs, le numéro 42.

La porte s'ouvrit sur une femme d'une cinquantaine d'années, la cigarette aux lèvres et des bigoudis dissimulés sous un fichu. Une vraie caricature de mégère. Elle semblait les regarder de biais, mais elle ne cherchait peut-être qu'à éviter la fumée de sa cigarette.

— Police. Vous êtes Mrs... ?

— Gibbs. Qu'est-ce que vous voulez?

— Pouvons-nous entrer?

Elle hésita puis s'effaça pour les laisser passer. Elle referma la porte. Mal à l'aise, les deux hommes se tinrent dans le vestibule, où ils ne virent pas le moindre siège. Il n'y avait qu'une pendule ancienne donnant l'heure exacte (10 h 30), un portemanteau surchargé et un porte-parapluies contenant de façon incongrue un lot de vieux clubs de golf. Il était évident qu'ils ne seraient pas invités à profiter du confort d'un sanctuaire plus intime.

— Il y a à peu près trois semaines, vous avez reçu la visite d'un de nos collègues, l'inspecteur Ainley.

Elle considéra cette affirmation, sur ses gardes, et ne dit rien.

— Vous avez peut-être lu dans les journaux que, après cela, l'inspecteur Ainley est mort dans un accident de la route.

Mrs Gibbs n'était pas au courant, et son côté humain fut touché au point qu'elle marmonna une formule de compassion, mais sans toutefois aller jusqu'à ôter la cigarette de ses lèvres. Morse comprit qu'il devrait jouer serré.

— Bien entendu, il a rédigé un rapport complet sur sa visite et, heu, je crois que vous allez comprendre la raison de notre venue.

— Ça a quelque chose à voir avec moi?

Morse sauta sur l'occasion.

— Oh, non, Mrs Gibbs. Rien du tout. Cela ressort très clairement dans le rapport. Mais nous avons tout naturellement besoin de votre aide, si vous voulez bien...

— Il est pas là. Il est au boulot, si on peut appeler ça un boulot. Enfin, il va pas rester très longtemps ici de toute façon. Il m'a fait assez d'ennuis comme ça.

— Pourrions-nous voir sa chambre ?

— Vous avez un mandat ? fit-elle après une hésitation.

Ce fut au tour de Morse d'hésiter. Puis il sortit soudain de la poche de sa veste un document aux allures officielles.

Mrs Gibbs chercha ses lunettes dans son tablier.

— L'autre policier, il m'a tout dit au sujet de mes droits. Il m'a dit de laisser entrer personne sans autorisation légale.

C'était bien Ainley, songea Morse.

— Il a tout à fait raison.

Morse attira l'attention de la femme sur une signature impressionnante avec, en dessous, en capitales imprimées, « préfet de police, Oxfordshire ». Cela suffisait. Morse rangea la circulaire relative aux retraites des officiers de police au-delà du rang d'inspecteur en chef.

Ils gravirent trois volées de marches poussiéreuses. Mrs Gibbs sortit une clé de sa poche fourre-tout et ouvrit une porte marron sale.

— Quand vous aurez fini, vous me trouverez en bas.

Morse se contenta de pousser un soupir tandis que la porte se refermait. Les deux hommes regardèrent autour d'eux.

— C'est donc ici qu'est venu Ainley.

Ils se tenaient dans un studio, meublé d'un lit à une place (défait) aux draps sales et froissés, un sofa usé jusqu'à la trame, un fauteuil un peu plus récent, une énorme armoire très laide, un téléviseur noir et blanc et une petite bibliothèque famélique. Ils franchirent une porte, à l'autre extrémité de la pièce, pour se retrouver dans une cuisine minuscule et sordide, équipée d'une gazinière graisseuse, d'une table en Formica et de deux tabourets.

— On ne peut pas dire que le locataire baigne dans l'opulence, dit Morse.

Lewis ne cessait de renifler.

— Vous sentez quelque chose ?

— A mon avis, c'est de l'herbe, monsieur.

— Vraiment ?

Morse adressa à son sergent un sourire radieux, et Lewis fut très content de lui.

— Vous croyez que c'est important, monsieur ?

— J'en doute, répondit Morse. Mais regardons tout ça d'un peu plus près. Restez ici et furetez. Moi, je prends l'autre pièce.

Morse se rendit directement près de la bibliothèque. Un exemplaire des *Goon Show Scripts*[1] semblait être la seule trace de civilisation dans les goûts littéraires du locataire. Quant au reste, il n'y avait pas grand-chose à part une pile de bandes dessinées de Dracula et quelques magazines extrêmement pornographiques importés du Danemark. Morse décida d'examiner ces derniers de plus près. Installé dans le fauteuil, il étudiait avec plaisir le contenu de ces revues quand Lewis l'appela de la cuisine.

— J'ai trouvé quelque chose, monsieur.

— J'arrive !

Il songea avec quelques scrupules à glisser un exemplaire dans sa poche, mais, pour une fois, sa formation de policier l'emporta. Avec l'air d'Abraham sur le point de sacrifier Isaac sur l'autel, il ran-

1. The Goon Show : Émission radiophonique de chansonniers, très populaire dans les années 50, qui tire son nom d'un héros de bande dessinée.

gea les revues dans la bibliothèque et rejoignit son zélé sergent.

— Qu'est-ce que vous en dites ?

Morse hocha la tête sans enthousiasme en découvrant l'attirail facilement reconnaissable du fumeur d'herbe.

— On emballe tout ça ?

— Non, je crois que nous allons tout laisser là, répondit Morse après un instant de réflexion.

L'enthousiasme de Lewis retomba, mais il savait qu'il ne fallait pas discuter.

— Tout ce qu'il nous reste à découvrir, Lewis, c'est l'identité de ce monsieur.

— Je l'ai trouvée aussi.

Il tendit à l'inspecteur une lettre cachetée du service de location de téléviseurs Granada adressée à Mr J. Maguire.

— Tiens, tiens, fit Morse dont le regard s'illumina. On aurait pu s'en douter. L'un des petits amis de Valerie, si je me souviens bien. Bien joué, Lewis ! Vous avez bien travaillé.

— Et vous, vous avez trouvé quelque chose, monsieur ?

— Moi ? Oh non, rien, en fait.

Mrs Gibbs, qui les attendait au pied de l'escalier, exprima le souhait que leur visite à présent terminée se fût révélée fructueuse. Morse dit qu'il l'espérait aussi.

— Comme je vous l'ai dit, il va pas s'éterniser ici, avec les problèmes qu'il m'a faits.

Sentant qu'elle devenait un peu plus communicative, Morse entretint la conversation. De toute façon, il le fallait.

— C'est bien dommage que l'inspecteur Ainley

se soit tué. Vous en auriez terminé avec cette histoire, à l'heure qu'il est. Cela doit être un peu ennuyeux...

— Ouais, il disait qu'il espérait ne plus venir me déranger.

— Heu, est-ce que Mr Maguire était là quand il est venu ?

— Non. Il est venu à peu près à la même heure que vous. Il était au boulot, fit-elle, le doigt montrant le plafond. Enfin, si on peut appeler ça un boulot.

— Où travaille-t-il à présent ? demanda Morse d'un ton léger, mais il croisa son regard méfiant.

— Dans un endroit quelconque.

— Je vois. Eh bien, il va falloir que nous lui disions deux mots. Quel est le meilleur moyen de s'y rendre, d'ici ?

— Prenez le métro de Putney Bridge à Piccadilly Circus. En tout cas, c'est comme ça qu'il y va, lui.

— Pourrons-nous garer notre voiture, là-bas ?

— Dans Brewer Street ? Vous plaisantez !

— Nous ferions mieux de suivre le conseil de Mrs Gibbs, sergent, et de prendre le métro, déclara Morse en se tournant vers Lewis.

Sur les marches du perron, Morse se perdit en remerciements et, comme si une idée venait de lui surgir à l'esprit, se retourna une dernière fois :

— Encore une petite chose, Mrs Gibbs. Nous risquons d'arriver à l'heure du déjeuner. Savez-vous où Mr Maguire peut se trouver s'il ne travaille pas ?

— Au *Angel*, sûrement. Je sais qu'il y va souvent pour boire un verre.

Tandis qu'ils regagnaient la voiture, Lewis décida de poser la question qui lui brûlait les lèvres :

— Pourquoi ne pas lui avoir demandé carrément où il travaillait ?

— Je ne voulais pas qu'elle pense que je lui soutirais des renseignements, répondit Morse.

Lewis se dit qu'elle devait vraiment être en dessous du seuil de débilité si elle n'avait pas compris. Mais il ne dit rien. Ils se rendirent à Putney Bridge, garèrent la voiture sur une station de taxis et prirent le métro jusqu'à Piccadilly Circus.

Lewis fut un peu surpris de constater que Morse semblait bien connaître la géographie de Soho. Deux minutes après avoir émergé dans Shaftsbury Avenue, ils débouchèrent dans Brewer Street.

— Nous y voilà, fit Morse en désignant l'*Angel*, un pub situé à une centaine de mètres à gauche. Autant joindre l'utile à l'agréable, vous ne croyez pas ?

— Comme vous voudrez, monsieur.

En prenant sa bière, Morse demanda au barman si le patron était dans le coin. Il apprit que le barman était aussi le patron. Morse se présenta et déclara être à la recherche d'un dénommé J. Maguire.

— Il n'a pas de problèmes, au moins ?

— Rien de grave, assura Morse.

— Johnny Maguire, vous dites. Il travaille en face, au club de strip-tease, *le Penthouse*. A la porte, en général.

Morse le remercia. Lewis et lui s'approchèrent de la fenêtre de l'établissement. *Le Penthouse* se trouvait presque en face.

— Vous êtes déjà allé dans une boîte de strip-tease, Lewis ?

— Non. Mais j'en ai entendu parler, bien sûr.

— Rien ne vaut une expérience vécue, vous savez. Allez, finissez votre verre.

Devant le club, Morse étudia les photographies des plaisirs érotiques qui les attendaient à l'intérieur.

Dix-huit filles superbes, le show le plus sexy de Londres, 95 pence, seulement. Tarif unique.

— C'est ce qu'on fait de mieux, messieurs. Spectacle continu, pas de cache-sexe, nu intégral.

L'orateur était un jeune homme aux cheveux roux, vêtu d'une veste vert foncé et d'un pantalon gris. Il était assis sous une guérite près de l'entrée.

— C'est un peu cher, non ? fit Morse.

— Quand vous aurez vu le spectacle, monsieur, vous trouverez que c'est bon marché.

Morse le dévisagea avec soin et crut déceler quelque chose qui ressemblait à de l'honnêteté dans ses yeux sombres. C'était presque certainement Maguire, mais il n'allait pas s'enfuir. Morse lui tendit deux billets d'une livre et prit les entrées. Pour le jeune démarcheur, les deux policiers n'étaient que deux voyeurs frustrés d'âge mûr et il avait déjà repéré un autre client potentiel en train de regarder les photos.

— Y a pas mieux, monsieur. Spectacle continu. Pas de cache-sexe.

— Vous me devez dix pence, dit Morse.

Ils pénétrèrent par un passage sombre et entendirent de la musique hurler derrière une cloison où était assis un petit homme basané (un Maltais, se dit Morse) aux pectoraux avantageux et aux avant-bras puissants.

Il prit les billets et les déchira.

— Je peux voir vos cartes, s'il vous plaît ?

— Quelles cartes ?

— Il faut être membre du club, monsieur.

Il saisit un bloc et en déchira deux formulaires.

— Veuillez remplir ceci.

— Une petite minute, protesta Morse. Il est inscrit dehors qu'il n'y a pas de droit d'entrée supplémentaire et...

— Une livre par personne, je vous prie.

— Nous avons payé nos quatre-vingt-quinze pence et nous ne payerons pas un sou de plus.

Le petit homme avait l'air méchant et dangereux. Il se dressa de toute sa courte taille et approcha un bras courtaud de la veste de Morse.

— Remplissez ceci, s'il vous plaît. Ce sera une livre chacun.

— Quelle escroquerie ! dit Morse.

Le Maltais avança vivement, et sa main glissa vers le portefeuille de Morse.

Ni Lewis ni Morse n'étaient des hommes imposants, et une bagarre était la dernière chose que Morse souhaitait en cet instant. D'ailleurs, il n'était pas très en forme... Mais il connaissait bien ce genre de type. Courage, Morse ! Il écarta vivement la main de l'homme de sa veste et fit un pas en avant d'un air menaçant.

— Écoute, mon vieux, c'est la bagarre que tu cherches ? Très bien. Je ne voudrais pas me faire mal aux poings contre ta sale carcasse, mais mon copain, lui, le fera avec plaisir. Jusqu'à l'année dernière, il était champion de boxe dans l'armée, poids moyen. Où tu veux aller, sale petit morveux ?

Le petit homme se rassit et s'affaissa sur sa chaise comme un ballon qui se dégonfle.

— Il faut être membre du club, répéta-t-il d'un ton larmoyant. Sinon, j'aurai des ennuis avec la police.

— Va te faire foutre, rétorqua Morse.

Le champion de boxe sur ses talons, il franchit la cloison.

Dans la petite salle se trouvaient quelques hommes éparpillés parmi les trois rangées de sièges face à la petite scène en hauteur, sur laquelle une blonde à la poitrine généreuse venait juste d'ôter son cache-sexe. La direction tenait au moins une de ses promesses. Le rideau tomba et de maigres applaudissements polis retentirent.

— Comment saviez-vous que j'ai été champion de boxe ? murmura Lewis.

— Je ne le savais pas, répondit Morse, sincèrement surpris.

— Mais autant être précis, monsieur. J'étais dans la catégorie superwelter.

Morse eut un sourire radieux. Une voix monta des coulisses pour annoncer l'arrivée de la fabuleuse Fiona. Le rideau se leva sur une Fiona tout habillée. Mais il apparut aussitôt que son corps fabuleux, quels que soient les charmes qui n'allaient pas tarder à être dévoilés, était remarquablement dépourvu de tout sens du rythme tandis qu'elle peinait, en amateur, pour synchroniser quelques pas élémentaires de danse avec la musique langoureuse et suggestive.

Après Sexy Susan et la sensationnelle Sandra, même Morse se sentait plutôt blasé, mais, comme il l'expliqua à un Lewis peu enthousiaste, le meilleur restait peut-être à venir. En effet, la voluptueuse Vera et Kate la provocante parvinrent à élever le niveau général du spectacle. Il y avait pléthore d'accessoires : éventails, fouets, bananes et araignées en caoutchouc. Morse donna un coup de coude à Lewis lorsqu'une fille aux formes extraordinaires, vêtue d'une tenue de bal, se livra à un strip tease émoustillant et envoûtant pour ne garder qu'un masque d'une laideur incongrue.

— Elle a de la classe, celle-là, Lewis.

Mais Lewis n'était pas impressionné. Quand revint le tour de la fabuleuse Fiona, Morse décida à contrecœur qu'il fallait partir. Tandis qu'ils sortaient sous le soleil éblouissant de la rue, le petit gorille était en train d'extorquer à un jeune boutonneux une livre de cotisation. Après quelques bouffées d'un air relativement pur, Morse retourna à l'entrée et se posta près du jeune homme.

— Comment tu t'appelles, mon gars ?

— William Shakespeare, et vous ?

Il dévisagea Morse avec grand étonnement. Pour qui se prenait-il ? Cela faisait plus de deux ans qu'on ne lui avait pas parlé sur ce ton. Depuis l'école, à Kidlington.

— On peut aller quelque part pour discuter ?

— Qu'est-ce que vous voulez ?

— John Maguire, si je ne me trompe pas ? Je voudrais vous parler de Mlle Valerie Taylor. Je crois que vous avez entendu parler d'elle. Alors on peut parler calmement et gentiment, ou alors vous nous accompagnez au poste de police le plus proche. A vous de décider.

De toute évidence, Maguire était inquiet.

— Écoutez, pas ici, je vous en prie. A 16 heures, j'ai une pause d'une demi-heure. On pourra se voir. Je serai là-bas.

Il indiqua un snack-bar minable sur le trottoir opposé, près de l'*Angel*.

Morse réfléchit quelques instants.

— Je vous en prie, supplia Maguire. J'y serai, promis.

C'était une décision difficile à prendre, mais Morse finit par accepter, se disant qu'il serait stupide de braquer Maguire avant même d'avoir commencé à l'interroger.

Morse donna quelques brèves instructions à Lewis tandis qu'ils s'éloignaient. Il devait prendre un taxi jusqu'à Southampton Terrace et attendre le retour de Morse. Si Maguire avait l'intention de déguerpir (ce qui lui semblait peu probable), il retournerait certainement là-bas pour récupérer des affaires.

Au bout de la rue, Lewis trouva presque tout de suite un taxi. Se sentant un peu coupable, Morse repartit d'un pas nonchalant vers *le Penthouse*.

— Vous feriez mieux de me donner un autre billet, exigea Morse d'un ton sec.

Il longea une nouvelle fois le couloir mal éclairé, tendit son billet au nabot surpris et muet, et entra dans la salle sans encombre. Il reconnut sans peine la voluptueuse Vera et se dit que ce ne serait qu'une façon très peu pénible de passer la prochaine heure et demie. Il espérait seulement que la jeune fille masquée était toujours à l'affiche...

A 16 heures, ils étaient assis l'un en face de l'autre au snack-bar.

— Alors vous connaissiez Valerie Taylor?

— J'étais en classe avec elle.

— Vous étiez son petit ami, non?

— L'un de ses petits amis.

— Ah oui? Elle était comme ça?

Maguire ne réagit pas.

— Pourquoi l'inspecteur Ainley est-il venu vous voir?

— Vous le savez bien.

— Vous saviez qu'il s'était tué dans un accident de la route le jour où il vous a rendu visite?

— Non, je ne le savais pas.

— Je vous ai demandé pourquoi il était venu vous voir.

— Pour les mêmes raisons que vous, je suppose.

— Il vous a posé des questions sur Valerie?

Maguire hocha la tête. Morse eut l'impression que le jeune homme se sentait soudain plus détendu. Morse avait-il raté le coche ?

— Que lui avez-vous dit ?

— Qu'est-ce que je pouvais lui dire ? Il n'y a rien à ajouter. Ils m'ont fait faire une déclaration quand j'étais à l'école et je leur ai dit la vérité. Je ne pouvais pas aller au-delà, non ?

— Vous avez dit la vérité ?

— Bien sûr. Qu'est-ce que je pouvais avoir à faire avec tout ça ? J'étais à l'école toute la journée.

Morse se souvenait, mais il se maudissait de ne pas avoir apporté le témoignage du jeune homme. Maguire avait déjeuné au lycée et avait joué au cricket tout l'après-midi. A l'époque, il avait dû passer pour un témoin secondaire. C'était peut-être encore le cas. Mais alors pourquoi Ainley était-il venu à Londres pour le revoir, après tout ce temps ? Il devait y avoir quelque chose. Quelque chose de très important. Morse termina son café froid, se sentant un peu perdu. Ses manœuvres tortueuses de la journée commençaient à sembler inutilement théâtrales. Pourquoi ne pouvait-il pas se comporter comme un policier, tout simplement, pour une fois ? Toutefois, il lui restait quelques atouts en main, on ne savait jamais. Il s'apprêta à jouer le premier.

— Je vais vous donner encore une chance, Maguire, mais, cette fois, je veux la vérité, toute la vérité.

— Je vous ai dit...

— Soyons bien clairs, dit Morse. Ce qui m'intéresse, c'est Valerie Taylor, rien d'autre. Je ne me soucie pas de ces autres choses...

Ses paroles restèrent en suspens. Une lueur d'inquiétude traversa le regard du jeune homme.

— Quelles autres choses? Je ne vois pas de quoi vous voulez parler.

— Nous sommes allés dans votre appartement, aujourd'hui, mon vieux.

— Et alors?

— Il y a un ou deux petits problèmes qui n'ont pas l'air d'enchanter Mrs Gibbs...

— La vieille peau...

— Elle n'a pas eu à nous dire quoi que ce soit, vous savez.

— Qu'est-ce que j'ai fait? Allez, dites-le-moi.

— Cela fait longtemps que vous vous droguez, mon vieux?

Il fut comme frappé entre les deux yeux et ses efforts pour se ressaisir ne furent guère convaincants.

— Quelle drogue?

— Je viens de le dire, mon vieux. Nous sommes allés dans votre appartement, aujourd'hui.

— Et vous avez trouvé de l'herbe, je suppose. Et alors? Ici, pratiquement tout le monde fume de l'herbe.

— Je ne parle pas de tout le monde, dit Morse en se penchant en avant. Je parle de vous. Fumer de l'herbe est illégal, vous le savez, et je pourrais vous faire sortir d'ici les menottes aux poignets et vous emmener au poste de police le plus proche, ne l'oubliez pas! Mais comme je viens de vous le dire, je suis prêt à passer l'éponge. Seigneur, pourquoi compliquer ainsi votre situation? Vous pouvez retourner à votre satané appartement et vous shooter à l'héroïne, je m'en fous. Cela m'est égal, mon vieux, si vous acceptez de coopérer. Enfoncez-vous ça dans le crâne.

Morse le laissa mijoter quelques minutes avant de reprendre.

— Je veux savoir juste une chose, ce que vous avez dit à l'inspecteur Ainley, c'est tout. Et si je ne peux pas vous le faire cracher ici, je vais vous embarquer et vous cracherez le morceau ailleurs. Comme vous voulez, mon vieux.

Morse prit son pardessus posé sur le siège voisin et le mit sur ses genoux. Maguire jeta un coup d'œil sur la table en tripotant nerveusement la bouteille de ketchup. On lisait l'indécision dans son regard. Morse avait parfaitement minuté ce qu'il considérait comme son deuxième atout.

— Depuis combien de temps saviez-vous que Valerie était enceinte ? demanda-t-il doucement.

Maguire lui lança un regard noir. Morse remit son pardessus à côté de lui.

— A peu près trois semaines, répondit Maguire un peu plus librement.

— Elle en avait parlé à quelqu'un d'autre ?

— Elle était très sexy, fit Maguire en haussant les épaules. Tout le monde lui courait après.

— Vous avez couché combien de fois avec elle ?

— Dix, douze fois, je suppose.

— Je veux la vérité.

— Bon, trois ou quatre. Je ne sais plus.

— Où cela se passait-il ?

— Chez moi.

— Vous parents étaient au courant ?

— Non. Ils étaient au travail.

— Et elle a dit que c'était vous le père ?

— Non. Elle n'était pas comme ça. Bien sûr, elle a dit que c'était une possibilité.

— Vous avez été jaloux ?

Morse soupçonnait que oui, mais Maguire ne répondit pas.

— Elle était bouleversée ?

— Non. Simplement effrayée.
— De quoi ? Du scandale ?
— Surtout de sa mère, je crois.
— Pas de son père ?
— Elle ne l'a pas dit.
— Elle a parlé de s'enfuir ?
— Pas devant moi en tout cas.
— A qui d'autre aurait-elle pu parler ?

Maguire hésita.

— Elle avait un autre petit ami, non ? insista Morse. A part vous ?
— Pete ?

Maguire se détendit à nouveau.

— Il ne l'a même pas touchée.
— Mais elle lui a peut-être parlé.

Maguire parut amusé et Morse sentit que son interrogatoire s'essoufflait.

— Et son professeur principal ? Elle a pu se confier, peut-être ?
— Vous ne comprenez pas, dit Maguire en riant ouvertement.

Mais soudain, Morse se dit qu'au contraire il commençait à comprendre. Tandis que la lumière commençait à se faire dans son esprit, il se pencha en avant et fixa Maguire de ses yeux bleus, durs et implacables.

— Mais elle aurait pu aller voir le principal.

Il avait parlé d'une voix tranquille, avec une emphase stricte qui eut un effet spectaculaire sur Maguire. Morse vit un éclair de jalousie subite sur son visage et sut que, petit à petit, il s'approchait de la vérité sur Valerie Taylor.

Morse prit un taxi jusqu'à Southampton Terrace, où il trouva Lewis qui l'attendait patiemment. La voiture était prête. Bientôt, ils roulèrent sur la M40 en direction d'Oxford. L'esprit de Morse partait dans toutes les directions. Il se mura dans le mutisme. Ce n'est que lorsqu'ils eurent quitté l'autoroute qu'il rompit le silence.

— Désolé de vous avoir fait attendre, Lewis.

— Ce n'est rien, monsieur. Vous aussi, vous avez dû attendre.

— Oui, fit Morse sans mentionner son retour au *Penthouse*.

Il avait déjà dû baisser considérablement dans l'estime de son sergent. En tout cas, il avait beaucoup baissé dans le sien.

Ce n'est qu'à huit kilomètres d'Oxford que Lewis fit éclater une petite bombe.

— J'ai eu une petite conversation avec Mrs Gibbs, monsieur, pendant que vous étiez avec Mr Maguire.

— Et alors ?

— Je lui ai demandé pourquoi il lui avait posé tant de problèmes.

— Qu'est-ce qu'elle a répondu ?

— Elle m'a dit que, dernièrement, il a eu une fille chez lui.

— Quoi ?

— Oui, monsieur. Pendant presque un mois, a-t-elle dit.

— Mais pourquoi ne pas me l'avoir dit plus tôt ? Vous devez bien vous rendre compte que...

Il foudroya Lewis du regard, incrédule et exaspéré, et recula de nouveau sur son siège.

Lorsqu'il regagna son bureau, à 20 heures, sa ferme conviction que Valerie était morte avait été sérieusement mise à l'épreuve. Le rapport du labo l'attendait, bref et direct.

« Il existe assez de similitudes pour garantir une identification certaine. Suggérons que l'enquête se poursuive sur l'hypothèse que la lettre est bien de la main du signataire, Miss Valerie Taylor. Veuillez me contacter si vous souhaitez une vérification détaillée. »

Mais Morse n'était guère impressionné. En fait, il leva les yeux avec un sourire serein. Il prit l'annuaire téléphonique et chercha Phillipson, D. Il n'y avait qu'un Phillipson : « Les pins », Banbury Road, Oxford.

## CHAPITRE IX

« On entend parler, par exemple, d'un lycée du Connecticut où les professeurs ont trois blocs de papier de couleur, rose, bleu et vert, qu'ils tendent aux élèves en guise de laissez-passer pour se rendre chez le principal, au secrétariat ou aux toilettes. »

Robin DAVIS, *The Grammar School*

Sheila Phillipson était ravie de sa maison d'Oxford, un pavillon de quatre chambres, située juste après le rond-point de Banbury Road. Trois hauts sapins séparaient le spacieux jardin de la grande route très fréquentée, et le jardin de derrière, avec ses deux pommiers et son bassin aux poissons rouges, sa pelouse parfaitement entretenue et ses bordures soignées, était un enchantement de tous les instants. Sans grande imagination, elle avait baptisé la maison « Les pins ».

Donald rentrerait tard de l'école. Il avait une réunion du personnel. Mais elle n'avait préparé qu'une salade et les enfants avaient déjà dîné. Elle avait donc tout loisir de se détendre. A 17 h 45, elle était installée dans une chaise longue, dans le jardin, les yeux fermés, satisfaite. L'air vespéral était doux et calme... Elle était fière de Donald. Et des enfants, Andrew et Alison, qui regardaient la télévision. Ils travaillaient très bien à l'école primaire. Et, bien sûr, s'ils n'avaient pas toutes les chances qu'ils méritaient, ils pourraient toujours aller dans le privé. Donald allait sans doute les y envoyer, malgré ce qu'il avait affirmé aux parents d'élèves lors de la dernière réunion. The Dragon, New College School, Oxford High, Headington, on en entendait dire tant de bien. Mais elle avait le temps d'y penser. Pour l'instant, le jardin était superbe. Elle leva la tête pour profiter des derniers rayons du soleil couchant et huma la senteur du thym et du chèvrefeuille. Un délice. C'était presque trop beau. A 18 h 30, elle entendit la Rover de Donald dans l'allée.

Plus tard dans la soirée, Sheila ne reconnut pas l'homme qui se tenait à la porte d'entrée, un homme mince à la bouche fine et sensible et aux grands yeux bleu clair. Il s'exprimait bien, pour un inspecteur de police.

Malgré les protestations de Morse qui affirma que *Tom et Jerry* faisait partie de ses émissions télévisées préférées, les enfants furent aussitôt envoyés se coucher. Elle s'en voulut de ne pas les avoir fait monter une demi-heure plus tôt : le sol était jonché de jouets. Elle les ramassa nerveusement en bredouillant des excuses avant d'emporter les objets importuns. De retour dans le salon, elle trouva son visiteur en train d'étudier avec grand intérêt un portrait encadré d'elle et son mari.

— C'est une photo de presse, n'est-ce pas ?

— Oui. Nous avons organisé une grande fête lors du premier trimestre de Donald, enfin de mon mari, ici. Avec tout le personnel, ainsi que leurs conjoints, vous voyez ce que je veux dire. C'est le *Oxford Mail* qui a pris cette photo. Ils en ont pris pas mal, en fait.

— Et vous avez les autres ?

— Oui, je crois. Vous voulez y jeter un coup d'œil ? Mon mari ne va pas tarder. Il est dans son bain.

Elle fureta dans les tiroirs du secrétaire et tendit à Morse cinq clichés en noir et blanc et brillants. L'un d'eux, une photo de groupe, retint toute son attention. Les hommes étaient en smoking et les femmes en robe longue. La plupart d'entre eux semblaient heureux.

— Vous connaissez certains membres du personnel ? s'enquit-il.

— Certains, oui.

— Voilà une très bonne photo, très nette, continua-t-il en la regardant encore.

— C'est vrai.

— Acum s'y trouve ?

— Acum ? Oh oui, je crois. Mr Acum est parti il y a deux ans. Mais je me souviens très bien de lui, et de sa femme aussi.

Elle les désigna sur le cliché, un jeune homme au visage vif et intelligent portant le bouc, avec à son bras une jeune femme aux allures un peu garçonnes, aux cheveux blonds et mi-longs. Elle ne manquait pas de charme, mais son visage un peu sévère (du moins sur la photo) était parsemé de boutons.

— Vous dites que vous connaissiez son épouse ? demanda Morse.

Sheila entendit la baignoire se vider en gargouillant au premier étage. Pour une raison inexplicable, elle sentit un frisson lui parcourir le dos. Comme lorsque, jeune fille, elle avait décroché le téléphone à la place de son père. Elle se rappelait les questions étranges et presque effrayantes...

Phillipson apparut, frais et pimpant. Il s'excusa d'avoir fait attendre Morse, qui s'excusa à son tour de son intrusion inopinée. Sheila poussa intérieurement un soupir de soulagement. Elle leur demanda s'ils préféraient du thé ou du café. Voyant que des breuvages plus revigorants n'étaient pas au programme, Morse opta pour du café et, en hôte poli, le proviseur l'imita.

— Je suis venu vous parler d'Acum, dit Morse avec une honnêteté directe. Que pouvez-vous me dire sur lui ?

— Acum ? Pas grand-chose, en fait. Il est parti à la fin de la première année que j'ai passée ici. Il enseignait le français. Un type très qualifié. Il avait fait ses études à Exeter, diplômé avec mention, si je me souviens bien.

— Et sa femme ?

— Elle avait une licence en langues modernes, elle aussi. Ils se sont connus à l'université d'Exeter, je crois. En fait, elle a enseigné chez nous pendant un trimestre pour remplacer un collègue malade. Sans grand succès, je le crains.

— Pourquoi cela ?

— C'était une classe un peu dure, vous savez ce que c'est. Elle n'était pas vraiment à la hauteur.

— Vous voulez dire que les élèves l'ont un peu malmenée ?

— Ils ont failli lui baisser la culotte, malheureusement.

— J'espère que c'est une métaphore.

— Je l'espère aussi. Mais j'ai entendu des

rumeurs à faire dresser les cheveux sur la tête. Enfin, c'était de ma faute. Je n'avais qu'à pas l'engager. Elle était trop bas-bleu pour ce genre d'emploi.

— Qu'avez-vous fait ?

— Il a fallu que je m'en débarrasse, répondit Phillipson en haussant les épaules.

— Et Acum ? Où est-il allé ?

— Dans un lycée à Caernarfon.

— Il a obtenu une promotion ?

— Eh bien non, pas vraiment. Il n'enseignait que depuis un an, mais ils ont pu lui promettre des terminales. Pas moi.

— Il est toujours là-bas ?

— Pour autant que je sache.

— Il a été le professeur de Valerie Taylor, vous le savez, n'est-ce pas ?

— Inspecteur, il serait plus honnête de me dire pourquoi vous vous intéressez à lui. Je pourrais peut-être mieux vous aider si je savais ce que vous cherchez.

Morse considéra la question.

— Le problème, c'est que je ne le sais pas très bien moi-même.

Qu'il l'ait cru ou non, Phillipson n'insista pas.

— Eh bien, je sais qu'il a été le professeur de Valerie, en effet. A mon avis, ce n'était pas l'une de ses meilleures élèves.

— Il ne vous a jamais parlé d'elle ?

— Non, jamais.

— Pas de rumeurs, ni de ragots ?

Phillipson prit une profonde inspiration mais parvint à maîtriser son irritation croissante.

— Non.

— Vous avez une bonne mémoire, monsieur ? demanda Morse en changeant de tactique.

— Assez bonne, je suppose.

— Assez pour vous rappeler ce que vous faisiez le mardi 2 septembre de cette année?

Phillipson tricha et consulta son agenda.

— J'étais à une conférence des proviseurs de lycée à Londres.

— Où cela, à Londres?

— Au café *Royal*. Et si vous voulez le savoir, la conférence a commencé à...

— D'accord, d'accord.

Morse leva la main droite tel un prêtre bénissant ses fidèles. Les joues du principal s'empourprèrent de colère.

— Pourquoi me demandez-vous cela?

— C'est ce jour-là que Valerie a écrit à ses parents, répondit Morse avec un sourire affable.

— A quoi voulez-vous en venir, au juste, inspecteur?

— Je vais devoir poser la même question à pas mal de gens, vous savez. Et certains d'entre eux se mettront dans une colère noire, je le sais. Mais j'espérais que vous comprendriez.

— Oui, je vois, fit Phillipson en se calmant. Vous voulez dire...

— Je ne veux rien dire, monsieur. Tout ce que je sais, c'est que je suis obligé de poser un tas de questions embarrassantes. Je suis payé pour ça. Je suppose qu'il en est de même dans votre métier.

— Je suis désolé. Allez-y, demandez-moi ce que vous voulez. Cela m'est égal.

— Je n'en suis pas si sûr, monsieur.

Phillipson lui lança un regard vif.

— Voyez-vous, je veux que vous me disiez, si vous le pouvez, ce que vous faisiez exactement l'après-midi où Valerie Taylor a disparu.

Mrs Phillipson apporta le café puis retourna à la cuisine. La réponse vint alors, bien emballée.

— Ce jour-là, j'ai déjeuné à l'école, puis je me suis rendu à Oxford en voiture et j'ai traîné chez Blackwell. Ensuite, je suis rentré à la maison.

— Vous souvenez-vous de l'heure à laquelle vous êtes rentré ?

— A peu près 15 heures.

— Vous avez l'air de garder un souvenir très précis de cet après-midi.

— C'était un après-midi très important, non, inspecteur ?

— Vous avez acheté des livres ?

— Je ne me le rappelle pas, malheureusement.

— Vous avez un compte chez Blackwell ?

— Oui...

Phillipson hésita un instant.

— Mais si j'avais acheté un simple livre de poche, j'aurais payé en espèces.

— Mais vous auriez pu acheter quelque chose de plus cher ?

Morse balaya des yeux les rangées impressionnantes d'ouvrages d'histoire qui couvraient les deux murs du salon du sol au plafond et songea à la pathétique bibliothèque de Johnny Maguire.

— Je suppose que vous pourriez vérifier, dit sèchement Phillipson.

— Oui, je suppose que nous allons le faire, répondit Morse, soudain très fatigué.

A minuit et demi, Sheila Phillipson descendit les marches sur la pointe des pieds et trouva le flacon de codéine. Cette pensée lui revenait sans cesse à l'esprit et elle ne pouvait l'en chasser, cette nuit terrible où Donald lui avait fait l'amour en l'appelant

Valerie. Bien sûr, elle n'en avait jamais parlé. Elle ne pouvait pas.

Soudain, elle sursauta, une lueur de terreur dans les yeux, avant de s'écrouler avec soulagement sur un tabouret de cuisine.

— Ah, ce n'est que toi, Donald. Tu m'as fait peur.

— Tu ne peux pas dormir, toi non plus, chérie ?

# CHAPITRE X

> « Je n'ai pas une ligne de sa main,
> Pas une mèche de ses cheveux. »
>
> Thomas HARDY, *Thoughts of Phena*

Mardi matin, en arrivant avec retard à son bureau, Morse semblait peu disposé à travailler. Il tendit à Lewis le rapport sur la lettre de Valerie et entama les mots croisés du *Times*. Il consulta sa montre, nota l'heure exacte dans la marge et se mit sans tarder à gribouiller à toute vitesse. Dix minutes plus tard il s'arrêta. Il ne s'octroyait que dix minutes et réussissait presque toujours à finir. Mais ce matin, il lui restait une définition à trouver.

— Qu'est-ce que ça peut être, Lewis ? En cinq lettres. Était pleine, mais pas de vie ?

Lewis nota les lettres déjà inscrites et fit mine de réfléchir. Il n'avait pas l'esprit aux mots croisés.

— Ça pourrait être « velue ».

— Pourquoi diable ?

— Eh bien, ça colle.

— On pourrait trouver une centaine de mots qui collent.

— Par exemple ?
Morse eut du mal à citer « verte ».
— Je préfère velue, monsieur.
— Alors, qu'est-ce que vous en pensez ? demanda l'inspecteur en posant son journal.
— Apparemment, c'est bien son écriture.
On frappa à la porte. Une jeune employée posa le courrier du matin dans la corbeille. Morse parcourut sa correspondance d'un œil hâtif et dégoûté.
— Rien d'urgent, Lewis. Allons faire un tour au labo. Je crois que le vieux Peters devient sénile.

Âgé d'une petite soixantaine d'années, Peters avait auparavant travaillé pendant vingt ans en tant que médecin légiste au ministère de l'Intérieur. A un moment donné, les fluides de la faillibilité humaine avaient dû être extraits de son cerveau. Il avait un comportement clinique et sec, ses paroles semblaient sortir d'un micro-ordinateur installé dans sa tête. Ses réponses étaient lentes, mécaniques, affirmatives. Jamais on ne l'avait vu se disputer avec quiconque. Il se contentait de lire les informations.
— Alors vous pensez qu'il s'agit bien de l'écriture de Valerie Taylor ?
— Oui, répondit-il après un instant de réflexion.
— Mais peut-on être certain dans des domaines comme la graphologie ?
— Non, fit-il après un silence.
— Quel est votre degré de certitude ?
— Quatre-vingt-dix pour cent, dit-il après un silence.
— Alors vous seriez surpris s'il s'avérait que ce n'est pas elle qui a écrit cette lettre ?
— Oui, surpris, répondit-il après réflexion, comme si l'ordinateur calculait sa réaction à l'incertitude.

— Qu'est-ce qui vous fait croire que c'est bien son écriture ?

Après un silence, il fit un discours sur les indices fournis par les boucles, les fioritures, les volutes. Morse luttait contre les probabilités.

— Mais on peut faire une fausse lettre, non ?

— Bien sûr, répondit Peters après un silence.

— Mais vous ne croyez pas que celle-ci soit fausse ?

— Je crois que c'est la fille qui l'a écrite, répondit-il après un silence.

— Mais l'écriture d'une personne change avec le temps, non ? Je veux dire, cette lettre est écrite avec presque la même écriture que les cahiers.

— Chaque écriture possède un style de base propre, expliqua-t-il après un silence. Les inclinaisons changent, bien sûr, ainsi que d'autres détails mineurs. Mais, quels que soient ces changements, il existe toujours un style distinctif, qui porte en lui les caractéristiques essentielles de l'individu.

Il se tut encore. Lewis eut l'impression qu'il lisait dans un livre.

— En grec, reprit-il, le mot « caractère » signifie écriture, paraît-il.

Lewis sourit. Il s'amusait beaucoup.

Morse posa une pénultième question à l'ordinateur.

— Vous n'iriez pas jusqu'à témoigner sous serment au tribunal que c'est bien son écriture, tout de même ?

— Je dirais au jury ce que je viens de vous dire, répondit-il après un silence. Que la probabilité tourne autour de quatre-vingt-dix pour cent.

Sur le seuil, Morse se retourna.

— Pourriez-vous imiter son écriture de façon convaincante ?

La calculatrice desséchée alla jusqu'à sourire et n'hésita que très peu de temps.

— J'ai une grande expérience dans ce domaine, vous savez.

— Alors vous pourriez ?

— Oui, je pourrais, répondit-il après réflexion.

De retour dans son bureau, Morse mit Lewis au courant de sa visite de la veille chez les Phillipson.

— Vous ne l'appréciez pas beaucoup, on dirait, monsieur.

— Oh, je ne le déteste pas, fit Morse d'un air attristé. Mais j'ai l'impression qu'il n'est pas franc du collier avec moi, c'est tout.

— Nous avons tous des choses à cacher, n'est-ce pas ?

— Hum, fit Morse en regardant par la fenêtre.

« Était pleine, mais pas de vie. » Cinq lettres. Il ne trouvait toujours pas. Tout comme la solution de cette affaire. Il avait l'impression d'être face à un orchestre dont quelques interprètes jouaient un peu faux.

— Lewis, saviez-vous que ténor est l'anagramme de noter ?

Lewis l'ignorait. Il nota les lettres d'un air désinvolte et vérifia.

— C'est vrai, annonça-t-il. Peut-être que la définition que vous cherchez est aussi une anagramme.

Une lueur traversa le regard de Morse.

— Vous êtes un génie, Lewis. Pas *de vie*.

Sherlock Holmes saisit le *Times*, inscrivit « vidée » et adressa un large sourire à son docteur Watson.

— A présent, réfléchissons à notre affaire.

Lewis s'assit et écouta. Morse était parti.

— On peut dire que la lettre a été écrite soit par Valerie soit par quelqu'un d'autre. D'accord ?
— C'est Valerie à neuf contre un.
— Oui. Tout désigne Valerie. Et si elle a écrit cette lettre, on peut raisonnablement penser qu'elle est toujours en vie. Elle a dû s'enfuir à Londres et elle s'y trouve toujours. Elle est très heureuse là-bas et ne souhaite pas rentrer à Kidlington, et nous sommes en train de perdre notre temps.
— Sauf si on la retrouve.
— Bien sûr que si. Que ferons-nous si nous la retrouvons ? Nous la ramènerons chez sa maman en lui disant qu'elle est une vilaine petite fille ? A quoi bon ?
— Mais cela permettrait d'éclaircir l'affaire.
— Si c'est elle qui a écrit la lettre, il n'y a pas d'affaire.
Depuis la veille au soir, quelque chose tourmentait amèrement Lewis. Il décida de libérer sa conscience.
— Vous pensez que ce que m'a dit Mrs Gibbs est important, monsieur ? Vous savez, à propos de cette fille dans l'appartement de Maguire.
— J'en doute, fit Morse.
— Vous pensez que cela pouvait être Valerie ?
— Je n'arrête pas de vous le répéter, Lewis. Elle est morte. Quoi que puisse affirmer ce tatillon de Peters. Elle n'a pas pu écrire cette lettre.
Lewis grommela intérieurement. Quand son supérieur avait une idée ancrée dans le crâne, même un cataclysme ne pouvait l'en déloger.
— Supposons un instant que cette lettre n'est pas de la main de Valerie. Dans ce cas, quelqu'un a imité son écriture, et avec grand soin et talent. Non ?
— Mais pourquoi quelqu'un... ?

— J'y viens. Pourquoi voudrait-on nous faire croire que Valerie est encore en vie alors qu'en fait elle est morte ? Eh bien, à mon avis, il existe une réponse des plus convaincantes à cette question. On veut nous faire croire que Valerie est toujours en vie parce que cette personne a l'impression qu'il existe un réel danger que la police découvre la vérité en poursuivant son enquête sur le dossier Taylor. La vérité, c'est que Valerie est morte et qu'on l'a assassinée, Lewis. Je crois que, pour une raison ou pour une autre, cette personne a pris peur et a écrit cette lettre pour détourner l'attention. Ou du moins pour détourner l'attention d'Ainley.

Lewis se sentit incapable d'apporter la moindre contribution à une hypothèse si étrange, aussi Morse continua.

— Cependant, il existe une autre possibilité qu'il ne faut pas négliger. Quelqu'un a pu écrire cette lettre pour la raison totalement inverse, pour mettre la police sur la piste. Et si on y réfléchit, c'est exactement ce qui s'est passé. Ainley travaillait encore sur l'affaire, mais pas de façon officielle. A sa mort, sans la lettre, le dossier serait resté au même point, non résolu, et on aurait fini par l'oublier. Mais quand la lettre est arrivée, que s'est-il passé ? Strange m'a convoqué pour me dire de reprendre l'affaire, de rouvrir officiellement l'enquête. C'est précisément ce que nous sommes en train de faire. Mais allons un peu plus loin dans le raisonnement. Qui voudrait voir la police rouvrir le dossier ? Pas le meurtricr, c'est certain. Alors qui ? Ce pourrait être les parents, bien sûr. Ils ont pu penser que la police ne faisait pas grand-chose...

— Vous ne croyez pas honnêtement que les Taylor ont pu écrire cette lettre ? demanda Lewis, stupéfait.

— Cette idée ne vous avait pas effleuré? demanda calmement Morse.

— Non.

— Eh bien, elle aurait dû. Après tout, ils sont aussi capables que n'importe qui d'imiter de façon correcte l'écriture de leur fille. Mais, à mon avis, il y a une possibilité bien plus intéressante. La lettre a pu être envoyée par quelqu'un qui savait que Valerie avait été tuée, qui avait une bonne idée du nom de l'assassin et qui voulait qu'il soit jugé.

— Mais pourquoi... ?

— Un petit instant. Supposons que cette personne apprenne qu'Ainley se rapprochait dangereusement de la vérité. Elle l'a même peut-être aidé à la découvrir. Que se passe-t-il? Une tragédie. Ainley se tue et on revient au point de départ. Il faut voir les choses de cette façon. Disons qu'Ainley s'est rendu à Londres le lundi et y a trouvé Valerie en vie. Vous me suivez? Très bien, le pot aux roses est découvert. La fille est retrouvée. Le lendemain, elle écrit à ses parents. Inutile de se cacher, désormais. Si elle ne leur dit pas, Ainley le fera.

— Cela semble coller, monsieur.

— Ah, mais il existe une autre interprétation. Supposons à présent qu'Ainley n'ait pas retrouvé Valerie. Et c'est là ma conviction. Supposons qu'il ait découvert quelque chose de bien plus sinistre qu'une jeune fille saine et sauve. Parce que, rappelez-vous, Lewis, quelque chose a attiré Ainley à Londres, ce lundi. Nous ne le saurons peut-être jamais, mais il se rapprochait sans cesse de la vérité. Et, à sa mort, quelqu'un a absolument voulu qu'on poursuive son travail. Donc, le lendemain de la mort d'Ainley, on écrit une lettre. Justement parce que Valerie est morte. Et elle a eu exactement l'effet escompté. Le dossier est rouvert.

Les circonvolutions de la théorie de Morse commençaient à avoir raison des capacités d'analyse logique de Lewis.

— Je n'ai pas tout suivi, monsieur, mais... Vous partez toujours de l'hypothèse qu'elle n'a pas écrit la lettre, n'est-ce pas ? Je veux dire, si ce que dit Peters est...

La ravissante employée de bureau entra de nouveau et tendit à Morse un dossier marron.

— Le surintendant Strange a dit que cela pourrait peut-être vous intéresser, monsieur. On a cherché les empreintes, sans résultat, selon lui.

Morse ouvrit le dossier. Il y trouva une enveloppe marron bon marché, déjà ouverte, postée la veille au centre de Londres et adressée à la police de Thames Valley. La lettre était écrite sur du papier blanc réglé.

« Cher monsieur,

« Il paraît que vous me cherchez, mais je ne veux pas parce que je ne veux pas rentrer à la maison.

« Salutations, Valerie Taylor. »

Il tendit la lettre à Lewis.

— On ne peut pas dire que notre Valerie soit une correspondante très prolifique, n'est-ce pas ?

Il décrocha le téléphone et appela le labo. En entendant un silence à l'autre bout du fil, il sut qu'il s'adressait à l'ordinateur en personne.

# CHAPITRE XI

« Toutes les femmes ressemblent à leur mère. C'est là le drame. »

Oscar WILDE

Pour la deuxième fois en vingt-quatre heures, Morse se retrouva en train d'examiner une photographie avec un intérêt tout particulier. Lewis avait quitté le bureau pour donner une série de coups de téléphone. L'inspecteur se tenait mains sur les hanches, fixant la jeune fille qui semblait soutenir son regard, de façon très intense, depuis le mur du salon. Mince, brune, elle avait des yeux qui paraissaient vous mettre au défi d'oser, tout en exprimant clairement qu'elle le souhaitait ardemment. C'était une fille très séduisante et, tels les vieillards de Troie posant les yeux pour la première fois sur Hélène, Morse ne fut guère surpris qu'elle ait provoqué autant de troubles.

— Votre fille est vraiment ravissante.

Mrs Taylor eut un sourire hésitant face au cliché.

— Ce n'est pas Valerie, dit-elle. C'est moi.

Morse se retourna sans chercher à dissimuler son étonnement.

— Vraiment ? Je ne m'étais pas rendu compte que vous vous ressembliez tant. Je ne voulais pas, heu...

— J'étais assez jolie, je suppose, à l'époque. J'avais dix-sept ans, sur cette photo. Elle remonte à plus de vingt ans. Cela paraît bien loin.

Morse l'observait tandis qu'elle parlait. Sa silhouette s'était arrondie autour des hanches, et sur ses jambes, toujours fines, apparaissaient quelques varices. C'était surtout son visage qui avait changé. Quelques mèches de cheveux gris balayaient ses traits usés, ses dents avaient jauni, la chair de son cou était plus flasque. Mais elle était toujours... Les hommes avaient de la chance, se dit-il. Ils semblaient vieillir de façon bien moins visible que les femmes. Sur une petite commode, contre le mur de droite, était posé un délicat vase de porcelaine. Il parut au policier d'un bon goût incongru et trop luxueux dans cette pièce aux meubles miteux. Morse le fixa avec un froncement de sourcils perplexe.

Ils bavardèrent pendant environ une demi-heure, principalement de Valerie, mais Mrs Taylor n'avait rien à ajouter à ce qu'elle avait maintes fois répété à de nombreuses personnes. Elle se rappelait les événements de ce jour lointain comme un élève nerveux répète sa leçon d'histoire devant un examinateur. Mais cela ne surprit guère le policier. Après tout, comme Phillipson le lui avait rappelé la veille, c'était une journée très particulière. Il lui posa des questions sur elle-même et apprit qu'elle avait récemment trouvé un emploi, le matin, dans un supermarché. Elle garnissait les rayons. C'était fatigant car elle passait le plus clair de son temps debout, mais c'était mieux que de rester à la maison toute la journée et bien agréable d'avoir un peu d'argent à elle. Morse ne lui demanda pas combien elle dépensait sur l'alcool et les cigarettes, mais il y avait une chose qu'il voulait savoir.

— Ne m'en veuillez pas, Mrs Taylor, mais il faut que je vous pose une ou deux questions assez personnelles.

— Allez-y.

Elle s'adossa dans le canapé rouge et alluma une autre cigarette d'une main légèrement tremblante. Morse se dit qu'il aurait dû le remarquer plus tôt. Il le voyait à sa façon de s'asseoir, les jambes légèrement écartées, les yeux lançant toujours une invitation lointaine et atténuée. Il émanait de cette femme une sensualité ouverte bien que fanée, et presque tangible. Il prit une profonde inspiration.

— Saviez-vous que Valerie était enceinte au moment de sa disparition ?

— Elle n'était pas enceinte, répondit-elle avec un regard presque dangereux. Je suis sa mère, ne l'oubliez pas. Celui qui vous a dit ça est un foutu menteur.

Elle parlait d'un ton plus dur et plus vulgaire. Le vernis commençait à se craqueler, et Morse se surprit à s'interroger à son sujet. Un mari absent, de longues journées solitaires et une fille qui ne rentre que pour déjeuner, et encore, uniquement la dernière année avant sa disparition.

Il n'avait pas eu l'intention de lui poser la question suivante. C'était l'une de ces choses qui ne regardent personne. Bien sûr, cela l'avait frappé la première fois qu'il avait vu le supplément couleurs du journal : les cartes d'anniversaire pour leurs dix-huit ans de mariage, alors que Valerie avait presque vingt ans, du moins elle les aurait eus, si elle avait été encore vivante. Il prit une nouvelle inspiration.

— Mrs Taylor, Valerie est-elle la fille de votre mari ?

La question toucha sa cible. Mrs Taylor se détourna.

— Non. Je l'ai eue avant de rencontrer George.

— Je vois, dit gentiment Morse.

Sur le pas de la porte, elle se tourna vers lui.

— Vous allez voir mon mari ?

Morse hocha la tête.

— Je me moque de ce que vous lui demanderez, mais... Je vous en prie... ne dites rien au sujet de... ce que vous venez de me demander. Il a toujours été comme un père, pour elle mais... on s'est moqué de lui à cause de cela, au début de notre mariage, surtout... surtout que nous n'avons pas eu d'enfants à nous. Vous voyez ce que je veux dire. Cela l'a blessé, je le sais et... je ne veux pas qu'il souffre, inspecteur. Il est très gentil avec moi. Il l'a toujours été.

Elle parlait avec une chaleur surprenante. Morse décela sur son visage les traces de sa beauté d'antan. Il s'entendit lui promettre qu'il n'en ferait rien. Pourtant, il se demandait qui était le vrai père de Valerie, et s'il était important de le savoir. S'il pouvait espérer l'apprendre. Si quelqu'un le savait, notamment la mère de la jeune fille.

Tout en flânant, il se posa une autre question. Il y avait eu quelque chose, bien qu'à peine perceptible, quelque chose de faux, dans la nervosité de Mrs Taylor. Juste un peu plus que la nervosité naturelle de rencontrer un homme inconnu, même un policier inconnu. C'était plutôt comme l'air qu'il avait surpris plusieurs fois sur le visage de sa secrétaire quand, en entrant par surprise dans son bureau, il l'avait vue cacher à la hâte une chose personnelle qu'elle ne voulait pas qu'il vît. Se trouvait-il quelqu'un d'autre, dans la maison, pendant leur entrevue ? Il le pensait. Il tourna brusquement les talons et se retourna vivement vers la maison qu'il venait de quitter. Et il le vit. Le rideau de droite d'une fenêtre du premier bougea légèrement et une vague silhouette recula contre le mur. Cela ne dura que l'espace d'un éclair. Le rideau était à nouveau immobile. Tout signe de vie avait disparu. Un papillon blanc voleta au-dessus de la haie, puis il disparut, lui aussi.

## CHAPITRE XII

« Même le couvercle de la poubelle est
[mécanique
Et au tout dernier moment
On pourrait se débarrasser d'un
[cadavre ainsi
Sans commettre le moindre délit. »

D. J. ENRIGHT, *No Offence : Berlin*

Alors qu'il roulait sur Woodstock Road en direction d'Oxford, Morse se dit que, bien qu'il ait pratiquement tout fait dans la vie, il n'avait jamais eu l'occasion de visiter une décharge municipale. En s'engageant dans Walton Street, il ralentit pour négocier les ruelles qui menaient vers Jericho. A vrai dire, il ne pouvait pas affirmer qu'il savait très bien où il allait. Il dépassa Aristotle Lane et tourna à droite dans Walton Well Road, franchit le pont en dos d'âne qui enjambait le canal et arrêta la Jaguar près d'une barrière ouverte. Une pancarte l'informa que les véhicules non autorisés ne pouvaient aller plus loin et que les contrevenants étaient passibles de poursuites judiciaires. L'avis était signé par un responsable au titre quelque peu pompeux de

« conservateur et shérif » de Port Meadow. Toutefois, il passa en première et avança, se disant qu'il se trouvait sans doute dans la catégorie des véhicules autorisés, et espérant même que quelqu'un l'arrêterait. Mais personne ne se présenta. Il longea doucement le chemin goudronné bordé à sa droite par une ceinture d'arbres et à sa gauche par la vaste étendue verdoyante de Port Meadow. Par deux fois, des camions de société se présentèrent face à lui. Il dut se ranger sur l'herbe pour les laisser passer. Puis il arriva à l'entrée du site, où une barrière en bois surmontant une grille bloquait tout accès. Il abandonna la voiture et continua à pied. Une pancarte déconseillait fortement au public de toucher aux objets déposés sur les lieux car ils étaient traités à l'aide d'un insecticide très toxique. Il parcourut plus de cinq cents mètres avant d'apercevoir vraiment des ordures. La terre sur laquelle il marchait était plane et nette, marquée par les traces qu'avaient laissées les bulldozers et les niveleurs. Seul un occasionnel morceau d'emballage partiellement enterré trahissait les milliers de tonnes d'ordures ensevelies sous terre. Les herbes et les buissons n'allaient pas tarder à pousser, les animaux retrouveraient leur territoire et nicheraient à nouveau dans les fourrés parmi les fougères et les fleurs sauvages. Puis les gens viendraient éparpiller leurs détritus de pique-nique et il faudrait tout recommencer. Parfois, l'*homo sapiens* était une espèce bien détestable.

Il se dirigea vers le seul signe de vie en vue, une cabane en tôle ondulée, jadis peinte en vert mais à présent délabrée et rouillée. Un ouvrier d'une saleté indescriptible le dirigea dans les profondeurs d'un réseau de crasse. Deux pies et un corbeau aux airs menaçants s'envolèrent à contrecœur sur son passage et traversèrent le terrain vague où s'amoncelaient les détritus. Enfin, Morse atteignit la zone principale de la décharge : canettes de Coca et de Pepsi, vieux gants en caoutchouc, des mètres de fil de fer rouillé, vieux flacons de liquide vaisselle ainsi qu'une cible de fléchettes très abîmée ; boîtes à biscuits, vieilles chaussures, une bouillotte, vieux sièges de voiture et toute une collection de cartons. Morse chassa de la main les affreuses mouches qui tournoyaient autour de sa tête. Il fut heureux de découvrir qu'il lui restait une cigarette. Il jeta le paquet vide. Quelle importance, dans un tel endroit ?

George Taylor se tenait à côté d'un bulldozer jaune, criant ses instructions au conducteur par-dessus le grondement du moteur tout en indiquant un monticule de terre et de pierres qui formait un rempart au bord de la fosse peu profonde. En silence, Morse songea à l'image d'un archéologue qui, dans mille ans, chercherait peut-être à connaître le mode de vie de l'homme du xx^e^ siècle. Morse éprouva pour lui de la compassion en songeant aux détritus sordides qu'il allait trouver.

George était un homme trapu aux larges épaules. Pas très intelligent, peut-être, mais, aux yeux de Morse, honnête et plutôt sympathique. Il s'assit sur un bidon de paraffine de quarante-cinq litres. Morse avait décliné l'invitation à s'installer sur un siège similaire, supposant que, au point où il en était, le pantalon de Taylor devait être immunisé contre les effets nocifs de l'insecticide. Ils bavardèrent donc. Morse s'efforça d'imaginer ce qui devait se dérouler chaque soir, chez les Taylor : George rentrait à la maison, crasseux et fourbu, vers 18 h 15. Mrs Taylor préparait le dîner et faisait la vaisselle. Et Valerie... Mais que savait-il au juste de Valerie ? Condescendait-elle de temps à autre à participer un minimum aux tâches ménagères ? Il l'ignorait. Trois personnalités bien distinctes vivant sous le même toit, réunies et soudées par cette unité statistique si chère aux sociologues, la famille. Morse interrogea Taylor sur Valerie, sur sa vie à la maison, à l'école, ses amis, ses goûts. Mais il n'apprit pas grand-chose de plus que ce qu'il savait déjà.

— Avez-vous jamais songé que Valerie avait pu s'enfuir parce qu'elle était enceinte ?

George alluma doucement une Woodbine et regarda d'un air pensif les débris de verre qui jonchaient le sol, à ses pieds.

— On pense presque à tout quand il vous arrive un coup pareil. Je me rappelle que, quand elle était plus jeune, elle rentrait parfois tard, et je m'imaginais un tas de choses.

Morse opina en silence.

— Vous êtes père de famille, inspecteur ?

Morse secoua négativement la tête et, comme George, regarda vers le sol.

— C'est drôle, en fait. On pense au pire. Ensuite, quand elle rentrait, on se sentait à la fois heureux et fâché, si vous voyez ce que je veux dire.

Morse pensait comprendre. Pour la première fois de l'enquête il perçut ce qui ressemblait à une douleur et un chagrin dans toute cette histoire. Il se prit à espérer que la jeune fille était toujours en vie.

— Il lui arrivait souvent de rentrer tard ?

— Non, fit George après une hésitation. Pas vraiment, enfin, pas jusqu'à ses seize ans, en tout cas.

— Et ensuite ?

— Eh bien, pas trop tard. D'ailleurs, j'attendais toujours son retour.

— Lui arrivait-il de découcher ? demanda Morse de façon plus directe.

— Jamais, répondit Taylor d'un ton catégorique.
Mais le policier se demanda si c'était vrai.

— A quelle heure rentrait-elle au plus tard? Après minuit?

George hocha tristement la tête.

— Bien après?

— Parfois.

— Il y avait des disputes?

— Ma femme se fâchait, bien sûr. Et moi aussi, en fait.

— Alors elle rentrait souvent tard?

— Enfin, non. Pas souvent. Une fois toutes les deux ou trois semaines. Elle disait qu'elle allait à une fête avec ses amis, ou quelque chose comme ça.

Il passa la main sur son menton mal rasé et secoua la tête.

— De nos jours, c'est plus comme dans le temps. Je ne sais pas.

Ils demeurèrent silencieux. George donna un coup de pied dans une canette de Coca-Cola écrasée.

— Vous lui donniez beaucoup d'argent de poche?

— Une livre par semaine, parfois un peu plus. Le week-end, elle travaillait à la caisse du supermarché. Elle dépensait presque tout pour s'acheter des vêtements, des chaussures, ce genre de choses. Elle ne manquait jamais d'argent.

Avec un puissant grondement, le bulldozer charria encore quelques mètres cubes de terre sur une étendue nauséabonde de détritus, puis recula doucement pour manœuvrer en diagonale et se mettre en position derrière un autre monticule. Avec ses chenilles, il traçait sur le sol les croix dentelées que Morse avait remarquées en arrivant. Tandis que les dents brillantes de la pelle s'enfoncèrent de nouveau dans la terre friable, une idée germa doucement dans l'esprit de Morse. Mais George avait repris la parole.

— Cet inspecteur qui s'est tué, vous savez, il était venu me voir, il y a quelques semaines.

Morse se figea, retenant son souffle, comme si le moindre mouvement pouvait être fatal. Il espéra que sa question semblerait traduire une simple curiosité naturelle.

— A quel propos souhaitait-il vous voir, Mr Taylor ?

— C'est drôle. Il m'a posé les mêmes questions que vous, vous savez, à propos des sorties nocturnes de Valerie.

Le sang de Morse se glaça et ses yeux bleus plongèrent dans le passé, semblant saisir une idée de ce qui s'était déroulé, à l'époque... Un autre camion gravit bruyamment la côte, prêt à déposer un nouveau chargement d'ordures. George se leva pour donner ses instructions.

— Je crains de ne pas vous avoir été très utile, inspecteur.

Morse serra la main sale et calleuse de George et s'apprêta à prendre congé.

— Vous croyez qu'elle est vivante, inspecteur ?

— Et vous ? répondit Morse avec un regard curieux.

— Eh bien, il y a tout de même cette lettre, non ?

Pour une raison étrange et intuitive, Morse sentit que ces paroles sonnaient faux. Avec un froncement de sourcils, il regarda George Taylor s'éloigner vers le camion. Oui, il y avait la lettre, et il espérait à présent que c'était bien Valerie qui l'avait écrite, mais...

Il regarda autour de lui.

Et si tu restais coincé dans un endroit dégoûtant comme celui-ci, Morse, sans doute pour le reste de tes jours ? Et quand on vient te voir, tout ce que tu as à proposer c'est un vieux bidon de paraffine aspergé d'insecticide en guise de siège. Toi, tu as ton fauteuil de cuir noir et ta moquette blanche et ton bureau en chêne ciré. Certains ont plus de chance que d'autres.

Tandis qu'il s'éloignait, le bulldozer jaune plongea le nez dans un nouveau monticule de terre. Bientôt, le niveleur viendrait lisser la surface d'argile comme un cuisinier nappe un gâteau de glaçage.

## CHAPITRE XIII

« On ne peut pas voir la forêt avant les arbres. »

Proverbe allemand

Quand Morse revint à son bureau, à 17 h 30, Lewis était déjà rentré chez lui. Peut-être était-il plus sage d'en faire autant ? Le policier possédait à présent de nombreuses pièces du puzzle. Certaines étaient grosses et laides et semblaient ne pouvoir s'emboîter nulle part. Mais elles finiraient par trouver leur place, pour peu que Morse ait le temps d'y réfléchir. Pour l'instant, il s'en tirait trop bien. Certains arbres lui apparaissaient assez clairement, mais pas encore les contours de la forêt. Ce qu'il fallait, c'était prendre un peu de recul.

Il alla chercher une tasse de café à la cantine puis s'installa derrière son bureau. Il écarta de la main les notes prises par Lewis, posées bien en évidence sous un presse-papiers. Il y avait autre chose dans la vie que l'affaire Taylor. Toutefois, pour l'instant, il ne se rappelait pas très bien quoi. Il parcourut le contenu des rapports sur la récente vague d'explosions incendiaires, le rôle de la police dans les festivals pop et les ravages du hooliganisme après le dernier match à domicile de l'équipe d'Oxford United. Il y avait quelques points intéressants. Il traça ses initiales sur le document et posa les rapports dans sa corbeille de courrier au départ. On publiait trop de rapports. Plus il y en avait, plus cet exercice devenait contraire au but recherché. Morse aurait volontiers voté pour un moratoire sur tous les rapports pour les cinq années à venir.

Il consulta son agenda. Le lendemain, il devait se rendre au tribunal. Il valait mieux rentrer à la maison afin de repasser une chemise propre. Il était 18 h 25 et il avait faim. Enfin... Il irait chez le traiteur chinois... Il enfila son pardessus, en se demandant s'il allait prendre des crevettes ou du poulet chop suey quand retentit la sonnerie du téléphone.

— Un appel personnel de Mr Phillipson. Je vous le passe ?

La standardiste semblait bien fatiguée, elle aussi.

— Vous travaillez tard, ce soir, inspecteur.

— J'allais juste m'en aller, répondit Morse en étouffant un bâillement.

— Vous avez de la chance, reprit Phillipson. Moi, j'ai une réunion de parents d'élèves. Je ne serai pas chez moi avant 22 heures.

Face au manque d'intérêt de Morse, le proviseur en vint au fait.

— Je voulais simplement vous dire que j'ai vérifié chez Blackwell. Vous savez, pour savoir si j'avais ou non acheté un livre ?

Morse consulta les notes de Lewis et termina la phrase à sa place.

— Et vous avez acheté les *Études d'historiographie* de Momigliano, chez Weidenfeld et Nicolson, au prix de 2,50 livres.

— Alors vous avez vérifié ?
— Oui.
— Bon... Eh bien, je voulais simplement vous le dire.
— C'est très aimable à vous. Merci beaucoup. Vous m'appelez du lycée ?
— De mon bureau, oui.
— Auriez-vous le numéro de Mr Acum ?
— Un instant, inspecteur.
Morse resta à l'appareil tout en lisant les notes de Lewis. Pas de nouvelles de Peters à propos de la deuxième lettre, rien de bien nouveau, en fait...
Une personne à l'ouïe moins fine n'aurait pas entendu. Mais Morse entendit, et il comprit qu'une fois de plus quelqu'un venait d'écouter la conversation du proviseur. Une personne qui se trouvait à l'extérieur du bureau. L'esprit de Morse fit très lentement le rapprochement qui s'imposait.
— Vous êtes toujours là, inspecteur ? Nous avons deux numéros pour Acum, l'un à l'école, l'autre chez lui.
— Donnez-moi les deux, répondit Morse.
Après avoir raccroché, le policier demeura quelques instants pensif. Si Phillipson voulait utiliser le téléphone de son bureau, il devait d'abord composer le 9 pour obtenir la ligne extérieure, puis composer le code et le numéro de son correspondant. Morse avait remarqué ce processus en visitant l'établissement. Mais lui, Morse, ne pouvait joindre Phillipson que si quelqu'un se trouvait près du standard, dans le bureau du secrétariat. Il doutait fortement que la fidèle Mrs Webb ait été réquisitionnée pour la réunion de parents d'élèves, ce soir-là.
Il attendit quelques instants et appela. On décrocha presque aussitôt.

— Lycée Roger Bacon.

— C'est le proviseur ? s'enquit innocemment Morse.

— Non. Baines à l'appareil. Le principal adjoint. Je peux vous aider ?

— Ah, Mr Baines. Bonsoir. En fait, c'est à vous que je souhaitais parler. J'aimerais bien que nous puissions nous rencontrer assez rapidement. C'est encore à propos de l'affaire Taylor. Il y a un ou deux points que vous pouvez peut-être m'aider à éclaircir.

Baines était libre à 21 h 45 et pouvait le rejoindre au *White Horse* juste après. Pourquoi repousser au lendemain ?

Morse était satisfait. Il l'aurait été encore plus s'il avait pu voir l'air très inquiet sur le visage de Baines tandis qu'il enfilait sa veste et entrait dans la grande salle pour aller à la rencontre des parents d'élèves.

Il était inutile de rentrer à la maison. Morse se rendit donc à la cantine où il trouva un exemplaire du *Telegraph*. Il commanda une saucisse purée, inscrivit l'heure exacte dans la marge de la dernière page et se plongea dans la première définition. « Craque sur le gril », en huit lettres. Il sourit intérieurement. Baines ne comptait pas assez de lettres, alors il inscrivit saucisse.

De retour dans son bureau, Morse se sentait en très grande forme. Il avait terminé sa grille de mots croisés en seulement sept minutes et demie. D'accord, il était un peu plus facile que celui du *Times*. Peut-être cette enquête serait-elle simple s'il pouvait la regarder sous le bon angle. Et comme l'avait dit Baines, à quoi bon repousser au lendemain ? Il fallait un long regard détaché et froid sur cette enquête. Mais le policier ne travaillait jamais ainsi. Il s'adossa dans son fauteuil et ferma les yeux. Pendant plus d'une heure, son cerveau bouillonna d'un tourment incessant. Des idées, des idées à foison, mais il n'avait toujours pas de vue d'ensemble. Une ou deux pièces s'imbriquaient très bien, mais il y en avait tant qui ne trouvaient pas de place ! C'était comme reconstituer un ciel bleu pâle en haut d'un puzzle, dénué de nuages, sans même une mouette solitaire pour rompre cette étendue monochrome.

Dès 21 heures, il eut mal à la tête. Il laissa tomber. Il suffisait de laisser reposer et d'y revenir un peu plus tard. Comme pour les mots croisés. Cela viendrait. Cela viendrait.

Il consulta la liste des indicatifs téléphoniques. On ne pouvait joindre Caernarfon que par le manuel. Ce fut Acum qui décrocha.

Morse lui exposa aussi succinctement que possible les raisons de son appel. Poliment, Acum produisait les sons d'usage pour indiquer sa compréhension et son approbation. Oui, bien sûr qu'il se rappelait Valerie et le jour de sa disparition. Oui, il se rappelait très bien toute l'histoire.

— Vous saviez que vous êtes l'une des dernières personnes à avoir vu Valerie avant sa... sa disparition ?

— En effet, oui.

— En fait, c'est vous qui lui avez donné son dernier cours, je crois.

— Oui.

— Si je vous dis cela, c'est que j'ai toutes les raisons de croire que vous avez demandé à la voir après le cours.

— Heu... Oui, c'est vrai.

— Vous vous rappelez pour quelle raison ?

Acum prit son temps. Morse aurait aimé voir l'expression de son visage.

— Si je me souviens bien, inspecteur, elle devait passer son GCE-O-level de français la semaine suivante et son travail était... plutôt catastrophique. Je voulais lui en parler. Elle n'avait pas de grandes chances de réussir son examen, je le crains.

— Vous dites que vous alliez la voir ?

— Oui, c'est cela. Mais je n'en ai pas eu l'occasion. Elle m'a déclaré qu'elle était pressée.

— Pourquoi ?

Cette fois, la réponse était toute prête et prit Morse de court.

— Elle a dit qu'elle devait voir le proviseur.

— Oh, je vois.

Encore une pièce qui ne s'imbriquait pas.

— Bon, merci, Mr Acum. Vous m'avez été très utile. J'espère que je ne vous ai pas dérangé.

— Non, je corrigeais simplement quelques copies.

— Bien, je vous laisse. Merci.

— Je vous en prie. Si je puis vous être utile en quoi que ce soit, n'hésitez pas à m'appeler.

— Heu... d'accord. Merci encore.

Morse resta pensif quelques instants, se demandant s'il ne fallait pas retourner le puzzle dans l'autre sens et placer le ciel bleu en bas. Cela ne faisait aucun doute, il aurait mieux fait de rentrer à la maison, comme il se l'était promis un peu plus tôt. Il marchait dans la forêt, à l'aveuglette, se cognant sans cesse contre les arbres. Toutefois, il ne pouvait pas encore rentrer chez lui. Il avait un rendez-vous.

Baines était déjà là. Il se leva pour offrir une consommation à l'inspecteur. Le salon était silencieux. Assis seuls dans un coin, les deux hommes burent à leur santé réciproque.

Morse s'efforça de le jauger. Une veste en tweed, un pantalon gris, le crâne dégarni et le ventre un peu flasque, ce n'était toutefois pas un imbécile. Baines avait le regard vif. Ses élèves ne devaient pas pouvoir prendre trop de libertés avec lui. Il s'exprimait avec un léger accent du Nord. Tout en écoutant le policier, il se curait les narines avec l'index, ce qui était très irritant.

Que se passait-il habituellement, le mardi après-midi ? Pourquoi n'y avait-il rien d'inscrit dans les emplois du temps ? Existait-il une chance que Valerie soit en fait retournée à l'école, cet après-midi-là, et ait disparu seulement plus tard ? Comment les élèves parvenaient-ils à sécher les cours de gym de façon si fréquente ? Existait-il un repaire des tire-au-flanc où les athlètes objecteurs de conscience pouvaient se cacher ? Et fumer, peut-être ?

Baines parut plutôt amusé. Il aurait pu donner quelques tuyaux aux filles et aux garçons pour sécher le cours de gym ! Ça oui. Mais c'était la faute du personnel enseignant. Les profs de gym n'étaient qu'une bande de paresseux, pires que les gosses. La plupart ne se donnaient même pas la peine de se changer. D'ailleurs, il y avait tant d'activités : escrime, judo, tennis de table, athlétisme, base-ball, netball, toutes ces stupidités d'expression corporelle. Personne ne savait vraiment ce qu'il fallait faire et où. C'était idiot. La discipline s'était un peu raffermie avec le nouveau proviseur, mais tout de même. Baines donnait l'impression que, malgré ses qualités, Phillipson avait encore beaucoup de chemin à parcourir. Où allaient les élèves ? Dans des tas d'endroits. Un jour, il avait découvert cinq ou six d'entre eux en train de fumer dans la chaufferie. Le lycée lui-même était pratiquement désert. Mais la plupart se contentaient de rentrer tranquillement à la maison et certains ne venaient pas du tout. De toute façon, Baines n'était pas vraiment concerné par les activités du mardi après-midi, tout comme le proviseur. Ce n'était pas une mauvaise idée de s'éloigner du lycée de temps en temps, d'avoir un après-midi de liberté. Le proviseur avait essayé d'en procurer un à tout le personnel, de regrouper toutes leurs heures de libres et de leur accorder une matinée ou un après-midi. Le problème, c'est que cela impliquait un travail fou pour celui qui établissait les emplois du temps. C'est-à-dire lui-même !

En écoutant Baines, Morse se demandait s'il ressentait toujours quelque amertume à l'encontre de Phillipson, s'il serait vraiment disposé à lui lancer une bouée de sauvetage en cas de noyade. Il évoqua discrètement le fait qu'il savait que Baines était par malchance passé à côté de ce poste et paya une autre tournée de bière. Baines admit qu'il avait peut-être un peu manqué de chance, et plus souvent qu'à son tour. Il pensait être capable de diriger un lycée aussi bien qu'un autre et Morse se dit qu'il avait sans doute raison. Il était avide et égoïste, comme la plupart des hommes, mais perspicace et compétent. Pour Morse, il aurait par-dessus tout apprécié le pouvoir que conférait un tel poste. Maintenant qu'il ne lui restait que peu de perspectives de l'obtenir, il lui restait peut-être l'obscure satisfaction d'observer les incompétences des autres et de se réjouir intérieurement de leurs déconvenues. Les Allemands appellent cela *Schadenfreude*. Il n'existe aucun mot pour exprimer cette idée en français. Baines obtiendrait-il le poste si Phillipson démissionnait ou devait, pour une raison ou pour une autre, s'en aller? A coup sûr, selon le policier. Mais jusqu'où irait-il pour provoquer un tel cas de figure? Cependant, Morse accordait peut-être une fois de plus trop d'égoïsme cynique à ses semblables. Il reporta son attention sur cet homme assez ordinaire assis en face de lui, qui parlait ouvertement et avec amusement de la vie au lycée.

— Avez-vous déjà enseigné à Valerie Taylor?

— En sixième, répondit Baines en ricanant. Et seulement une année. Elle ne faisait pas la différence entre un trapèze et un trampoline.

— Vous l'aimiez bien? demanda Morse en souriant aussi.

La question sembla le calmer. Une lueur vive brilla de nouveau dans le regard de Baines.

— Cela allait.

Mais c'était là une réponse étrangement insatisfaisante et Baines le sentit. Il poursuivit, volubile, sur sa réussite scolaire, ou plutôt son échec et se lança dans une anecdote sur le jour où il avait trouvé quarante-deux orthographes différentes du mot « isocèle » dans un examen de cinquième.

— Vous connaissez Mrs Taylor?

— Oh, oui.

Il se leva, suggérant qu'il était temps de prendre une autre pinte. Morse sut alors que l'élan était rompu, délibérément, et il fut très tenté de refuser. Mais il n'en fit rien. D'ailleurs, il avait un service plutôt délicat à demander à Baines.

Cette nuit-là, Morse dormit d'un sommeil agité. Des images lui traversèrent l'esprit par bribes, comme le verre brisé qui jonchait le sol de la décharge. Il ne cessait de se retourner dans son lit.

Mais le manège était incontrôlable. A 3 heures, il se leva pour se préparer une tasse de thé. Une fois recouché, laissant la lampe allumée, il tenta de fixer ses yeux fermés sur un point hypothétique situé à quelques centimètres de son nez. Peu à peu, la spirale se mit à ralentir, puis elle s'arrêta. Il rêva d'une fille superbe en train de déboutonner lentement son chemisier très décolleté avec un déhanchement sensuel, au-dessus de sa tête, tout en faisant glisser la fermeture éclair de sa jupe. Puis elle posa ses longs doigts sur son visage et écarta son masque. Morse découvrit alors le visage de Valerie Taylor.

# CHAPITRE XIV

« Ainsi, moi, je suis soumis à une autorité. »

Matthieu, VIII, 9

Ce n'était pas si mal de travailler avec Morse. Il était un peu bizarre, parfois. Tout le monde s'accordait à dire qu'il aurait dû se marier. Mais ce n'était pas un mauvais bougre. Lewis avait déjà travaillé avec lui et, d'une manière générale, cela lui avait plu. Parfois, Morse avait l'air d'un type des plus ordinaires. Le vrai problème, c'était qu'il fallait toujours qu'il trouve une solution compliquée à tout. Lewis avait assez d'expérience de la police pour savoir que la plus criminelle des activités a souvent pour origine des motifs simples, vulgaires, sordides et que bien peu de criminels étaient assez intelligents ou tordus pour mettre au point les stratégies fines que Morse voulait leur attribuer. Dans son esprit, les simples faits d'une affaire semblaient à un certain stade dotés de crochets et de trous qui donnaient lieu à une infinité de combinaisons et d'associations. Malgré toutes ces qualités, le grand homme était cependant bien incapable de rassembler quelques faits simples et d'en tirer des conclusions évidentes. C'était le cas pour les lettres de Valerie, par exemple. La première, selon Peters, était très certainement de la main de la jeune fille. Alors pourquoi ne pas partir du principe qu'elle l'était et avancer? Mais non. Morse voulait croire que la lettre était un faux, uniquement parce que cela correspondait à quelque idée fantaisiste, elle-même le fruit d'une hypothèse tout aussi improbable. Et il y avait aussi la deuxième lettre. Morse n'en avait pas dit grand-chose. Il avait sans doute compris la leçon. Mais même s'il devait accepter que c'était bien Valerie l'auteur des deux lettres, il ne serait jamais prêt à croire qu'elle en avait assez de sa famille et de l'école et qu'elle avait tout simplement fugué, comme des centaines d'autres filles chaque année. Alors pourquoi pas Valerie? En vérité, Morse trouverait cette solution bien trop facile, un trop piètre défi pour son esprit supérieur. Voilà la vérité.

Lewis commençait à regretter de ne pas pouvoir passer quelques jours seul à Londres et agir selon sa propre initiative. Il trouverait peut-être quelque chose. Après tout, c'est sans doute ce qu'avait fait Ainley, enfin selon Morse. Mais là encore, le chef se contentait de deviner. Il n'existait aucune preuve. N'était-il pas bien plus probable qu'Ainley n'avait rien trouvé du tout? S'il s'était tué le jour où il avait fait une découverte vitale, après plus de deux ans de recherches infructueuses, ce n'était qu'une coïncidence troublante. Trop troublante. Mais non. Même Morse acceptait allégrement de telles coïncidences.

Il se rendit à la cantine pour prendre une tasse de thé et s'installa à côté de l'agent Dickson.

— Vous avez trouvé le meurtrier, sergent ?
— Quel meurtrier ?
— Allez, fit l'agent avec un large sourire. Vous n'allez pas me faire croire qu'ils ont mis le vieux Morse sur une simple enquête de disparition. Je ne vous croirais pas. Allez, sergent, crachez le morceau.
— Il n'y a pas de morceau à cracher, répondit Lewis.
— A d'autres ! Moi aussi, j'ai été sur l'affaire Taylor, vous savez. On a fouillé partout. On a même dragué le bassin.
— Et alors, vous n'avez pas trouvé de cadavre. Et si on n'a pas de cadavre, mon vieux Dickson, on n'a pas de meurtre.
— Mais Ainley pensait qu'elle s'était fait descendre, non ?
— Eh bien, il existe toujours une possibilité... Écoutez, Dickson.
Il fit face à l'agent.
— Disons que vous tuez quelqu'un, d'accord ? Vous vous retrouvez avec un cadavre sur les bras. Comment vous en débarrassez-vous ? Allez, dites-le-moi.
— Eh bien, il y a des centaines de possibilités.
— Comme par exemple ?
— Pour commencer, le bassin.
— Mais vous dites qu'il a été dragué.
— Oui, fit Dickson, l'air un peu méprisant. Mais, je veux dire, il est sacrément grand, ce bassin. Il faudrait un coup de chance, non, sergent ?
— Et encore ?
— Il y a un four dans la chaufferie de l'école. Bon dieu, on ne retrouverait pas beaucoup de traces si on vous jetait là-dedans.

— La chaufferie est fermée à clé.

— Allons ! Elle était supposée être fermée à clé. De toute façon, quelqu'un possède la clé.

— On ne peut pas dire que vous me soyez très utile, Dickson.

— On aurait facilement pu l'enterrer. C'est ce qu'on fait généralement avec les cadavres, hein, sergent ?

Il était bizarrement amusé par sa propre plaisanterie et Lewis le laissa seul à son plaisir.

Il retourna au bureau et s'installa en face du fauteuil vide. Malgré tous les défauts de Morse, on ne s'amusait guère, sans lui...

Il pensa à Ainley. Lui, il n'était pas au courant des lettres. S'il l'avait été... Lewis était troublé. Pourquoi Morse n'avait-il pas accordé plus d'importance aux deux lettres ? C'est à Londres qu'ils devraient se trouver, tous les deux, pas assis sur leur derrière, à Kidlington. Morse disait toujours qu'ils formaient une équipe. Parfois, il lui donnait une tape dans le dos, mais, la plupart du temps, Lewis faisait ce que le chef lui disait de faire. Et c'était normal, d'ailleurs. Mais il aurait tant aimé fouiller la piste londonienne. Bien sûr, il pouvait toujours en faire la suggestion. Pourquoi pas ? Et s'il trouvait Valerie, prouvant ainsi que Morse s'était trompé ? Mais il ne voulait pas vraiment le contrarier. Cependant, Morse était si obstiné. Dans le jardin de Lewis, l'ambition n'était pas une graine qui proliférait sauvagement.

Remarquant que Morse avait dû lire ses notes, il se sentit un peu gratifié. Morse était sans doute repassé au bureau après avoir vu les Taylor. Le sergent se demanda quel merveilleux édifice son supérieur avait réussi à ériger sur la base de ces deux entrevues.

La sonnerie du téléphone retentit. C'était Peters.

— Dites à l'inspecteur Morse que c'est la même chose que les autres fois. Un stylo différent, un papier différent, une enveloppe différente, un cachet différent. Mais le verdict reste inchangé.

— Vous voulez dire que c'est Valerie Taylor qui l'a écrite ?

— Je n'ai pas dit cela, répondit Peters après un silence. J'ai dit que le verdict restait inchangé.

— Le même pourcentage de chances, alors ?

Il se tut.

— Le degré de probabilité reste le même.

Lewis le remercia et décida de communiquer immédiatement l'information à son supérieur. Morse lui avait dit qu'on pourrait toujours lui faire parvenir un message en cas d'urgence. C'était un résultat important, non ? Et pendant qu'il serait au téléphone, il en profiterait pour évoquer son idée. Parfois, c'était plus facile au téléphone.

Il apprit que Morse était dans le box des témoins, mais qu'il avait bientôt terminé. Il le rappela une heure plus tard.

— Qu'est-ce que vous voulez, Lewis ? Vous avez retrouvé le cadavre ?

— Non, monsieur, mais Peters a appelé.

— Ah bon ?

La voix de Morse trahit un intérêt soudain.

— Et qu'est-ce qu'il a dit, cette fois, ce vieux crétin ?

Lewis le lui apprit et fut surpris de la réception tiède faite à cette révélation.

— Merci de m'en avoir informé, Lewis. Écoutez, j'ai terminé et je pense prendre mon après-midi. J'ai très mal dormi et je crois que je vais aller me coucher. Vous vous occupez de tout, n'est-ce pas ?

Lewis eut l'impression qu'il avait perdu tout intérêt pour l'enquête. Il avait fait de son mieux pour la transformer en une affaire d'homicide. A présent, il savait qu'il avait échoué et il décidait d'aller se coucher ! C'était le moment de lui parler de cette petite chose.

— Je me demandais, monsieur... Vous ne croyez pas que ce serait une bonne idée que j'aille faire un petit tour à Londres ? Pour faire quelques recherches, fouiner à droite, à gauche...

Morse l'interrompit, furieux :

— Mais à quoi pensez-vous, bordel ? Si vous devez travailler avec moi sur ce dossier, vous allez devoir vous rentrer une chose dans le crâne, vous m'entendez ? Valerie Taylor ne vit pas à Londres, ni ailleurs. Vous comprenez ? Elle est morte !

Il raccrocha.

Lewis quitta le bureau en claquant la porte derrière lui. Dickson était à la cantine. Dickson était toujours à la cantine.

— Alors, vous avez trouvé le meurtrier, sergent ?

— Non, grommela Lewis. Et l'inspecteur Morse non plus.

Il s'installa seul à l'autre extrémité de la pièce et remua son café avec une rage contenue.

## CHAPITRE XV

> « C'est étrange, Sam, que les gens ne puissent s'accorder toute la semaine uniquement parce qu'ils font des choses différentes le dimanche. »
>
> George FARQUHAR

Le bref été indien, radieux et bénéfique, touchait à sa fin. Vendredi soir, le bulletin météorologique annonça un temps instable avec des risques de vent et de pluie. Le samedi, il faisait déjà plus frais. De sombres nuages venus de l'ouest surplombaient le nord de l'Oxfordshire. L'air grave, le présentateur de la météo du soir montra à la nation une carte des îles Britanniques disparaissant presque sous une série de millibars concentriques très serrés dont l'épicentre se situait quelque part au-dessus de Birmingham, tout en annonçant d'un ton menaçant des fronts modérés accompagnés de dépressions. Le dimanche fut venteux et vif, et bien que les pluies orageuses annoncées se soient retenues, il y avait dans les rues, dès 9 heures, une atmosphère étrangement tamisée, presque féerique. Les rares passants semblaient se mouvoir comme dans un film muet.

Depuis Carfax (au centre d'Oxford), Queen Street part vers l'ouest et change très vite de nom pour devenir Park End Street. Puis, à gauche, juste en face de la gare ferroviaire, se trouve Kempis Street, bordée de maisons calmement sénescentes. Il est 9 h 05 quand s'ouvre la porte de l'une d'entre elles. Un homme marche jusqu'au bout de la rue, actionne les portes vertes et écaillées de son garage et sort sa voiture. C'est une voiture noire et fade, qui ne réagit pas, même en plein été, au moindre rayon de soleil. Les chromes et les pare-chocs rouillés sont d'un marron poussiéreux. Il est temps qu'il en achète une neuve. Il en a largement les moyens. Il roule jusqu'à St Giles puis prend Woodstock Road. Il serait plus rapide et certainement plus direct de continuer tout droit dans Banbury Road, mais il préfère l'éviter. En haut de Woodstock Road, il tourne à droite, prend la route circulaire sur une centaine de mètres puis tourne à gauche au rond-point de Banbury Road. Là, il accélère jusqu'à la vitesse modeste de 70 kilomètres-heure, quitte Oxford et prend la pente douce qui mène à Kidlington. Là, à l'abri des regards indiscrets, il l'espère, il gare sa voiture dans une rue à quelques minutes de marche du lycée Roger Bacon. C'est une décision étrange qu'il a prise. C'est plus que cela. C'est une décision incompréhensible. Il marche d'un pas vif, enfonçant son chapeau sur ses yeux et courbant les épaules dans son épais pardessus sombre. Il gravit la pente, passe devant la cabane préfabriquée dans laquelle le conducteur de travaux dirige les modifications et agrandissements perpétuels de l'établissement. Aussi discrètement que possible, il pénètre l'amalgame croissant de dépendances, permanentes et temporaires, où les élèves du secondaire sont initiés aux mystères des sciences et humanités. Il jette des coups d'œil furtifs aux alentours, mais il n'y a personne en vue. Puis il observe le bitume noir du terrain de sport et le récent bâtiment administratif de deux étages, au toit plat, en briques jaunes. L'entrée principale est verrouillée, mais il possède une clé. Il s'y glisse vivement et ouvre la porte. A l'intérieur, dans ces lieux familiers, règne un silence de mort. Ses pas résonnent sur le sol et l'odeur du parquet ciré le ramène des années en arrière. Il regarde de nouveau autour de lui puis gravit rapidement les marches. Le bureau du secrétariat est fermé à clé, mais il a une clé. Il entre et referme à clé derrière lui. Il se rend au bureau du proviseur. La porte est verrouillée, mais il possède une clé. En entrant, il est pris d'une peur soudaine. Mais cette crainte est sans fondement. Il se rend au grand placard à dossiers. Il est fermé à clé, mais il possède une clé. Il l'ouvre et en extrait un dossier intitulé « affectations enseignants ». Il feuillette l'épais dossier puis le remet en place. Il en consulte un autre, puis un autre. Enfin, il trouve ce qu'il cherche. C'est une feuille de papier qu'il n'a jamais vue. Mais elle ne recèle aucune surprise, car il en connaît depuis longtemps le contenu. Dans l'autre bureau, il allume la photocopieuse. En trente secondes il fait deux photocopies (bien qu'on ne lui en ait demandé qu'une seule). Avec soin, il replace le document dans le dossier, referme le placard à clé, en fait de même pour la porte puis descend les marches. Il lance un regard furtif à l'extérieur. Il est 9 h 55. Il n'y a personne en vue. Il ressort, referme la porte d'entrée à clé et quitte les lieux. Il a de la chance. Personne ne l'a vu. Il revient sur ses pas. Un homme est debout près de la voiture, mais il s'éloigne, tirant sur la laisse d'un petit chien blanc pour retarder momentanément une défécation imminente sur le trottoir.

En ce dimanche matin, Sheila Phillipson est en train de ramasser les pommes que le vent a fait tomber. La pelouse a encore besoin d'être tondue. Malgré les dernières semaines ensoleillées, quelques touffes d'herbe longue ont jailli, formant des taches vert foncé sur le gazon. Sans compter qu'il allait pleuvoir. Elle n'en parlera pas à Donald. Peut-être faudrait-il y renoncer ? Cette semaine, il s'est montré nerveux et réservé. Sans doute à cause de cette fille ! Mais cela ne lui ressemble pas. Jusqu'à présent, il a assumé ses responsabilités et ses devoirs à la tête du lycée avec un dynamisme et une assurance qui l'ont un peu surprise. Non. Cela ne lui ressemble pas de s'inquiéter. Il doit y avoir autre chose. Quelque chose qui ne va pas.

Son panier de pommes sur le bras, elle regarde autour d'elle. Le haut grillage qui les protège des voisins, les haies et buissons qui se fondent si bien avec leur végétation. C'est d'une beauté presque terrifiante. Et plus elle chérit cet environnement, plus elle a peur de tout perdre. Si seulement les choses pouvaient demeurer ainsi ! Debout sous les lourdes branches de pommier, elle prend un air grave et déterminé. Elle va tout garder, pour Donald, pour les enfants, pour elle-même. Rien ni personne ne lui prendra son bonheur !

Donald vient la rejoindre et déclare (Dieu merci) qu'il serait grand temps qu'il tonde la pelouse. Il salue la promesse d'une tarte aux pommes pour le dessert d'un baiser joyeux et tendre sur la joue. Peut-être qu'elle se fait du souci pour rien, finalement.

A midi, le rôti de bœuf et la tarte sont au four. En épluchant les légumes, elle le regarde tondre la pelouse. Mais les traces des sillons parallèles ne semblent pas aussi rectilignes que d'habitude. Soudain, elle frappe contre le carreau de la cuisine et pousse un cri hystérique :

— Donald ! Pour l'amour du ciel !

Il a failli couper le fil électrique avec les lames de la tondeuse. Elle a lu l'histoire d'un jeune garçon à qui c'est arrivé une semaine plus tôt : un accident tragique et fatal.

La secrétaire du directeur d'études a dû venir à Lonsdale College ce dimanche matin. Comme beaucoup d'autres, elle est convaincue qu'il y a bien trop de conférences et se demande si la conférence pour la réforme de l'enseignement du français dans le secondaire va affecter sérieusement l'incapacité des jeunes Anglais à apprendre la moindre langue étrangère. Il y a tant de conférences, surtout avant le début du premier trimestre ! Elle est efficace, tout est prêt pour la réunion du soir : liste des participants, renseignements sur leur établissement, programme des activités des deux journées suivantes, certificats de participation et menus pour le banquet du soir. Il ne reste plus que les badges. En utilisant le ruban rouge et les majuscules, elle commence à taper les noms de chacun ainsi que l'origine des délégués. C'est une opération assez simple et rapide. Ensuite, elle découpe des rectangles bien nets et les glisse dans des petits badges en Celluloïd : Mr J. Abbott, Royal Grammar School, Chelmsford ; Miss P. Ackroyd, High Wycombe Technical College ; Mr D. Acum, City of Caernarfon School... et ainsi de suite jusqu'au bout de la liste.

Elle termine en milieu de journée et emporte le tout jusqu'à la salle de conférence. A 18 h 30, elle sera installée derrière le bureau de réception pour accueillir les délégués. A la vérité, elle apprécie plutôt ce genre de choses. Elle sera certainement coiffée avec soin. Sur son badge, elle a fièrement imprimé « Lonsdale College » comme s'il s'agissait de son établissement d'origine.

Grâce au nouveau tronçon de la M40 qui traverse le cœur de Chilterns, le trajet entre Oxford et Londres n'a jamais été aussi rapide. De retour vers 16 heures, Morse est plutôt satisfait de sa journée de travail. Lewis avait raison. Il y avait une ou deux choses que l'on ne pouvait vérifier qu'à Londres. Et Morse pense avoir réglé le problème. Dès son retour il s'arrête au Q.G. et trouve une enveloppe, cachetée avec soin à l'aide de ruban adhésif, portant en grosses lettres le nom de l'inspecteur en chef Morse. Les pièces du puzzle commencent à se mettre en place. Il compose le numéro de téléphone d'Acum et attend.

— Allô ? fait une voix de femme.

— Mrs Acum ?

— Oui.

— Pourrais-je parler à votre mari, s'il vous plaît ?

— Je regrette, mais il n'est pas là.

— Puis-je le joindre un peu plus tard ?

— Non. Il est parti à une conférence d'enseignants.

— Ah, je vois. Et quand doit-il rentrer ?

— Il a dit qu'il espérait être là mardi soir, mais assez tard, je crois.

— Je vois.

— Je peux lui transmettre un message ?

— Heu... Non, ce n'est pas la peine. Ce n'est pas urgent. J'essayerai de l'appeler plus tard dans la semaine.

— Vous êtes sûr ?

— Oui, ça ira. Merci beaucoup, en tout cas. Désolé de vous avoir dérangée.

— Je vous en prie.

Morse s'adosse dans son siège et réfléchit. Comme il vient de le dire, il n'y a pas urgence.

Baines n'est pas homme à être prisonnier de ses habitudes, ni de ses goûts. Parfois, il boit de la bière blonde, et parfois de la Guinness. Il lui arrive aussi, quand il a un gros poids sur la conscience, de boire du whisky. Parfois, il s'installe au salon, ou dans un pub, parfois à l'hôtel de la gare et parfois au *Royal Oxford*, car tous deux sont près de chez lui. Il lui arrive aussi de ne pas boire du tout.

Ce soir, il a commandé un whisky soda dans le salon de l'hôtel de la gare. C'est un endroit marqué d'un souvenir très spécial et très important. Le bar est assez petit et l'on peut aisément suivre le fil des conversations des autres. Mais, ce soir, Baines est sourd à ce qui se passe autour de lui. Il a eu une journée inquiétante, enfin pas vraiment, mais énervante, crispante. Il est intelligent, ce Morse !

Plusieurs consommateurs attendent le train pour Londres. Bien habillés, apparemment riches. Plus tard, il y en aurait une poignée qui auront raté le train et réserveront pour la nuit, s'il y a des chambres. Des hommes détendus et mondains avec des notes de frais généreuses et des anecdotes plaisantes. Et, de temps à autre, un homme fait exprès de rater le train, puis téléphone à sa femme pour lui raconter un mensonge sournois.

En fait, il avait eu une chance sur un millier de surprendre Phillipson en de telles circonstances. Phillipson ! L'un des six candidats d'une liste dont lui-même faisait partie ! Un coup de chance, aussi, qu'il ne l'ait pas vu quand, juste après 20 h 30, ils étaient arrivés bras dessus, bras dessous. Ensuite, Phillipson avait obtenu la place ! Tiens, tiens... Et ce petit secret scintillait comme une pépite d'or dans le coffre d'un avare.

Phillipson, Baines, Acum ; proviseur, proviseur adjoint, ancien professeur de langue vivante du lycée Roger Bacon. Allongés dans leur lit, incapables de dormir, ils pensaient tous à Valerie Taylor, en cette nuit de dimanche, en écoutant le vent hurler et la pluie tomber sans relâche. Enfin, ils trouvèrent le sommeil, un sommeil agité. Phillipson, Baines, Acum... Demain soir, l'un des trois dormira d'un long sommeil ininterrompu, car demain à la même heure, l'un d'eux sera mort.

## CHAPITRE XVI

« Ils veulent connaître les secrets de famille et être craints en proportion. »

JUVÉNAL, *Satire III*, 113

A 7 h 30, Morse s'éveilla d'un long sommeil paisible. Il alluma Radio Oxford : arbres déracinés, sous-sols inondés, dépendances réduites en miettes. Mais tandis qu'il faisait sa toilette, il se sentait plus heureux qu'il ne l'avait été depuis le début de l'enquête. Désormais, il voyait les choses plus clairement. Certes, il lui restait encore un long chemin à parcourir, mais il avait au moins trouvé le premier élément décisif. Il serait plus convenable de présenter des excuses à Lewis. Mais le sergent comprendrait. Morse sortit la Jaguar du garage et alla refermer la porte à clé. La pluie avait enfin cessé et tout semblait propre et lessivé. Il prit une profonde aspiration. La vie était belle.

Il convoqua tout de suite Lewis, débarrassa son bureau et tricha en jetant un rapide coup d'œil sur la définition du 1 horizontal de sa grille de mots croisés : « nom de code sur la glace ». Ah ! La définition était aussi facile que si un mégaphone lui hurlait la réponse. La journée s'annonçait bien !

Lewis salua son chef, un peu sur la défensive. Il ne l'avait pas revu depuis la matinée de jeudi. Il ignorait où Morse était allé et ce qu'il avait fait, et s'en moquait un peu.

— Écoutez, dit Morse. Je suis désolé de vous avoir engueulé, la semaine dernière. Je sais que vous n'accordez pas d'importance à ce genre de choses, mais moi si.

Lewis se dit qu'il était sur une nouvelle piste.

— Je crois que je devrais vous présenter des excuses. Cela ne me ressemble pas, de disjoncter comme ça, n'est-ce pas ?

Lewis préféra ne pas répondre à cette question.

— Nous formons une équipe, Lewis, vous et moi. Ne l'oubliez jamais...

Il continua sur sa lancée et Lewis se sentait de mieux en mieux.

— Voyez-vous, en deux mots, vous aviez raison et j'avais tort. J'aurais dû vous écouter.

Le sergent avait l'impression d'être un étudiant qui vient d'apprendre qu'il a obtenu une mention bien sans avoir pris part à l'examen.

— Oui, reprit l'inspecteur. J'ai eu l'occasion de prendre du recul et de voir les choses de façon plus claire. Je crois que nous pouvons à présent commencer à entrevoir ce qui s'est vraiment passé.

Il devenait un peu pompeux et suffisant. Lewis s'efforça de le faire redescendre sur terre. A sa connaissance, Morse ne s'était pas approché du bureau depuis jeudi matin.

— Il y a le rapport de Peters sur la deuxième lettre de Valerie, monsieur. Vous vous rappelez, je vous ai passé un coup de fil.

Morse ignora l'interruption.

— C'est sans importance, Lewis. Mais je vais vous dire une chose qui, elle, est importante.

Il s'adossa dans son fauteuil de cuir noir et se lança dans une analyse du dossier, analyse qui, sur certains points, poussa Lewis à le dévisager, les yeux écarquillés d'étonnement ou de désespoir.

— La seule personne qui me tourmente depuis le début est Phillipson. Pourquoi ? Parce qu'il est évident que ce type nous cache quelque chose et qu'il est obligé de nous mentir.

— Mais il n'a pas menti au sujet de Blackwell.

— Non. Mais ce qui s'est passé le jour de la disparition de Valerie ne me préoccupe pas tant que cela. C'est là que nous nous sommes trompés. Nous aurions dû nous concentrer davantage sur ce qui s'était passé avant sa disparition. Nous aurions dû fouiller le passé à la recherche d'un incident, d'une relation, de quelque chose qui nous donne une idée cohérente de tout le reste. Parce que, ne vous y trompez pas, il y a quelque chose d'enfoui dans le passé, et si nous découvrons quoi, toutes les pièces du puzzle se mettront en place. C'est là que se trouve la clé, Lewis, une clé qui se glisse aisément dans la serrure, et qui tourne doucement, sans effort. Alors oublions quelques instants qui a vu Valerie et quelle était la couleur de sa culotte ce jour-là. Revenons en arrière. Parce que si j'ai raison, si j'ai raison...

— Vous croyez avoir trouvé la clé ?

Morse devint plus sérieux.

— Je le crois, oui. Je crois que ce qu'il faut prendre en compte, dans cette affaire, c'est la notion de pouvoir. Le pouvoir que quelqu'un, par un moyen ou par un autre, exerce sur quelqu'un d'autre.

— Vous voulez parler du chantage, monsieur ?

— Peut-être, fit Morse après un instant de réflexion. Je n'en suis pas encore certain.

— Vous croyez que quelqu'un fait chanter Phillipson, c'est cela ?

— Ne nous emballons pas, Lewis. Supposez un instant que vous ayez fait quelque chose de louche et que personne ne soit au courant. Personne à part un autre. Disons que vous avez soudoyé un témoin ou semé de faux indices ou quelque chose comme ça. D'accord ? Si vous êtes découvert, vous vous faites virer par la peau des fesses et vous vous retrouvez en prison. Votre carrière est anéantie, tout comme votre famille. Vous donneriez tout pour que votre passé reste dans l'ombre. Mais supposez que je sois au courant de tout ?

— Alors vous me tiendriez par les...

Lewis se ravisa.

— Je ne vous le fais pas dire. Mais ce n'est pas tout. Je pourrais avoir des agissements louches, moi aussi. Et faire en sorte que vous me couvriez. Ce serait dangereux, mais peut-être nécessaire. Vous seriez obligé de payer le crime d'origine en en commettant un autre, mais pour mon compte, pas pour vous. Ensuite, nous serions liés, je le sais, mais nous serions stupides de nous séparer, non ?

Lewis hocha la tête. Il commençait à s'ennuyer.

— Réfléchissez, Lewis, sur les gens ordinaires que nous croisons tous les jours. Ils font le même genre de choses que nous et nourrissent les mêmes espoirs, les mêmes craintes que les autres. Et ce ne sont pas vraiment des méchants, mais, parfois, certains d'entre eux font des choses et ont une peur bleue que les gens ne l'apprennent.

— Vous voulez dire chiper un paquet de sucre au supermarché, par exemple ?

— Comme d'habitude, Lewis, fit Morse en riant, votre esprit se précipite tout droit vers les limites de la monstruosité humaine ! Dans le septième cercle de l'enfer de Dante, nous trouverions sans doute les traîtres, les auteurs de massacres, les bourreaux d'enfants et les voleurs de sucre au supermarché ! Mais c'est le genre de choses auxquelles je pensais, en effet. A présent, laissez votre esprit innocent sombrer un peu plus bas dans les profondeurs de la dépravation humaine et dites-moi ce que vous trouvez.

— Vous voulez dire avoir une autre femme ?

— Comme c'est joliment dit ! Avoir une autre femme, oui. Se glisser sous les draps avec une garce lubrique et ne penser à rien qu'à cette grosse masse de chair qui pend entre vos jambes. Pendant ce temps, sa gentille petite femme est à la maison et prépare le dîner, repasse vos pantalons, par exemple. Lewis, à vous entendre, on dirait qu'il s'agit de prendre une autre pinte de bière. Mais vous avez peut-être raison. Ce n'est pas si important, à long terme. On file en douce, on a quelques remords et un peu d'angoisse pendant quelques jours, puis tout est fini. Et on se dit qu'on est un imbécile et qu'on ne recommencera pas. Mais, Lewis, et si quelqu'un l'apprend ?

— Ce serait une sacrée malchance, répondit-il sur un tel ton que Morse le regarda d'un air curieux.

— Vous avez déjà eu une autre femme, vous ?

Lewis sourit. Un vieux souvenir revint à la surface comme une bulle dans de l'eau calme.

— Je n'ose pas vous le dire, monsieur. Après tout, je ne voudrais pas que vous me viriez de la police.

La sonnerie du téléphone retentit. Morse décrocha.

— Bien... Bien. Tant mieux... Excellent.

Cette moitié de conversation était pour le moins obscure. Lewis lui demanda de qui il s'agissait.

— J'y viens dans un instant, répondit l'inspecteur. Bon, où en étions-nous ? Ah oui. Je soupçonne, et, si je puis me permettre, vous semblez confirmer mes soupçons, que l'adultère est plus répandu que même les plus prudes voudraient nous le faire croire. Et un certain nombre de malchanceux se font encore prendre la main dans le sac, mais un bien plus grand nombre s'en tirent à bon compte.

— A quoi voulez-vous en venir ?

— A ceci.

Il prit une profonde inspiration tout en espérant ne pas sembler trop mélodramatique.

— Je crois que Phillipson avait une liaison avec Valerie Taylor, voilà.

Lewis émit un sifflement en assimilant l'information.

— Qu'est-ce qui vous fait croire cela ?

— Pas une seule raison, mais un tas de petits détails. Par-dessus tout, le fait que ce soit la seule chose qui ait un sens dans toute cette satanée affaire.

— A mon avis, vous vous trompez, monsieur. Comme on dit, excusez mon vocabulaire, mais il faudrait vraiment chercher les emmerdes. Ce serait bien trop dangereux, non ? Elle élève et lui principal ? Je n'y crois pas. Il n'est tout de même pas idiot à ce point.

— Non, je ne crois pas qu'il le soit. Mais, comme je vous l'ai dit, j'essaie de revenir plus loin en arrière. Disons à l'époque où il n'était pas encore proviseur.

— Mais il ne la connaissait pas encore. Il vivait dans le Surrey.

— Oui. Mais il est venu à Oxford au moins une fois, dit lentement Morse. Il est venu passer un entretien pour le poste de proviseur. En ce sens, et pour reprendre votre vocabulaire coloré, il ne cherchait pas spécialement les emmerdes, comme vous dites.

— Mais vous ne pouvez pas affirmer des choses pareilles, monsieur. Il faut avoir des preuves.

— Oui, nous allons avoir besoin de preuves, vous avez tout à fait raison. Mais oublions les preuves quelques instants. Ce qui me préoccupe, c'est de savoir s'il s'agit ou non d'un fait. Je crois que nous allons devoir partir du principe que c'est un fait. Nous pourrions obtenir une preuve, j'en suis certain. Nous pourrions l'obtenir de Phillipson lui-même. Et je crois, Lewis, qu'une ou deux personnes auraient un tas de choses à nous raconter si elles en avaient envie.

— Vous voulez dire que vous n'avez encore aucune preuve ?

— Oh, je n'irais pas jusque-là. Un ou deux indices, tout de même.

— Comme par exemple ?

— Eh bien, d'abord, il y a Phillipson lui-même. Il nous cache quelque chose, vous le savez aussi bien que moi.

Comme d'habitude, Morse fanfaronnait pour masquer les faiblesses de son argumentation.

— Il ne parle pas de cette fille de façon naturelle. Jamais de la fille elle-même. C'est presque comme s'il avait peur de s'en souvenir. Comme s'il se sentait coupable à son propos.

Lewis parut fort peu impressionné, aussi Morse laissa tomber.

— Et il y a Maguire. Au fait, je l'ai revu, hier.

— Ah bon ? fit Lewis en levant les sourcils. Où cela ?

— Je... Je me suis dit que je ferais mieux de suivre votre conseil, après tout. Vous aviez raison, vous savez, à propos de la piste londonienne. Il y avait encore quelques points à éclaircir.

Lewis ouvrit la bouche mais se ravisa.

— Quand je l'ai vu pour la première fois, poursuivit Morse, il m'a paru évident qu'il était jaloux. A mon avis, Valerie a dû faire une gaffe, rien de très précis, sans doute. J'ai essayé de cuisiner Maguire à ce propos, hier, et... Enfin je suis sûr que quelques ragots devaient courir, au moins parmi certains élèves.

Lewis restait prostré dans le silence.

— Ensuite, il y a George Taylor. Selon lui, c'est à peu près à cette période, je veux dire quand Phillipson a pris ce poste, que Valerie a commencé à rentrer tard. Là encore, j'en conviens, rien de très précis. Mais c'est encore une indication suggestive, non ?

— Pour être honnête, monsieur, je ne crois pas. Je crois que vous inventez tout au fur et à mesure que vous parlez.

— D'accord. Je ne discuterai pas avec vous. Mais regardez ceci.

Il tendit à Lewis le document que Baines lui avait adressé avec soin. C'était une photocopie de la note de frais que Phillipson avait présentée après son entretien d'embauche. Il en ressortait clairement qu'il n'était pas rentré chez lui le soir même. Il avait pris un Bed & Breakfast au *Royal Oxford* et était arrivé chez lui pour le déjeuner, le lendemain.

— Il a probablement manqué son train, protesta Lewis.

— Je n'en crois rien, dit Morse. J'ai vérifié. Les derniers entretiens se sont terminés à 17 h 45. Il aurait pu prendre le train de 20 h 35. Et, même s'il l'avait raté, il y en avait un autre à 21 h 45. Mais il ne pouvait le rater. Deux heures trois quarts pour se rendre de Kidlington à Oxford ? Et puis quoi encore ?

— Il devait être fatigué. Vous savez ce que c'est.

— Mais pas trop fatigué pour sauter Valerie Taylor, en tout cas.

— Vous êtes injuste de dire cela, monsieur.

— Ah bon ? Je vais vous dire autre chose, Lewis. Je suis allé au *Royal Oxford*, hier et j'ai consulté l'ancien registre. Vous savez quoi ? Aucun Phillipson ne s'est inscrit, ce soir-là.

— D'accord. Il aura essayé de se faire quelques livres de plus pour rien. Il a pris le train, finalement.

— Je parie qu'il n'apprécierait pas que je vérifie auprès de sa femme !

Morse retrouvait son élan.

— Alors vous ne l'avez pas fait ?

— Non. Mais j'ai vérifié auprès de quelqu'un d'autre. Je suis allé à l'hôtel de la gare, juste en face. Une visite très intéressante. Ils m'ont sorti leur vieux registre. Je vous laisse deviner qui s'est inscrit en dernier sur la liste.

— Il aura sans doute confondu le nom des hôtels. Ils sont proches l'un de l'autre.

— Peut-être. Mais, voyez-vous, Lewis, il n'y a aucun Phillipson là-bas, non plus. Je vais vous montrer ce que j'ai trouvé.

Il lui tendit une photocopie dont Lewis prit connaissance : « Mr E. Phillips, 41 Longmead Road, Farnborough ».

Il resta assis en silence et regarda de nouveau la

note de frais que Morse lui avait montrée plus tôt. C'était étrange. Très, très étrange.

— De plus, reprit Morse, j'ai vérifié autre chose. Il n'y a aucun Mr Phillips dans Longmead Road, à Farnborough, pour la simple raison qu'il n'existe pas de Longmead Road à Farnborough.

Lewis réfléchit devant cette preuve. Les initiales ? Il est facile de passer de D à E. Phillipson ? Il suffit d'enlever les deux dernières lettres. C'est possible. Mais autre chose lui crevait les yeux. L'adresse du domicile mentionnée sur la note de frais de Mr D. Phillipson était 14 Longmead Road à Epsom. Il suffit de transposer le 1 et le 4 et de passer de E à F : Epsom devient Farnborough.

— Je pense que Peters pourra nous éclairer sur l'écriture, monsieur.

— On va le laisser en dehors de tout ça, affirma Morse d'un ton sans réplique.

— D'accord, c'est un peu louche, admit Lewis. Mais que vient faire Valerie Taylor ? Pourquoi elle ?

— Il faut que ce soit elle, dit Morse. Tout coïncide, vous ne voyez pas ?

— Non.

— Bon, supposons que mon hypothèse corresponde à la vérité, d'accord ? J'ai bien dit supposons. Où en sommes-nous ? Pour une raison quelconque, Phillipson rencontre Valerie, sans doute à Oxford, au buffet de la gare, probablement. Il la baratine un peu et le tour est joué. Les voilà partis pour l'hôtel de la gare. Une partie de jambes en l'air puis elle rentre chez elle avec quelques livres en poche. Je ne pense pas qu'elle soit restée toute la nuit. Une heure ou deux, sans doute, pas plus. Elle aurait eu du mal à quitter l'hôtel après minuit. En tout cas, un départ tardif aurait suscité des commentaires.

— Je ne vois toujours pas pourquoi ce serait Valerie. Et même si vous êtes dans le vrai, monsieur, qu'est-ce que cela aurait à voir avec sa disparition ?

— Dites-moi, Lewis, fit Morse en hochant la tête. Si quelqu'un a pu être au courant de cette partie de jambes en l'air, qui cela pourrait-il être d'après vous ?

— Phillipson aurait pu en parler à sa femme, je suppose. Vous savez, il a pu se sentir coupable et...

— Hum.

Ce fut au tour de Morse d'exprimer son manque d'enthousiasme, aussi Lewis tenta de nouveau sa chance :

— Valerie aurait pu en parler à quelqu'un.

— A qui ?

— Sa mère ?

— Elle avait peur de sa mère, il paraît.

— Alors son père.

— Peut-être.

— Quelqu'un les a peut-être vus, dit doucement Lewis.

— J'en suis quasiment certain, répondit Morse.

— Et vous croyez savoir qui ?

— Vous aussi, il me semble, fit Morse en hochant de nouveau la tête.

Le savait-il ? En de telles circonstances, Lewis avait appris à bien manœuvrer.

— Vous voulez dire... ?

Il s'efforça de prendre un air entendu, du moins autant que son ignorance le lui permettait. Par chance, Morse joua le jeu.

— Oui. C'est la seule personne liée à cette affaire qui habite dans ce quartier. On ne va pas se promener à l'hôtel de la gare quand on habite à Kidlington.

En y pensant bien, on ne va pas se promener à l'hôtel de la gare, où qu'on habite. La bière doit y être infecte.

Lewis comprenait à présent. Il se demandait comment ils avaient pu aller aussi loin à partir d'hypothèses aussi floues.

— Vous croyez qu'il l'a appris ?

— Il les a vus, très probablement.

— Vous ne lui en avez pas encore parlé ?

— Non. Je veux d'abord éclaircir quelques points. Mais j'irai le voir, ne vous en faites pas.

— Je ne comprends toujours pas pourquoi vous pensez qu'il s'agissait de Valerie.

— Eh bien, voyons les choses de son point de vue. Elle se retrouve enceinte, d'accord ?

— C'est vous qui le dites.

— C'est aussi ce que dit Maguire.

— Nous n'avons pas vraiment de preuves.

— Non, pas encore, je l'admets. Mais nous en aurons peut-être dans peu de temps, vous verrez. Pour l'instant, partons du principe qu'elle est enceinte. Je suis presque sûr que Phillipson ne pouvait être l'heureux papa. En fait, je suis certain qu'il n'a même pas songé à la toucher une seconde fois. Mais si elle avait un problème dont elle n'osait pas parler à ses parents, qui irait-elle voir ? A mon avis, elle serait allée trouver quelqu'un qui lui devait un service, quelqu'un qui avait une sorte de devoir moral envers elle, quelqu'un qui n'oserait pas refuser de l'aider. En bref, elle serait allée trouver Phillipson. Et, toujours à mon avis, ils ont mijoté un plan ensemble. Les Taylor étaient sûrement impliqués. Les Taylor, donc, Phillipson et Valerie. Je pense que Phillipson a dû lui trouver un endroit à Londres, qu'il a payé l'avortement et fait passer cette affaire pour une fugue. Les Taylor évitent ainsi le scandale et la honte dans le voisinage. Phillipson paie sa part et Valerie s'en tire à bon compte. Oui, je crois que c'est en gros ce qui aurait pu se passer. En gros, je dis bien.

— Mais comment a-t-elle disparu ?

— Là encore, ce ne sont que des suppositions. Je soupçonne que, lorsqu'elle a quitté son domicile, après le déjeuner, elle a emporté un minimum d'affaires, d'où le sac ou le panier, qu'importe. Il fallait qu'elle ait l'air de retourner à l'école de façon tout à fait normale, car les voisins pouvaient la voir. Il se trouve que personne ne l'a vue, mais c'est un coup de chance. Je pense qu'elle a longé la route, qu'elle s'est glissée dans les toilettes pour dames, près des boutiques, qu'elle a troqué son uniforme pour une tenue plus seyante (n'oubliez pas le sac, Lewis). Ensuite elle a retrouvé Phillipson, qui l'attendait dans sa voiture près du rond-point. Ils avaient probablement déjà mis sa valise dans le coffre. Il la conduit à la gare d'Oxford, lui donne des instructions, gare sa voiture en ville, achète un livre chez Blackwell et rentre chez lui vers 15 heures. Facile.

Morse se tut et lança un regard plein d'espoir vers Lewis.

— Enfin, quelque chose de ce genre. Qu'en pensez-vous ?

— Alors ils ont mis la police dans un sacré pétrin pour pas grand-chose, non ? fit Lewis.

— Ils ne pensaient pas que nous ferions tant de remue-ménage.

— Ils devaient s'en douter.

Morse semblait de plus en plus mal à l'aise.

— Comme je vous l'ai dit, Lewis, ce n'est

qu'une esquisse. Souvenez-vous que si Valerie le souhaitait, elle pouvait anéantir la carrière de Phillipson en un éclair. Pensez aux gros titres ! C'est de la dynamite ! Et pensez à Valerie, aussi. Elle n'avait certainement pas envie de trimbaler un gosse à son âge. Et ses parents...

— Bon nombre de parents n'ont pas l'air de s'en soucier beaucoup, de nos jours, monsieur...

Morse était en colère et ne le cacha pas :

— Eh bien, eux, si ! ils s'en souciaient assez pour traverser toute cette foutue histoire. Et ils continuent...

A un moment donné, l'euphorie avait fait place à une exaspération attristée. Il savait bien mieux que Lewis n'aurait pu le dire qu'il n'avait pas vraiment réfléchi à la question.

— Vous savez, Lewis, quelque chose a dû coincer quelque part. Il y a eu un problème...

Soudain, son visage s'illumina.

— Nous allons devoir trouver quoi !

— Alors vous pensez que Valerie est encore en vie, monsieur ?

Morse revint sur son opinion avec une grâce louable.

— Je le suppose, oui. Après tout, elle a écrit à ses parents, non ? D'après ce que vous me dites.

Il avait du toupet, ce Morse. Lewis secoua la tête d'un air navré. Tout semblait indiquer qu'il s'agissait d'une affaire de fugue. Nul ne l'ignorait (et même Morse le reconnaissait), cela arrivait très souvent. Et il en avait fait tout un plat !

Mais Lewis devait bien admettre qu'il y avait peut-être quelque chose à tirer de toutes ces balivernes. Valerie et Phillipson. C'était possible. Mais pourquoi avait-il dû inventer cette histoire de changement de tenue dans les toilettes ? Il était préoccupé par autre chose.

— Monsieur, vous avez dit que, selon vous, Baines avait... appris, pour Phillipson et cette fille, quelle qu'elle soit.

— Je le pense, oui. En fait, je crois que Baines en sait plus que quiconque sur toute cette histoire.

— Plus que vous ?

— Oh oui. Il a observé, attendu. Et je parie qu'il serait bien content, du moins dans une certaine mesure, que la vérité éclate au grand jour. Phillipson serait alors fichu et il faudrait nommer un nouveau proviseur. Et ils ont Baines, fidèle serviteur, présent depuis tant d'années, battu de peu lors de la dernière nomination... Je pense qu'ils n'auraient même pas besoin de passer une annonce.

— Mais il le faut. C'est la loi.

— Oh... De toute façon, il aurait le poste. Aussi sûrement que deux et deux font quatre. Et il adorerait cela. La pensée d'un tel pouvoir, Lewis, le pouvoir sur la vie des autres. Voilà ce que cherche Baines.

— Vous ne croyez pas, fit gentiment Lewis, que ce serait une bonne idée de bâtir tout cela sur des bases plus solides ? Je veux dire, pourquoi ne pas interroger Phillipson, Baines et les Taylor ? L'un d'eux vous dirait certainement la vérité.

— Peut-être, dit Morse en se levant. Mais vous allez être content de moi, Lewis. Au début de l'enquête, je me suis promis de m'en tenir aux faits, et jusqu'à présent je m'en suis très bien tiré. Mais vous avez devant vous un homme neuf, mon vieux. D'abord, j'ai pris rendez-vous avec Phillipson et Baines, ensemble, je l'admets, demain après-midi. C'est bien joué, hein, Lewis ? Mardi après-midi.

Cela devrait être bon. Tous les coups sont permis. Et ensuite, ce coup de fil que vous avez entendu. La police métropolitaine, rien de moins. Ils vont nous aider s'ils le peuvent. Et je le crois. Si Valerie s'est bien rendue à Londres pour se faire avorter, elle a dû aller dans une clinique quelconque. Et nous savons exactement quand elle y est allée. Elle a dû donner un faux nom, une fausse adresse et Dieu sait quoi. Mais ils sont futés, ces types de Londres. Si elle s'est bien rendue dans une clinique, même une clinique louche et discrète, elle est à notre merci. Et s'ils ne trouvent rien, alors nous devrons revoir notre position. Mais si nous découvrons où elle est allée, comme je le crois, alors c'est gagné. Elle n'avait pas d'argent, c'est certain, et quelqu'un a bien dû lui fournir une somme rondelette. Et ensuite ? Nous partons de là.

Morse se rassit. Il faisait de son mieux, mais ne convainquait personne, même pas lui.

— Cela ne vous intéresse pas vraiment de la retrouver, hein, monsieur ?

L'étincelle s'était envolée du regard de Morse. Lewis avait bien évidemment raison.

— Pour vous dire la vérité, je me fous éperdument de la retrouver ou non. Nous l'avons peut-être trouvée, d'ailleurs. C'est peut-être elle qui partage l'appartement de Maguire. Je ne le pense pas. Mais si c'est le cas, et alors ? C'était peut-être l'une des strip-teaseuses que nous avons vues. Vous vous souvenez, celle dont les seins ballottaient, qui portait un masque. Et alors ? Vous savez, Lewis, cette fichue histoire commence vraiment à m'ennuyer. Et si tout ce que nous parvenons à faire c'est créer un tas de problèmes et faire virer Phillipson, autant laisser tomber tout de suite.

— Cela ne vous ressemble pas de reculer ainsi, monsieur.

Morse fixa d'un air morose son bloc-notes.

— Ce n'est tout simplement pas mon genre de dossier. Je sais que ce n'est pas très gentil de dire ça, mais je m'en tire mieux quand on a un cadavre, une personne décédée de mort non naturelle. C'est tout ce que je demande. Et nous n'avons pas de cadavre.

— Nous avons un corps bien en vie, objecta doucement Lewis.

— Vous devez avoir raison, fit Morse en hochant la tête.

Il traversa la pièce et demeura quelques instants près de la porte. Mais Lewis restait assis au bureau.

— Que se passe-t-il, Lewis ?

— Je ne peux m'empêcher de me demander où elle se trouve. Vous voyez, en cet instant précis, elle doit bien être quelque part. Si seulement nous savions où, nous pourrions y aller et la retrouver. C'est drôle, non ? Mais nous n'y arrivons pas et je n'aime pas abandonner. Je voudrais simplement qu'on y arrive, c'est tout.

Morse revint vers lui et se rassit.

— Hum. Je n'avais jamais réfléchi à la question sous cet angle... J'étais si sûr et certain qu'elle était morte que je n'ai jamais imaginé qu'elle puisse être en vie. Et vous avez raison. Elle se trouve quelque part. En cet instant précis, elle est quelque part.

Les yeux bleus étincelaient de nouveau et Lewis se sentit plus heureux.

— Ce serait un sacré défi, hein, monsieur ?

— Oui. Peut-être n'est-ce pas une si mauvaise affaire, finalement, de pourchasser cette petite traînée de Valerie Taylor.

— Alors vous croyez qu'on devrait essayer ?

— Je commence à croire que oui.

— Où commençons-nous ?

— Selon vous ? Elle se trouve très certainement dans un appartement de luxe en train de s'épiler les sourcils.

— Mais où, monsieur ?

— Où ? A votre avis ? A Londres, bien sûr. Que disait le cachet de la poste ? EC4, non ? Elle se trouve dans un rayon de quelques kilomètres de EC4. C'est sûr !

— Ce n'était pas ce cachet, sur la deuxième lettre.

— La deuxième lettre ? Ah oui. Et quel était le cachet ?

— W1, vous ne vous rappelez pas ? fit Lewis en fronçant les sourcils.

— W1 ? Je serais vous, je ne m'inquiéterais pas trop pour cette deuxième lettre, Lewis.

— Ah bon ?

— Non. Je ne m'en soucierais pas du tout. Voyez-vous, c'est moi qui l'ai envoyée.

# CHAPITRE XVII

« Et tout le malheur qui le troublait
[tant
Qu'il poussa ce cri amer
Et les profonds regrets, et les suées
[sanglantes
Nul ne les connaît mieux que moi
Car quiconque vit plus d'une vie
Doit connaître plus d'une mort. »

Oscar Wilde, *La Ballade de la geôle de Reading*

Ils étaient plus de cent vingt, et c'était trop. Si on leur accordait à chacun une minute de parole, il y en aurait pour deux heures ! De toute façon, Acum n'avait pas envie de dire quoi que ce soit. La grande majorité des délégués avaient entre quarante et cinquante ans, des femmes et des hommes mûrs qui, à en juger par leurs commentaires et leurs questions, envoyaient en avant-garde un flot annuel de linguistes doués pour faire valoir leurs droits naturels d'anciens d'Oxford et Cambridge.

Les cinq heures et demie de route de la veille l'avaient fatigué. Le programme de la matinée, mené dans une aimable et rare atmosphère très intellectuelle, n'avait guère réussi à engendrer de véritable *esprit de corps*. Dans son discours sur les « Textes au programme des classes terminales », le responsable des études avait déclamé d'une voix douce et sérieuse les rythmes délicats de Racine. Acum commençait à se demander si les grandes universités ne s'éloignaient pas de plus en plus de son genre particulier de lycée. En terminale, son problème était d'enseigner à une poignée d'élèves qui avaient à grand-peine obtenu la note C en français lors des O-levels et qui, dans le sillage de leur succès, s'étaient empressés d'égarer la maigre substance de leurs connaissances au cours des deux mois de liberté insouciante de l'été. Peut-être en était-il différemment dans les autres lycées. Était-il à incriminer, d'une manière ou d'une autre ?

Par chance, le débat qui suivit le déjeuner sur les mérites de l'expérience de Nuffield se révéla à la fois plus léger et brillant. Acum se sentit un peu plus à l'aise en compagnie de ses collègues. Le responsable des études, dans l'esprit duquel traînaient encore les vers de Racine, affirma sur un ton évangélique le besoin essentiel d'un strict respect de la grammaire dans l'enseignement des langues vivantes. Si Racine et Molière ne valaient pas la peine d'être lus avec précision, en excluant donc tout risque de mauvaise interprétation due à une traduction erronée, alors autant oublier la littérature et la vie elle-même. C'était superbe. Puis un homme franc et jovial de Bradford avait recentré le débat grâce à une intervention magnifique : « Demandez donc à un gosse, fille ou garçon, doté d'un bon sens pratique, de commander une livre de carottes chez un marchand de primeurs français, et là, plus personne ! » Les participants éclatèrent d'un rire unanime. Un vieil homme digne à la barbe grise suggéra sournoisement qu'aucun Anglais, même s'il avait eu la chance d'apprendre sa langue maternelle dans le Yorkshire, n'avait jamais été confronté à une barrière linguistique insurmontable pour trouver une pissotière à Paris.

Les choses allaient mieux, à présent. La conférence aurait dû voter des remerciements au jovial délégué de Bradford et à sa livre de carottes. Même Acum faillit prendre la parole. Et tous les autres membres de la majorité silencieuse faillirent parler, eux aussi. Mais ils étaient trop nombreux. C'était ridicule, en fait. Personne ne remarquait votre présence ou votre absence. De toute façon, ce soir, il sortait. Il ne manquerait à personne s'il se glissait hors de la salle de conférence. D'ailleurs, il serait rentré bien avant que la loge du gardien soit fermée à 23 heures.

La cloche de l'école sonna 16 heures, marquant la fin du dernier cours de la journée. Des flots d'élèves jaillirent des salles de classe comme d'une fourmilière écrasée, et coururent çà et là dans les couloirs, vers les abris à vélos, les clubs, les salles de sport et diverses autres activités. Plus calmement, les professeurs se dirigèrent non sans fébrilité vers la salle des professeurs. Certains pour fumer, d'autres pour parler ou pour corriger des copies. Très vite, la plupart d'entre eux, professeurs aussi bien qu'élèves, allaient rentrer à la maison. Encore une journée de passée.

Baines sortait d'un cours de mathématiques donné à une classe de troisième. Il posa brutalement une pile de cahiers sur son bureau. Vingt secondes par cahier, pas plus. Seulement dix minutes pour le lot.

Autant les corriger tout de suite. Dieu merci, ce n'était pas comme noter de l'anglais ou de l'histoire, qui demandaient un gros effort de lecture. Son regard expert avait appris à parcourir les pages en un éclair. Oui, il allait s'en débarrasser tout de suite.

— Mr Phillipson voudrait vous voir, dit Mrs Webb.

— Ah bon ? Tout de suite ?

— Il a dit dès votre arrivée.

Baines frappa pour la forme à la porte et entra dans le bureau.

— Asseyez-vous, Baines.

D'un air las, le principal adjoint s'assit. La voix de Phillipson avait une inflexion grave, comme celle d'un médecin qui va vous annoncer qu'il ne vous reste plus que quelques mois à vivre.

— L'inspecteur Morse revient ici demain après-midi. Vous le savez, n'est-ce pas ?

Baines hocha la tête.

— Il veut nous parler, à tous les deux.

— Il ne me l'avait pas dit.

— Eh bien, c'est pourtant son intention, répondit Phillipson.

Baines ne dit rien.

— Vous savez ce que cela signifie, n'est-ce pas ?

— C'est un homme intelligent, déclara Baines.

— Cela ne fait aucun doute. Mais il n'ira pas plus loin, d'accord ?

Phillipson parla d'un ton dur, presque comme un maître à son élève.

— Vous comprenez ce que je veux dire, Baines ? Vous allez la fermer !

— Oui, vous aimeriez bien que je la ferme, n'est-ce pas ?

— Je vous préviens !

La haine latente du proviseur brûla soudain dans son regard. Nul souci des apparences à présent. Seulement une haine laide et nue entre les deux hommes.

Baines se leva, savourant ce moment de puissance.

— Ne me poussez pas à bout, Phillipson ! Et n'oubliez pas à qui vous parlez !

— Dehors ! siffla le proviseur.

Le sang lui battait aux tempes. Bien que non-fumeur, il mourait d'envie d'allumer une cigarette. Il resta prostré derrière son bureau quelques minutes en se demandant combien de temps ce cauchemar allait encore durer. Quel soulagement ce serait que tout cela soit terminé... D'une façon ou d'une autre...

Puis il recouvra peu à peu son calme et ses esprits. Cela faisait maintenant combien de temps ? Plus de trois ans et demi ! Et le souvenir de cette nuit hantait encore sa mémoire comme un fantôme. Cette nuit... Il en revoyait clairement tous les détails...

*Il était assez content de lui. Bien sûr, c'était difficile à dire avec certitude, mais oui, il était assez content de lui. Son esprit retraça aussi précisément que possible les événements de la journée : les questions du comité de sélection, classiques et stupides, et ses propres réponses, pensées avec prudence...*

# CHAPITRE XVIII

> « Dans les ouvrages philologiques, le signe typographique de la croix désigne un mot obsolète. Le même signe placé avant le nom d'une personne signifie qu'elle est décédée. »
>
> *Rules for Composers and Readers*, OUP

Lundi soir, ou plus précisément mardi matin, Morse ne se coucha pas avant 2 heures, fourbu de sommeil, après avoir trop bu de bière. L'euphorie de la matinée avait complètement disparu, en partie à cause de l'attitude sceptique de Lewis, mais avant tout parce qu'il était incapable de se mentir plus longtemps. Il croyait toujours que quelques pièces du puzzle avaient trouvé leur place, mais il savait que de nombreuses autres ne rentraient pas du tout. D'autres ne ressemblaient même pas à des pièces de ce puzzle-là. Il se souvint du test qu'il avait passé à l'armée pour savoir s'il était daltonien. Il s'agissait d'une feuille de papier sur laquelle un mélange de couleurs imprimées se métamorphosaient comme par magie quand on les regardait à travers différents filtres. Avec le filtre rouge, on voyait un éléphant. Un filtre bleu, et c'est un lion qui apparaissait, un filtre vert, et voilà un âne ! Un âne... Il avait lu quelque chose à propos d'un âne, récemment. Dans quoi ? Morse n'était pas un lecteur systématique. Il papillonnait. Il regarda la petite pile de livres posés sur sa table de chevet sous son réveil. *La Route de Xanadu*, un recueil de nouvelles de Kipling, la biographie de Richard Wagner et la prose de A. E. Housman. C'était dans Housman, sûrement, que l'on parlait d'un âne qui ne pouvait résoudre son esprit asinien à décider par quelle botte de foin il fallait commencer. Le stupide animal n'avait-il pas fini par mourir de faim ? Morse retrouva vite le passage :

> « Un éditeur sans discernement, perpétuellement confronté à quelques manuscrits parmi lesquels il doit choisir, ne peut s'empêcher de se sentir comme un âne hésitant entre deux bottes de foin. »

Deux manuscrits et aucun discernement ! Voilà qui résumait parfaitement la situation. L'un lui disait que Valerie Taylor était vivante, et l'autre qu'elle était morte. Et il ignorait toujours pour lequel des deux opterait un homme clairvoyant. Seigneur ! Lequel de ces deux manuscrits était dans le vrai ? L'un des deux l'était-il, d'ailleurs ?

Il savait qu'à ce stade il ne s'endormirait pas. Il valait mieux tout oublier et penser à autre chose. Il prit donc le Kipling et entreprit de relire sa nouvelle favorite. Il croyait fermement que Kipling en savait plus sur les femmes que le rapport Kinsey. Il revint sur un passage qu'il avait souligné dans la marge.

« ... Comme vous dites, monsieur, c'était un homme de bonne éducation, et il s'en servait pour parvenir à ses fins. Son éducation, ses belles paroles et tout le reste lui permettaient de faire tout ce qu'il voulait pour avoir une femme. Mais à long terme, elle finissait par revenir le massacrer. »

Eh bien !

Il réfléchit à ce qu'il savait de la vie sexuelle de Valerie. Pas grand-chose, en fait. Il songea à Maguire. Le jeune homme avait dit quelque chose qui sonnait un peu faux. Mais Morse ne parvenait pas à se rappeler quoi. Sa mémoire lui glissait entre les mains comme une savonnette dans la baignoire.

L'éducation. Elle rendait souvent les gens plus intéressants, surtout aux yeux des femmes... Certaines jeunes filles se fatiguent vite de ces platitudes stupides qui passent parfois pour de la conversation. Certaines appréciaient les hommes plus mûrs pour cette simple raison, des hommes souvent moins fades, montrant un certain goût pour la culture parsemée de quelque érudition, et qui ont autre chose en tête que les bretelles de leur soutien-gorge après quelques whiskies.

Comment était Valerie ? Avait-elle couché avec des hommes mûrs ? Phillipson ? Baines ? Sûrement pas Baines. Certains de ses professeurs, peut-être ? Acum ? Il ne se rappelait pas les autres noms. Soudain il mit la main sur la savonnette. Il avait demandé à Maguire combien de fois il avait couché avec Valerie. Le jeune homme avait répondu environ une dizaine de fois. Morse lui avait alors demandé d'avouer la vérité, s'attendant à un nombre fortement exagéré de copulations. Mais non.

Maguire avait réduit le nombre. Bon, trois ou quatre, avait-il dit. Quelque chose comme ça. Il n'avait probablement jamais couché avec elle ! Morse se redressa et réfléchit. Pourquoi n'avait-il pas insisté sur ce point quand il avait vu Maguire, la veille ? Était-elle vraiment enceinte ? Il l'avait supposé et Maguire avait apparemment confirmé ses soupçons. Mais l'était-elle ? Cela semblait dans la logique. Mais quelle logique ? Celle découlant de l'hypothèse que Morse avait échafaudée et dans laquelle il avait forcé les pièces du puzzle ?

Si seulement il connaissait le problème dont il s'agissait. Alors il serait plus serein, même si c'était au-delà de ses capacités. Le problème ! Il se rappela son ancien professeur de latin. Hum ! Quand il était confronté à un problème insoluble, un passage difficile dans un texte, un point de syntaxe d'une complexité confinant à l'absurde, il se tournait vers ses élèves d'un air grave :

— Messieurs, ayant affronté courageusement ce problème, je pense que nous devons à présent enchaîner.

Morse sourit à l'évocation de ce souvenir. Il se faisait tard. Une difficulté dans son manuel de textes classiques, marquée de croix... Les croix... Il s'endormait. Des textes, des manuscrits, et un âne au milieu, en train de braire, le ventre creux, ne sachant vers où se tourner... tout comme Morse... Sa tête était penchée vers la droite. Son oreille ne cherchait plus les incompréhensibles indices de la nuit. Il s'endormit la lumière allumée, les nouvelles de Kipling lui tombant des mains.

Plus tôt dans la soirée, Baines avait ouvert sa porte à un visiteur inattendu.

— Tiens, tiens, en voilà une surprise. Entrez, je vous en prie. Puis-je vous débarrasser ?

— Non, je garde mon manteau.

— Bon, alors dans ce cas vous prendrez bien un verre pour vous remonter le moral ? Que puis-je vous offrir ? Je n'ai pas grand-chose, je le crains.

— Ce que vous voudrez.

Son visiteur sur les talons, Baines traversa la petite cuisine, ouvrit le réfrigérateur.

— Bière ? Lager ?

— Lager.

Baines s'accroupit et tendit la main droite, la gauche posée sur le dessus du réfrigérateur, les ongles un peu sales. Il avait deux tonsures sur le dessus du crâne, séparées par une touffe de cheveux grisonnants qui retardait la fusion inévitable. Il ne portait pas de cravate et le col de sa chemise bleu clair était douteux. Il l'aurait changée le lendemain.

# CHAPITRE XIX

« Un matin je l'ai manquée sur la colline coutumière. »

Thomas Gray, *Élégie écrite dans un cimetière campagnard*

L'assemblée des élèves du lycée Roger Bacon avait lieu à 8 h 50. Les professeurs se tenaient au fond de la grande salle, portant l'insigne de leurs universités respectives (du moins ceux qui étaient habilités à le faire). Le proviseur insistait sur ce point. D'une ponctualité sans faille, flanqué de son adjoint légèrement en retrait et du professeur principal, Phillipson, en tenue d'apparat, arrivait du fond de la salle. Les élèves se levaient et la procession descendait l'allée centrale avant de gravir quelques marches vers l'estrade. C'était une routine immuable : un cantique, une prière, un passage des Écritures saintes. Et les respects envers le Tout-Puissant étaient rendus pour la journée. Le dernier « Amen » non synchronisé marquait la fin des dévotions matinales. C'était le signal pour le proviseur adjoint de rappeler l'attention des élèves sur des activités plus terrestres. Chaque matin, il annonçait de façon claire et posée les changements de la journée, professeurs absents, activités diverses, horaires et lieu des réunions de clubs et résultats des équipes sportives. Il gardait toujours pour la fin la lecture d'une liste de noms, ceux des élèves convoqués chez le proviseur dès la fin de l'assemblée : récalcitrants, anarchistes, gêneurs, voyous, tire-au-flanc, quiconque allait à l'encontre du règlement en vigueur dans l'établissement.

Mardi matin, tandis que la procession remontait l'allée centrale, et que l'école tout entière se levait, plusieurs élèves échangèrent des regards étonnés. De nombreux murmures se demandaient où pouvait bien se trouver Baines. Même parmi les plus anciens élèves, personne ne se rappelait l'avoir vu s'absenter une seule fois. Le professeur principal semblait désorienté. C'était comme si la Sainte Trinité était brisée. C'est Phillipson qui dut lire les annonces, ne faisant aucune allusion à l'absence de son adjoint. L'équipe féminine de hockey avait réalisé un exploit décisif. Les élèves saluèrent la nouvelle avec un enthousiasme inhabituel. Le club d'échecs se réunirait dans le labo de physiques et la quatrième C était collée après les cours (pour un délit non spécifié), etc. Phillipson se détourna de la tribune et s'en alla par le côté. Les commentaires éclatèrent tandis que les élèves se préparaient à gagner leur classe.

A midi, Phillipson s'adressa à sa secrétaire.

— Toujours pas de nouvelles de Baines ?

— Non. Vous croyez que nous devrions lui téléphoner ?

Phillipson réfléchit quelques instants.

— Peut-être. Qu'en pensez-vous ?

— Cela ne lui ressemble pas, d'être absent.

— Non. Appelez-le tout de suite.

Mrs Webb composa le numéro de Baines, à Oxford. La sonnerie lointaine sembla résonner comme un écho dans le silence inquiétant.

— Pas de réponse, annonça-t-elle.

A 14 h 15, une femme d'une cinquantaine d'années sortit de son sac la clé de chez Baines. Elle faisait le ménage trois après-midi par semaine. Étrangement, la porte n'était pas verrouillée. Elle l'ouvrit donc et entra. Les rideaux étaient toujours tirés et la lumière était allumée dans la salle à manger ainsi que dans la cuisine, dont la porte était grande ouverte. Avant même d'entrer, elle aperçut la silhouette affaissée de Baines devant le réfrigérateur, un couteau au long manche planté dans le dos. Le sang séché formait une tache horrible sur la chemise en coton, comme l'esquisse en bleu et bordeaux d'un artiste un peu fou.

Elle poussa un cri hystérique.

Il était 16 h 30 quand les spécialistes des empreintes et le photographe eurent terminé leur travail. Le médecin voûté redressa son dos affligé aussi haut que la nature le lui permettait.

— Alors ? demanda Morse.

— C'est difficile à dire. Entre 16 heures et 20 heures, je dirais.

— Vous ne pouvez pas être plus précis ?

— Non.

Morse était arrivé depuis un peu plus d'une heure. Il avait passé le plus clair de son temps assis distraitement dans l'un des fauteuils du salon, attendant que les autres s'en aillent. Il doutait fort qu'ils puissent lui apprendre grand-chose, d'ailleurs. Pas de traces d'effraction, rien n'avait été volé (du moins en apparence), pas d'empreintes digitales, pas de traces de pas. Rien qu'un cadavre et une flaque de sang devant un réfrigérateur ouvert.

Une voiture de police s'arrêta brutalement devant la maison. Lewis entra.

— Il n'était pas à l'école, ce matin, monsieur.

— Cela ne m'étonne pas, répondit Morse avec un humour inconscient.

— Savons-nous quand il a été tué ?

— Entre 20 heures et minuit, paraît-il.

— C'est un peu vague.

— Un peu vague, en effet, répéta Morse en hochant la tête.

— Vous vous attendiez à cela ?

— Je n'aurais jamais pu me l'imaginer, fit Morse en secouant la tête.

— Vous croyez que tout cela est lié ?

— Qu'est-ce que vous en pensez, vous ?

— Quelqu'un a dû se dire que Baines allait nous révéler ce qu'il savait.

Morse émit un grognement distrait.

— C'est drôle, non, monsieur ? reprit Lewis en consultant sa montre. Il nous l'aurait dit, à l'heure qu'il est. Et j'ai réfléchi à une chose.

Il lança un regard grave à l'inspecteur.

— Très peu de gens savaient que nous avions rendez-vous avec Baines, cet après-midi, n'est-ce pas ? Il n'y avait que Phillipson, en fait.

— Chacun d'eux a pu le dire à quelqu'un d'autre.

— Oui, mais...

— Oh, c'est une idée intéressante. Je vois où vous voulez en venir. Au fait, comment Phillipson a-t-il pris la nouvelle ?

— Il a eu l'air plutôt secoué.

— Je me demande où il était entre 20 heures et

minuit, marmonna Morse dans sa barbe en se levant péniblement de son fauteuil. Lewis, essayons d'avoir l'air de détectives.

Les ambulanciers demandèrent s'ils pouvaient emporter le corps. Morse les suivit dans la cuisine. Baines avait été tourné doucement sur le côté droit. Morse se pencha et souleva délicatement le couteau planté dans le dos du proviseur adjoint. Le meurtre était décidément une chose affreuse. C'était un couteau de cuisine « Prestige, fabriqué en Angleterre », de trente-cinq à trente-six centimètres de long, dont la lame effilée avait le tranchant d'un rasoir. Des gouttes de sang frais et rose jaillirent de l'horrible blessure avant de couler lentement sur le tissu raidi par le sang coagulé de ce qui avait été une chemise bleue. Ils emportèrent Baines enveloppé dans un drap blanc.

— Vous savez, Lewis, je crois que l'assassin a eu une sacrée veine. Il n'est pas si facile de poignarder un homme dans le dos. Il faut éviter la colonne vertébrale et les clavicules, et encore, il faut avoir la chance de le tuer du premier coup. Baines devait être penché en avant, légèrement vers la droite, exposant l'endroit même où la chose était relativement facile. C'était comme trancher un rôti de bœuf.

Lewis, qui détestait la vue de la mort, sentit son estomac se retourner. Il se dirigea vers l'évier pour se servir un verre d'eau. La vaisselle du dernier repas de Baines était propre et empilée avec soin dans l'égouttoir. La lavette essorée et posée au bord de l'évier.

— Peut-être l'autopsie nous dira-t-elle à quelle heure il a dîné, suggéra Lewis avec espoir.

Morse n'était guère enthousiaste. Il rejoignit Lewis près de l'évier et regarda aux alentours sans conviction. Il ouvrit le tiroir de droite. Il contenait l'attirail habituel : cuillères à café, à soupe, en bois, pelle à poisson, deux tire-bouchons, des ciseaux de cuisine, un économe, plusieurs brochettes, un aiguisoir et un couteau de cuisine. Morse le prit et l'examina avec soin. Le manche était en corne et la lame usée à force d'avoir été aiguisée.

— Il devait l'avoir depuis longtemps, dit Morse.

Il passa le doigt sur la lame. Elle était presque aussi fine et tranchante que celle qui s'était logée dans le cœur de Baines.

— Combien de couteaux de cuisine possédez-vous, Lewis ?

— Un seul.

— Vous songeriez à en acheter un second ?

— Je ne vois pas pourquoi.

— En effet, dit Morse.

Il posa l'arme sur la table de la cuisine et regarda aux alentours. Il ne semblait pas très utile d'inspecter, même par procuration, les boîtes de petits pois et de prunes alignées sur les étagères du garde-manger.

— Allons voir à côté, Lewis. Prenez le bureau, je me charge des livres.

Une grande partie de la bibliothèque était occupée par des ouvrages de mathématiques. Morse examina avec intérêt une série complète de livres sur le « Projet pour les mathématiques à l'école », alignés dans l'ordre, du numéro 1 à 10, ainsi que le livret pédagogique correspondant à chaque volume. Morse se plongea avec quelque hésitation dans le livre 1.

— Vous vous y connaissez en mathématiques modernes, Lewis ?

— Les maths modernes ? Ah, mais je suis un spécialiste reconnu. C'est moi qui fais tous les devoirs des gosses, à la maison.

— Ah bon ?

Morse décida de ne plus se torturer l'esprit sur la façon d'exprimer 23 en base 10 et en base 5. Il rangea le volume et inspecta le reste de la bibliothèque de Baines. C'était un matheux, à n'en pas douter. Mais un littéraire ? Morse en était moins sûr. Globalement, l'inspecteur avait une préférence pour la petite collection moins compromettante de Maguire.

Tandis qu'il se tenait près des étagères, le meurtre de Baines lui pénétrait doucement l'esprit. Pour l'instant, c'était un problème isolé. Il n'avait pas encore eu l'occasion d'y réfléchir dans son contexte. Mais il n'allait pas tarder à le faire. En fait, certaines implications primaires étaient déjà évidentes. A moins qu'il ne se raconte encore des histoires ? Non. D'abord, cela signifiait que le fameux âne savait avec certitude quelle botte de foin il allait manger. C'était au moins un pas en avant. Baines devait être au courant de quelque chose. Ou plutôt non. Baines devait pratiquement tout savoir. Mais était-ce la raison de sa mort ? Cela semblait l'explication la plus plausible. Mais qui l'avait tué ? Qui ? Tout indiquait que le meurtrier était connu de Baines, très bien même. Il avait dû le suivre dans la cuisine et être présent au moment où Baines sortait quelque chose du réfrigérateur. Et le meurtrier était en possession d'un couteau. Voilà une déduction raisonnable, non ? Il avait apporté un couteau. Mais comment diable transporter un aussi gros couteau ? En le glissant dans une chaussette, peut-être ? A moins que...

A l'autre extrémité de la pièce, un sifflement sceptique interrompit la réflexion de Morse et les réponses qu'elle suggérait. Lewis affichait une expression d'excitation intense mêlée à une incrédulité peinée.

— Vous devriez venir voir tout de suite, monsieur.

Morse regarda lui-même dans le dernier tiroir de

droite du bureau. Il sentit ses cheveux se dresser sur sa tête. Dans ce tiroir se trouvait un cahier, un cahier du lycée Roger Bacon. La couverture portait un nom, un nom familier, inscrit en lettres capitales : Valerie Taylor, sciences appliquées. Les deux hommes échangèrent un regard sans mot dire. Morse finit par prendre doucement le cahier, posant les index sur la tranche. Deux feuilles libres tombèrent et voletèrent jusqu'au sol. Morse les ramassa et les posa sur le bureau. Il s'agissait de brouillons d'une courte lettre, une lettre qui commençait par « chers papa et maman » et finissait par « bons baisers Valerie ». Plusieurs mots isolés étaient rayés et réécrits au-dessus, avec quelques altérations dans le style. Il y avait aussi des lignes entières de lettres seules, patiemment répétées et mises au point, des C, des R, des T. Ce fut Lewis qui rompit enfin le silence.

— On dirait que vous n'êtes pas le seul faussaire de cette affaire, dit-il.

Morse ne répondit pas. Tout au fond de son esprit, un déclic se fit. Depuis le début de l'enquête, il avait réussi à capter quelques murmures lui permettant d'esquisser un début de vérité. A présent, il avait l'impression que les faits lui criaient dans un mégaphone.

De toute évidence, c'est Baines qui avait écrit la lettre adressée aux parents de Valerie. Toute preuve que Valerie était encore en vie retombait à zéro sur l'échelle des probabilités. D'une certaine façon, Morse en était heureux. D'un autre côté, il ressentait une tristesse poignante et profonde. La vie était belle, et nous avons tous nos espoirs. Peu d'entre nous expriment un désir excessif de quitter cette vallée de misère et de larmes. Valerie avait le droit de vivre. Comme lui. Comme Lewis. Comme Baines, aussi, supposait-il. Mais quelqu'un avait décidé que Baines n'était plus digne de vivre et l'avait poignardé. Morse demeura silencieux devant le bureau de la victime, sachant que tout le monde attendait de lui qu'il retrouve le meurtrier. Et il le trouverait sans doute. Au rythme où il allait, il serait en mesure de connaître la vérité avant la fin de la journée. Il ne lui restait peut-être qu'à fouiller les autres tiroirs où il découvrirait la solution notée avec soin et signée. Toutefois il n'espérait guère en trouver plus. Pendant l'heure qui suivit, en compagnie de Lewis, il passa le contenu des autres tiroirs au peigne fin, mais ils ne tombèrent sur rien d'intéressant, à part une photocopie récente de la note de frais de Phillipson.

Le téléphone était posé sur le bureau, un téléphone blanc, celui-là même qui avait sonné à midi, lorsque Mrs Webb avait cherché à joindre un homme qui gisait, cadavre froid, près du réfrigérateur ouvert. Puis, soudain, Morse remarqua un détail. Il était sous son nez mais le policier l'avait ignoré car c'était un objet qui avait sa place en ces lieux. Un répertoire téléphonique rectangulaire, en plastique couleur crème. Il suffisait d'appuyer sur une lettre du répertoire et il s'ouvrait automatiquement. S'attendant à trouver son illustre personne, Morse appuya sur la lettre M, mais il ne vit rien. Apparemment, aucune connaissance intime de Baines ne portait un nom commençant par un M. Alors il appuya sur le N, rien non plus. Puis sur le O, toujours sans résultat. Baines venait peut-être seulement d'acheter ce répertoire ? Il paraissait relativement neuf. Il n'avait peut-être pas encore recopié son ancienne liste. Mais on n'avait retrouvé aucune liste de ce type. Morse appuya sur le P. En découvrant le nom de Phillipson, le policier fut parcouru d'un frisson. Le numéro de téléphone du principal apparaissait clairement. Morse continua avec le reste de l'alphabet. Il découvrait à la lettre R le numéro du R.A.C.[1] d'Oxford, mais rien de plus; à la lettre S, l'agent d'assurances de la Sun. La lettre T lui procura un nouveau frisson : Taylor. Au fond de l'esprit de Morse se fit un nouveau déclic. Rien à U et V. A W, Mrs Wright avec un numéro à Oxford : entrepreneur et décorateur. Rien à X, Y et Z. A la lettre A, Morse examina la page soigneusement et fronça les sourcils avec un léger sifflement. Il n'y figurait qu'un nom : Acum, avec son numéro personnel, et non professionnel, dans la colonne appropriée...

En tout, il n'y avait que quatorze numéros, dont la plupart étaient facilement explicables, comme le R.A.C. ou le décorateur. Seuls trois noms semblaient avoir un rapport avec l'affaire : Acum, Phillipson et Taylor. C'était curieux de voir comme les noms semblaient apparaître par trois. D'abord, il y avait eu Acum, Baines et Phillipson, et à présent, Baines était rayé de la liste et un autre nom paraissait avoir pris sa place comme par magie : Taylor. Quelque part au plus profond de l'esprit de Morse, un nouveau déclic se fit.

Bien qu'on eût ouvert les rideaux dès l'arrivée de la police, les lumières étaient toujours allumées. Sur le seuil, Morse les éteignit enfin. Il était 17 h 30.

— Qu'est-ce qu'on fait, maintenant? demanda Lewis.

Morse réfléchit quelques instants.

— Votre femme fait des frites, ce soir, Lewis?

— Je pense que oui, monsieur. Mais je commence à m'habituer aux frites trop croustillantes.

1. Royal Automobile Club.

# CHAPITRE XX

> « Alibi (du lat. *alibi*, ailleurs. Locatif de *alius*, autre) : Lors d'une accusation criminelle, argument selon lequel on se trouvait en un autre lieu à une heure donnée. »
>
> *Oxford English Dictionary*

— Il ne va pas beaucoup aimer.

— Bien sûr qu'il ne va pas aimer.

— Cela équivaut presque à dire que nous le soupçonnons.

— Et alors, c'est le cas, non ?

— Vous voulez dire entre autres, monsieur ?

— Entre autres, en effet.

— C'est dommage qu'ils ne puissent pas être plus précis sur l'heure de la mort, fit Lewis, mal à l'aise.

— Ne vous en faites pas pour cela, répondit Morse. Contentez-vous d'obtenir un emploi du temps détaillé du moment où il a quitté l'école jusqu'à celui où il est allé se coucher.

— Comme je vous le disais, monsieur, il ne va pas beaucoup apprécier.

Morse se leva, mettant brutalement fin à la conversation.

— Et alors, il va bien être obligé de s'y faire, non ?

A 18 h 30 passées, Morse franchit les portes vitrées, quitta le Q.G. pour se diriger, pensif, vers la cité HLM. Lui non plus n'était guère impatient d'arriver. Comme l'avait dit Lewis, cela équivalait à accuser le témoin.

La Morris verte des Taylor était garée le long du trottoir. George lui ouvrit en manches de chemise, avalant à la hâte une bouchée de son dîner.

— Je repasserai, commença Morse.

— Non, je vous en prie, inspecteur. J'ai presque fini. Entrez.

George était seul dans sa cuisine et terminait une assiette de ragoût aux pommes de terre.

— Une tasse de thé ?

Morse déclina la proposition et s'assit en face de George, à la table branlante.

— Qu'est-ce que je peux faire pour vous, inspecteur ?

Il se versa une grande tasse de thé fort et alluma une Woodbine. Morse lui annonça le meurtre de Baines. La nouvelle était tombée trop tard pour paraître dans la dernière édition du *Oxford Mail*, dont un exemplaire était posé sur la table.

George eut une réaction indifférente et posée. Il avait rencontré Baines, bien sûr, lors des réunions de parents d'élèves. Mais rien de plus. Morse était étonné de voir que George ne disait (ou ne ressentait) rien de plus à l'annonce de la mort d'un être humain qu'il avait connu. Pourtant, il n'y avait pas une trace de machination ou de malveillance dans ses yeux. Comme lors de leur dernière entrevue, Morse éprouva de la sympathie pour cet homme. Tôt ou tard, il devait lui demander, comme le voulait la formule traditionnelle, de raconter tout ce qu'il avait fait au cours de la soirée de la veille. Pour l'instant, il repoussait le moment fatal. Par chance, George fit lui-même une bonne partie du travail.

— Ma femme le connaissait mieux que moi. Je lui dirai quand elle rentrera. Le lundi et le mardi elle joue toujours au bingo, à Oxford.

— Il lui arrive de gagner?

La question pouvait sembler étrange.

— Une livre de temps en temps. En fait, elle a un peu gagné, hier soir, je crois. Mais vous savez ce que c'est, elle dépense à peu près une livre par soirée, de toute façon. Elle est accro, c'est tout.

— Comment s'y rend-elle? En bus?

— D'habitude, oui. Pourtant, hier soir, je jouais avec l'équipe de fléchettes au *Jericho Arms*, alors je l'ai accompagnée et elle est passée me chercher au pub quand elle a eu terminé, pour rentrer avec moi. Mais d'habitude, elle prend le bus.

Morse prit une profonde inspiration et se jeta à l'eau.

— Écoutez, Mr Taylor. Il ne s'agit que d'une formalité et je sais que vous comprendrez, mais, heu, il faut que je sache où vous vous trouviez exactement, hier soir.

George ne sembla pas perturbé le moins du monde. En fait, il y eut presque un air de soulagement dans son regard amical, à moins que cet éclair imperceptible n'ait été que le fruit de l'imagination de Morse?

Quand Morse regagna son bureau, à 19 h 30,

Lewis l'attendait déjà. Les deux hommes échangèrent leurs notes. Apparemment, aucun des deux n'avait été sur le point de débusquer le loup dans sa tanière. Les alibis n'étaient pas parfaits, loin de là, mais ils étaient corrects. Phillipson (selon ses propres déclarations) était rentré chez lui vers 17 h 15. Il avait dîné puis avait quitté son domicile, seul, à 18 h 35 pour assister à la représentation de *Jeanne d'Arc* au *Playhouse*. Il avait laissé sa voiture au parking de Gloucester Green, était arrivé au théâtre à 18 h 50. La pièce avait duré de 19 h 15 à 22 h 30. Il n'avait pas quitté son siège avant 22 h 30, sauf pour prendre une Guinness au bar, pendant le premier entracte. Puis il avait récupéré sa voiture et était rentré chez lui. Il se rappelait avoir vu les informations de 23 heures sur BBC 2.

— A quelle distance de chez lui se trouve Gloucester Green ? demanda Morse.

— Une centaine de mètres, un peu moins, répondit Lewis.

Morse téléphona au labo. Non, le sergent voûté n'avait pas encore terminé son examen scrupuleux des entrailles de Baines. Non, il ne pouvait être plus précis sur l'heure de sa mort. Entre 20 heures et minuit. Bon, si Morse insistait, ce pouvait être 20 h 30 et 23 h 30, voire 23 heures. Morse raccrocha, fixa quelques instants le plafond, puis hocha doucement la tête pour lui-même.

— Voyez-vous, Lewis, le problème avec les alibis n'est pas que certains en ont et d'autres pas. Le vrai problème, c'est que personne n'est censé en avoir un qui soit vraiment hermétique. A moins d'avoir passé la nuit les poings liés entre deux juges, ou quelque chose de ce genre.

— Alors vous croyez que Phillipson a pu assassiner Baines ?

— Bien sûr qu'il aurait pu.
Lewis rangea son calepin.
— Comment cela s'est-il passé chez les Taylor ?

Morse lui relata son entrevue avec George Taylor. Lewis écouta avec attention.
— Alors lui aussi, il aurait pu tuer Baines ?
— A quelle distance de chez Baines se trouve le *Jericho Arms* ? répondit Morse avec un haussement d'épaules.
— Trois ou quatre cents mètres.
— On commence à avoir des suspects, n'est-ce pas, Lewis ?
— Mrs Taylor en fait partie ?
— Pourquoi pas ? A mon avis, cela ne lui aurait posé aucun problème. Elle quitte le bingo à 21 heures et arrive au *Jericho Arms* à 21 h 30. En chemin, elle passe à une centaine de mètres de chez Baines, non ? Et on se retrouve où, dans tout ça ? Si Baines a été tué vers 21 h 30, hier soir, nous en avons trois, dont les numéros de téléphone figurent tous dans le répertoire de Baines.
— Il y a aussi Acum, monsieur. Ne l'oubliez pas.
Morse consulta sa montre. Il était 20 heures.
— Vous savez, Lewis, ce serait vraiment une surprise qu'Acum ait joué aux fléchettes au *Jericho Arms*, hier soir. Ou au bingo à l'hôtel de ville.
— Il aurait eu du mal. Il est à Caernarfon.
— Je vais vous dire une bonne chose, Lewis. Où qu'il se soit trouvé hier soir, Acum n'était pas à Caernarfon.
Il décrocha le téléphone et composa un numéro. On répondit immédiatement.
— Allô ?
La ligne grésillait, mais Morse reconnut la voix.

— Mrs Acum ?
— Oui. Qui est à l'appareil ?
— Morse. L'inspecteur Morse. Vous vous rappelez, je vous ai appelée...
— Oui, bien sûr que je me rappelle.
— Votre mari est rentré ?
— Non. Je crois vous l'avoir dit. Il ne rentrera que tard dans la soirée.
— Vers quelle heure ?
— Pas trop tard, j'espère.
— Avant 22 heures ?
— Je l'espère.
— Il a une longue route à parcourir ?
— Assez, oui.
— Écoutez, Mrs Acum. Pourriez-vous me dire où il se trouve, je vous prie ?
— Je vous l'ai dit. A un congrès de professeurs. Sur le français en classe terminale.
— Oui, mais où a-t-il lieu ?
— Où ? Je ne sais pas très bien où il est logé.
Morse commençait à s'impatienter.
— Mrs Acum, vous comprenez ce que je veux dire. Où a licu la conférence ? A Birmingham ?
— Oh, je suis désolée. Je comprends ce que vous voulez dire. En fait, c'est à Oxford.
— A Oxford, vous dites ? répéta l'inspecteur en se tournant vers Lewis, les sourcils levés.
— Oui. A Lonsdale College.
— Je vois. Bon, je rappellerai vers 22 heures. Cela ira ?
— C'est urgent, inspecteur ?
— Eh bien, disons que c'est important, madame.
— Très bien. Je lui dirai. Et s'il rentre plus tôt, je lui demanderai de vous appeler.

Morse lui donna son numéro, raccrocha avec un sifflement.

— C'est de plus en plus étrange, vous ne trouvez pas, Lewis ? A quelle distance de Kempis Street se trouve Lonsdale College ?

— Sept cents mètres ?

— Un de plus sur la liste. Toutefois, je suppose qu'Acum a un alibi tout aussi valable, du moins aussi peu valable, que les autres.

— N'avez-vous pas oublié un suspect, monsieur ?

— Ah oui ? fit Morse en dévisageant son sergent, l'air quelque peu surpris.

— Mrs Phillipson. Deux jeunes enfants, vite couchés, vite endormis. Le mari est sorti pour trois heures. Elle a un aussi bon mobile que n'importe qui, non ?

— Peut-être même qu'il est meilleur, fit Morse en hochant la tête tout en regardant gravement la moquette.

Soudain, une grosse araignée traversa la pièce à la vitesse de l'éclair. Tout aussi soudainement, elle s'immobilisa de façon effrayante. Une grosse araignée dont les longues pattes aux articulations velues s'élevaient bien au-dessus du corps sombre et tassé. Un autre élan, puis de nouveau l'immobilité. Elle était plus effrayante ainsi figée qu'en mouvement. Cela fit songer Morse à un jeu auquel il jouait dans les goûters d'anniversaires, appelé « un, deux, trois, soleil ». Soudain, on s'arrêtait de compter, et il ne fallait plus bouger un muscle, comme l'araignée. Elle était presque arrivée à la plinthe, à présent. Morse semblait fasciné. Il avait une peur bleue des araignées.

— Vous avez vu cette chose énorme dans la baignoire de Baines ? demanda Lewis.

— Fermez-la, Lewis. Et écrasez cette horrible bestiole, vite !

— Il ne faut pas faire cela, monsieur. Elle doit avoir des gosses qui l'attendent quelque part.

Il se pencha et tendit doucement la main vers l'insecte. Morse ferma les yeux.

# CHAPITRE XXI

« John et Mary reçoivent chacun 20 pence. John donne un penny à Mary. Combien Mary a-t-elle de plus que John ? »

Problème posé aux candidats du « 11 plus »

Le démon du jeu est universel. Il est si profondément ancré dans la nature humaine que, depuis la nuit des temps, philosophes et moralistes sont partis du principe qu'il était maléfique. Les Romains appelaient *cupiditas* le désir des choses de ce monde, l'avidité nue et éhontée. C'est là que réside peut-être l'origine de tous nos problèmes. Mais comme il est, encore aujourd'hui, facile de comprendre l'envie féroce que ressentent ceux qui ne possèdent pas grand-chose envers ceux qui ont tout ! Et le jeu ? Eh bien, le jeu offre aux pauvres une lueur d'espoir d'obtenir quelque chose pour rien.

Analyse grossière ! Pour certains, en effet, c'est le processus et la pratique mêmes du jeu qui sont sources de tant de plaisir. A tel point que, chez eux, le besoin de jouer ne nécessite aucune fausse *raison d'être*, aucune attente nécessaire du jackpot, du gros lot, des week-ends aux Bermudes. Simplement le lourd opiacé enivrant du jeu lui-même avec la promesse de mille chagrins et joies dangereux. Gagnez un million à la roulette, ce soir, et où serez-vous demain soir, si ce n'est à la roulette, une fois de plus ?

Chaque société possède ses jeux, qui sont aussi révélateurs que les coutumes, car, dans un sens, ils en font partie. Le morpion, le *rouge ou noir*, quitte ou double et gling, gling, gling dans l'urne dès que les trois oranges s'alignent dans la machine à sous. Au champ de courses de Kempton Park, les chances sont de dix contre un quand l'outsider absolu passe le poteau en tête. *Alors arriva le premier, disant : « Seigneur, votre livre a rapporté dix livres. » Et il lui dit : « Bien joué, tu es un bon serviteur et parce que tu as été un peu loyal, tu as l'autorité sur dix villes. »* Et une fois par semaine, bien que l'espoir soit à une année-lumière, un demi-million de personnes misent un demi-penny. Le bonheur est une série de croix et le baiser d'une pulpeuse reine de beauté. Certains ont en effet de la chance au jeu. D'autres pas, et perdent plus qu'ils n'en ont les moyens. Ils tentent de se refaire, mais ne parviennent qu'à perdre le peu qu'il leur restait. Enfin, hélas, ayant perdu tout espoir, ils vont se tapir au fond d'un garage sombre, près du robinet de gaz de leur cuisine et se tuent. Certains fument cinquante cigarettes par jour, d'autres boivent du gin ou du whisky. Certains ne cessent d'aller et venir dans les bureaux de pari. Quant aux plus riches, ils jouent par téléphone.

Mais quelle épouse peut supporter un mari joueur, à moins qu'il ne gagne régulièrement ? Et quel mari est prêt à croire que sa femme est devenue une joueuse invétérée, à moins qu'elle ne soit aussi mauvaise menteuse que Mrs Taylor ? Et Mrs Taylor, elle, ne rêve que de passer sa vie dans les salles de bingo.

Tout avait commencé des années plus tôt dans l'église de Kidlington. Ils n'étaient pas plus d'une dizaine, assis sur des chaises bancales avec un prêtre sombre appelant les numéros avec une clarté digne et tout anglicane. Puis elle passa au *Ritz*, à Oxford, où les gens étaient confortablement assis dans les sièges du cinéma pour écouter les accents métalliques de la voix qui parlait dans un micro à la vaste salle. Ici, pas de compassion, ni même de rapports humains. On baisse simplement les yeux vers sa grille dans une course acharnée vers la première rangée, la première colonne, la première diagonale complétée. De nombreux joueurs peuvent s'occuper de plusieurs grilles en même temps, froids et implacables, l'esprit rivé uniquement sur les caprices des combinaisons numériques.

Le jeu en lui-même ne demande que peu de connaissance des chiffres. Non seulement il ne requiert pas, mais il ne tolère absolument pas le moindre degré d'initiative ou d'originalité. La plupart des joueurs sont à deux doigts de gagner, la ligne est presque remplie, la grille aussi. Nom de Dieu ! Baissez les yeux et souriez une fois de plus ! Faites que mon numéro sorte ! J'y suis presque, si seulement, si seulement... Les femmes sont assises, pleines d'espoir. Elles prient, regrettent d'avoir manqué de peu et maudissent leur malchance, puis parlent en se disant, « si seulement »...

Ce soir, Mrs Taylor a pris le bus numéro 2 devant le *Ritz*. Elle est arrivée à Kidlington à 21 h 35. Elle a décidé de s'arrêter au pub.

Il était 21 h 35 également quand Acum téléphona, un peu plus tôt que prévu. Il avait eu de la chance avec la circulation (dit-il). Il avait pris l'A5 à Towcester puis avait bien roulé pendant cinq heures. Il avait quitté Oxford à 15 h 15, juste avant la fin officielle de la conférence. Oui, une très bonne conférence. Lundi soir ? Un instant. Voyons voir. Dîner dans la grande salle, ensuite, une séance très décontractée de questions-réponses. Très intéressante. Au lit vers 22 h 30. Un peu fatigué. Non, pour autant qu'il se souvienne, d'ailleurs il s'en souvenait, il n'était pas sorti du tout. Baines, mort ? Comment ? Morse pouvait-il répéter ? Oh mon Dieu, quelle tragédie !... Oui, bien sûr qu'il avait connu Baines. Très bien, même. Quand était-il mort ? Ah, lundi. Lundi soir ? Ah, hier soir, celui dont ils venaient de parler. Ah, il comprenait à présent. Eh bien, il avait dit à Morse ce qu'il savait, désolé de ne pouvoir en faire plus. Il ne lui avait pas été très utile.

Morse raccrocha en se disant qu'interroger quelqu'un par téléphone était à peu près aussi efficace que de courir un cent mètres avec des palmes. Il n'avait pas le choix. Il devrait se rendre lui-même à Caernarfon si... Si quoi ? Était-il vraiment plausible qu'Acum ait quelque chose à voir avec le meurtre de Baines ? Si c'était le cas, il avait choisi une façon très étrange d'attirer presque inévitablement l'attention sur lui. Pourtant... Pourtant, le nom d'Acum flottait à la surface de cette affaire depuis le début. Hier encore, il avait lu son nom dans le répertoire téléphonique de Baines. Hum. Il faudrait aller lui rendre visite. Il aurait dû aller le voir avant. Acum avait en effet joué un rôle central dans cette histoire au cours de l'été où Valerie avait disparu. Mais... On ne fait pas le chemin jusqu'à

Oxford pour une conférence en se disant que, pendant qu'on y est, on pourrait en profiter pour assassiner un ex-collègue. A moins que si... Qui vous soupçonnerait ? Après tout, c'est bien par hasard que Morse lui-même avait appris qu'Acum se trouvait à Oxford. Acum avait-il présumé... ? Brrr ! Il faisait soudain froid dans le bureau et Morse se sentait fatigué. Laisse tomber ! Il consulta sa montre. 22 heures. Il avait juste le temps de prendre quelques pintes en se dépêchant un peu.

Il se rendit au pub à pied et se fraya un chemin dans la foule vers le bar. La fumée de cigarette flottait en nuages bleutés au-dessus des têtes comme une brume matinale et persistante. Au bar et autour des tables grondait le vacarme rauque et incessant des conversations. Ici, les subtilités du silence de la conversation semblaient inconnues. Jeux de cartes, dominos, fléchettes. Toutes les surfaces disponibles étaient couvertes de verres, de chopes à poignées, de verres sans anse, de verres vides, de verres à moitié vides et de verres sur le point d'être vides puis aussitôt remplis du superbe liquide ambré. Morse parvint à se frayer un chemin jusqu'au bar et plongea en avant. En attendant son tour, il entendit la machine à sous (à droite du bar) cliqueter en lâchant de temps à autre quelques pièces. Il se pencha pour mieux voir. Une femme était devant la machine, lui tournant le dos. Mais il la connaissait assez pour savoir de qui il s'agissait.

Le patron interrompit un cheminement de pensée nouveau et improbable.

— Ouais ?

Morse commanda une pinte de Best Bitter, se faufila un peu plus loin au bar pour se retrouver tout près de la femme qui actionnait la machine à sous. Elle poussa son verre sur le bar.

— Encore un double, Bert ! lança-t-elle.

Elle ouvrit un sac à main en cuir extraordinairement grand. Morse y aperçut une grosse liasse de billets. Cinquante livres ? Plus ? Avait-elle eu de la chance au bingo ?

Elle ne l'avait pas vu, il en était certain. Il en profita pour l'observer d'aussi près que possible. Elle buvait du whisky en échangeant des propos grivois avec plusieurs habitués du pub. Puis elle se mit à rire, d'un rire gras et vulgaire. Étrangement, et à sa grande surprise, Morse la trouva attirante. Nom de Dieu ! Il la regarda une nouvelle fois. Elle avait encore une jolie silhouette et ses vêtements étaient seyants. D'accord, elle n'était plus une beauté, il le savait. Il remarqua ses ongles cassés et rongés. Son index droit était taché par la nicotine. Mais qu'est-ce que cela pouvait bien faire ? Morse vida son verre et prit une autre pinte. La nouvelle idée qui avait germé dans son esprit ne pousserait pas ce soir. Il savait bien sûr pourquoi. C'était simple. Il avait besoin d'une femme. Mais il n'en avait pas. Il s'éloigna au fond de la salle et prit un siège. Il songeait souvent au charme des femmes. Bien sûr, il en avait connu beaucoup. Trop, peut-être. L'une ou deux d'entre elles hantaient toujours ses rêves et sa mémoire, le ramenant vers des jours meilleurs. Mais à présent, les feuilles tombaient autour de lui. Quarante-cinq ans, célibataire, seul. Et il était assis dans un pub bon marché, où la vie tournait autour de la bière, des clopes, des chips, des cacahuètes, des machines à sous et... Le cendrier posé devant lui débordait de mégots et de cendres. Il l'éloigna d'un geste, avala sa dernière gorgée de bière et sortit dans la nuit.

Il était assis au bar du *Randolph Hotel* avec un

architecte, un homme plus âgé, qui lui parlait d'espace, de lumière et d'esthétique, portait toujours un chapeau melon, étudiait la poésie grecque et latine et dormait sous un pont ferroviaire. Ils discutaient tous deux de la vie et des hommes. C'est alors qu'une fille passa devant eux d'une démarche gracieuse et ondulante et commanda un verre au bar. L'architecte donna un coup de coude à son compagnon et secoua doucement la tête avec une admiration pleine de nostalgie.

— Tu as vu, mon garçon, elle est charmante, non? Extraordinairement charmante.

Morse, lui aussi, avait ressenti sa beauté et la désirait. Toutefois, il ne dit pas un mot.

Se tournant de profil, en quittant le bar, la jeune fille mit en évidence la forme ferme et dressée de ses seins sous son tricot noir. L'architecte raté, l'amoureux d'auteurs classiques, celui qui dormait sous les ponts se leva et s'adressa à elle avec une politesse grave tandis qu'elle passait.

— Chère demoiselle, ne m'en voulez pas, ni à mon jeune ami ici présent, mais je voulais vous dire que nous vous trouvons très belle.

L'espace d'un instant, une lueur de plaisir incrédule traversa ses yeux maquillés. Puis elle se mit à rire, d'un rire gras et vulgaire.

— Eh, les mecs, vous devriez me voir quand je suis lavée!

Elle posa la main droite sur l'épaule de l'architecte. Elle avait les ongles rongés et cassés et l'index droit taché de nicotine. Morse se réveilla en sursaut aux premières lueurs d'une aube froide et hostile, comme si la main d'un fantôme l'avait effleuré dans son sommeil.

# CHAPITRE XXII

« La vie ne peut être comprise qu'en revenant en arrière, mais doit être vécue en allant de l'avant. »

Sören KIERKEGAARD

Morse arriva dans son bureau à 7 h 30.

Lorsqu'il était enfant, le summum du bonheur terrestre était une longue grasse matinée. Mais il n'était plus un enfant, et ses accès de sommeil agité de la veille l'avaient laissé fatigué et nerveux. Assis derrière son bureau, il sentait ses pensées commencer à l'obséder et, l'espace d'un instant, il fut incapable de se concentrer. Le fait de venir en voiture au bureau lui avait été bénéfique. Et au moins il avait le *Times*. Les dirigeants des grandes puissances avaient décidé de se réunir à Vladivostok, et l'économie continuait à glisser doucement vers un désastre inévitable. Mais Morse ne lut aucun de ces deux articles. Il s'informait de moins en moins de l'état de la nation et des agissements des grandes puissances. C'était un état d'esprit lâche mais pas entièrement répréhensible. En tout cas, il n'était pas bon d'en savoir trop sur certaines choses. Morse semblait devenir étrangement sensible à l'autosuggestion. La moindre allusion au fait que la dépression nerveuse n'était pas rare dans nos sociétés suffisait à le persuader qu'il allait être interné à l'hôpital psychiatrique dès le lendemain. La dernière fois qu'il s'était forcé à lire un article sur les origines de l'infarctus du myocarde, il avait découvert qu'il présentait tous les symptômes majeurs et s'était retrouvé dans un état proche de la panique. Il ne comprendrait jamais comment les médecins ne devenaient pas hyper-hypocondriaques et les soupçonnait fortement de l'être. Il se tourna vers la dernière page du *Times* et sortit son stylo, espérant que le mots croisés serait très dur, ce matin. Mais non. Neuf minutes trente.

Il prit alors un bloc-notes et se mit à écrire. Une heure plus tard, quand retentit la sonnerie du téléphone, il y était encore. C'était Mrs Lewis. Son mari était au lit, avec une fièvre de cheval. La grippe, pensait-elle. Il avait voulu venir travailler, mais avait fini par céder à ses conseils avisés, et, au grand dam de son mari, semblait-il, elle avait appelé le médecin. Plein de compassion, Morse félicita Mrs Lewis de ce qu'elle avait fait et lui dit que le vieil entêté avait intérêt à obéir. Il tâcherait de faire un saut un peu plus tard.

En parcourant ses notes, Morse sourit pour lui-même. Elles étaient destinées à Lewis, qui se serait chargé avec joie de ce travail de routine. Phillipson, billet d'entrée au *Playhouse*, vérifier la rangée et le numéro, les occupants des sièges de gauche et de droite, vérifier, retrouver, interroger. Même chose avec les Taylor et Acum. Le *Ritz*, le *Jericho Arms* et Lonsdale College. Demander, parler aux gens, vérifier encore et encore, lentement, méthodiquement prouver et reconstituer. Oui, Lewis aurait adoré cela. Et qui sait ? Il en serait peut-être sorti quelque chose. Il serait irresponsable de négliger des pistes de recherche si évidentes. Morse déchira les feuilles par le milieu et les jeta dans la corbeille à papiers.

Il devrait peut-être concentrer son attention sur le couteau. Ah oui, le couteau ! Mais que diable était-il censé en faire, de ce couteau ? A sa place, Sherlock en déduirait sûrement que le meurtrier mesurait un mètre soixante-quinze, qu'il souffrait d'un « tennis elbow » et savourait un rôti de bœuf un dimanche sur deux. Mais qu'était-il supposé dire, lui ? Il se dirigea vers le placard et en sortit l'objet, qu'il regarda fixement avec une intense concentration, rassemblant toutes ses capacités d'analyse logique. Il se rendit compte que rien ne surgissait dans son esprit ouvert et réceptif. Il voyait un couteau, rien de plus. Un couteau de cuisine. Quelque part dans le pays, sans doute dans la région d'Oxford, il y avait un tiroir de cuisine où manquait un tel couteau. Cela ne faisait pas avancer l'enquête d'un millimètre. Et pouvait-on vraiment être certain qu'un couteau avait été affûté par un droitier ou un gaucher ? Cela valait-il la peine de se renseigner ? Toute cette histoire devenait vraiment stupide. Mais comment on avait transporté le couteau, voilà qui était un problème bien plus intéressant. Oui. Morse rangea l'arme et se rassit dans son fauteuil de cuir noir pour réfléchir une fois de plus à un tas de choses.

A 10 h 30, le téléphone sonna de nouveau. Morse sursauta, l'air coupable, dans son fauteuil. Il consulta sa montre, incrédule.

C'était encore Mrs Lewis. Le médecin était passé. Une pharyngite. Au moins trois ou quatre jours au lit. Mais Morse pouvait-il passer le voir ? Le malade tenait absolument à sa visite.

Certes, il avait l'air malade, avec son visage mal rasé et pâle et sa voix de batracien.

— Je vous laisse tomber, chef.

— Mais non. Contentez-vous de guérir. Soyez sage et faites ce que dit le toubib.

— Je n'ai pas vraiment le choix avec une femme comme la mienne.

Il sourit faiblement et se redressa sur un coude pour prendre son verre de jus d'orange.

— Je suis content que vous soyez venu, monsieur. Hier soir, j'ai eu un affreux mal de tête et mes yeux sont devenus tout bizarres. Je voyais des lignes onduler devant moi. Je ne distinguais pas très bien les choses.

— Il est normal que certaines choses se détraquent quand on est malade, dit Morse.

— Mais je me suis mis à réfléchir. Vous vous rappelez ce vieil homme au passage clouté ? Eh bien, je ne vous l'avais pas dit, à l'époque, mais ça m'est revenu cette nuit.

— Allez-y, fit doucement Morse.

— En fait, je crois qu'il ne voyait pas très bien. Je crois que c'est pour cela qu'il s'est fait renverser et je me demandais si...

Lewis regarda l'inspecteur et sut d'instinct qu'il avait eu raison de le prier de venir. Morse hocha doucement la tête en regardant dans le vide, à travers la fenêtre de la chambre, sur le jardin propret, aux massifs désherbés et taillés, avec quelques roses tardives qui traînaient, languissantes.

Joe se trouvait toujours à la maison de retraite de Cowley, il était allongé dans le même lit, appuyé sur ses oreillers, la tête penchée de côté, sa bouche mince édentée et entrouverte. L'infirmière qui avait accompagné Morse lui posa la main sur le bras.

— Vous avez de la visite.

Joe ouvrit doucement les yeux et les dévisagea, l'air vague.

— C'est un policier, monsieur Godberry. Ils ont dû enfin vous mettre le grappin dessus.

L'infirmière se tourna vers Morse avec un sourire charmant.

Joe sourit également et émit un petit ricanement sénile. Sa main tâtonna faiblement sur la table de chevet à la recherche de son étui à lunettes. Enfin, il parvint à chausser une monture bon marché.

— Ah, je me souviens de vous, sergent. Je suis content de vous revoir. Qu'est-ce que je peux faire pour vous, cette fois ?

Morse passa un quart d'heure avec le vieil homme, en se disant que ce n'était pas beau de vieillir.

— Vous m'avez été très utile, Joe. Je vous remercie beaucoup.

— N'oubliez pas, sergent, de retarder votre montre. C'est ce mois-ci. Il y a beaucoup de gens qui oublient de retarder leur montre. Moi, une fois, je me rappelle...

Morse le laissa finir avant de prendre congé. Puis il échangea encore quelques mots avec l'infirmière.

— Il perd un peu la mémoire.

— Comme la plupart d'entre eux, je le crains, répondit la jeune femme. Mais c'est un gentil petit vieux. Il vous a dit de retarder votre montre d'une heure ?

— Il le dit à tout le monde ? demanda Morse en hochant la tête.

— De nombreuses personnes âgées finissent par avoir une idée fixe, un détail. Remarquez, il a raison.

Elle éclata d'un rire charmant. Morse remarqua qu'elle ne portait pas d'alliance. *J'espère que vous ne serez pas choquée, mademoiselle, si je vous dis que je vous trouve charmante.*

Mais les mots ne vinrent pas, car il n'était pas architecte, il ne dormait pas sous les ponts ferroviaires et était incapable de dire de telles choses. Elle non plus. Morse se demanda à quoi elle pensait et se rendit compte qu'il ne le saurait jamais. Il sortit son portefeuille et lui donna un billet d'une livre.

— Vous mettrez ceci dans la collecte de Noël.

Elle soutint son regard l'espace d'un instant. Il trouva ses yeux doux et tendres. Elle le remercia gentiment avant de s'éloigner d'un pas vif. Par chance, le cap de Bonne-Espérance n'était pas loin.

Les pendules ! On raconte à Oxford une bonne histoire sur les pendules qu'il faut retarder d'une heure. L'église de St Benedict possédait une horloge électrique. Pendant de nombreuses années, les complexités du réglage de cette horloge ont mis à l'épreuve la sagesse et l'esprit du clergé aussi bien que des laïcs. Elle ornait la façade nord de la tour et ses grosses aiguilles étaient actionnées autour du cadran carré et bleu au moyen d'un système de levier très élaboré. Celui-ci était situé derrière le cadran et on l'atteignait grâce à un petit escalier en spirale qui menait au toit de la tour. Le problème était le suivant : la personne qui manipulait les aiguilles derrière le cadran ne voyait pas ce qu'elle faisait. Les murs de la tour étaient si épais que, même avec un mégaphone, la personne située dehors ne pouvait communiquer avec le manipulateur. C'est pourquoi, chaque année, le sacristain se chargeait de gravir les marches, de manipuler le levier de façon approximative, de redescendre l'escalier, de sortir de l'église, de lever les yeux vers l'horloge, de regravir les marches, de changer la position des aiguilles et ainsi de suite jusqu'à ce que l'horloge indique enfin bon gré, mal gré l'heure exacte. Ce processus long et fatigant était en vigueur depuis plusieurs années jusqu'à ce qu'un thuriféraire aux airs doux, dont on disait qu'il était l'un des meilleurs encenseurs de la profession, eût l'insolence de suggérer au ministre d'ôter le fusible du compteur et de le replacer exactement soixante minutes plus tard. Non seulement cela serait efficace, mais, en plus, cela épargnerait à un homme un peu âgé une crise cardiaque. L'idée fit l'objet de longues discussions et finit par être acceptée par le comité de l'église. Elle se révéla très efficace et est aujourd'hui une pratique fermement établie.

Quelqu'un avait raconté cette histoire à Morse dans un pub. Il se la remémorait à présent avec plaisir. S'il n'était pas malade, Lewis passerait son temps à monter et redescendre les marches pour vérifier ses alibis. Mais c'était fichu, du moins pendant quelques jours. C'était à Morse d'ôter le fusible et de remettre la pendule à l'heure. Hélas, pas seulement pour une heure, pour bien plus longtemps. En fait, pendant deux ans, trois mois et plus, jusqu'au jour où Valerie avait disparu.

# CHAPITRE XXIII

« Après avoir réfléchi à Dieu et à
[lui-même,
Il pensera à son voisin. »

Christopher SMART, *Mon Chat Jeoffrey*

L'agent Dickson se rendit vite compte qu'il avait découvert quelque chose d'important. La pauvre femme si nerveuse l'impatientait passablement. C'était la sixième maison qu'il visitait, une maison située en face de chez Baines, près de la grande route.

— Savez-vous, madame, que votre voisin Mr Baines a été assassiné, lundi soir ?

Mrs Thomas hocha vivement la tête.

— Heu... Vous connaissiez Mr Baines ?

— Oui. Il habitait là depuis aussi longtemps que moi.

— Je... Enfin nous sommes très désireux de trouver des témoins qui auraient pu voir quelqu'un entrer chez lui, ce soir-là, ou en sortir, bien sûr.

Dickson s'arrêta là et la dévisagea, plein d'espoir.

Mrs Thomas, qui approchait les soixante-dix ans, avait le cou flasque et la poitrine plate. C'était une veuve dont la vie se limitait à la santé et au bonheur de son chat blanc, qui ondulait joyeusement et tendrement autour de ses jambes, sur le seuil. Elle était presque heureuse de la visite de ce jeune agent de police, car elle avait en effet vu quelque chose. Et, plusieurs fois la veille au soir et encore ce mercredi matin, elle s'était dit qu'elle devrait en parler. Cela aurait été si facile au tout début, alors qu'il y avait tant de policiers dans les parages. Plus tard, aussi, quand ils étaient venus placer leurs bornes d'interdiction de stationner, tels des chapeaux de sorcière, devant la maison. Mais tout était si vague dans son esprit. Plus d'une fois, elle s'était demandé si elle ne se faisait pas des idées. Et elle serait morte de honte si elle avait dérangé la police pour rien. Il en avait toujours été ainsi avec Mrs Thomas. Elle s'était toujours cachée dans les recoins de la vie en aventurant rarement au-dehors.

Pourtant, elle avait assurément vu quelque chose.

Elle menait une vie bien réglée, même si c'était là sa seule qualité. Chaque soir de la semaine, entre 21 h 30 et 22 heures, elle déposait deux bouteilles de lait et deux jetons Coop sur le pas de sa porte avant de refermer à double tour et de se préparer une tasse de cacao en regardant le journal de 22 heures. Puis elle allait se coucher. Lundi soir, elle avait vu quelque chose. Si seulement à ce moment-là elle avait pu se douter que c'était peut-être important ! C'était étrange, certes, mais elle ne s'en était rendu compte que plus tard. C'était en effet la première fois qu'elle voyait une femme frapper à la porte de Baines. Était-elle entrée ? Mrs Thomas ne le pensait pas, mais elle croyait se rappeler que la lumière du salon était allumée derrière les rideaux jaunes et fanés. En vérité, tout cela lui faisait très peur. La femme qu'elle avait vue était-elle la... ? Avait-elle vu le... meurtrier ? Cette seule pensée la faisait frémir. Mon Dieu, faites que ce ne soit pas le cas ! Une telle chose ne devrait pas lui arriver, pas à elle. La panique monta en elle. Elle se reprit à penser qu'elle avait peut-être rêvé.

C'était trop effrayant, surtout qu'elle savait une chose qui pouvait se révéler d'importance. De très grande importance.

— Veuillez entrer, monsieur l'agent, dit-elle.

Au début de l'après-midi, elle se sentait bien moins à l'aise qu'avec l'agent de police. L'homme qui était assis en face d'elle, dans un fauteuil de cuir noir, était plutôt agréable, charmant, même. Mais il avait le regard vif et dur. Ses questions lui semblaient énergiques et insistantes.

— Pourriez-vous la décrire, Mrs Thomas ? Avait-elle quelque chose de spécial ?

— C'est son manteau que j'ai remarqué. C'est tout. J'ai dit à l'agent...

— Oui, je sais. Mais dites-le-moi, s'il vous plaît.

— Eh bien, c'est tout, en fait. Il était rose, comme je l'ai dit à l'agent.

— Vous en êtes certaine ?

Elle déglutit péniblement. Une fois encore, les doutes l'assaillaient. Elle pensait en être sûre, elle en était sûre, en fait. Mais pouvait-elle se tromper ?

— Je... J'en suis sûre.

— Quel genre de rose ?

— Eh bien...

La vision s'évanouissait, avait presque disparu.

— Alors ! fit Morse. Vous voyez ce que je veux dire ! Fuchsia ? Cyclamen ? Heu... Lilas ?

Il était à court de tons de rose et ne reçut aucune aide de Mrs Thomas.

— Rose clair ? Rose foncé ?

— Un genre de rose assez vif...

— Oui ?

C'était inutile. Morse changea mille fois de tactique. Les cheveux, la taille, les vêtements, les chaussures, le sac à main, etc. Il tint bon pendant plus de vingt minutes. Mais, malgré ses efforts, Mrs Thomas se révéla incapable de produire la moindre image mentale de la visiteuse nocturne de Baines. Soudain, elle sentit qu'elle allait éclater en sanglots et voulut à tout prix rentrer chez elle. Non moins soudainement, tout changea.

— Parlez-moi de votre chat, Mrs Thomas.

Comment il savait qu'elle avait un chat, elle n'en avait pas la moindre idée, mais toute sa tension s'évanouit comme si le dentiste venait de lui crever un abcès. Elle lui parla avec joie de son chat aux yeux bleus.

— Vous savez, dit Morse, l'une des caractéristiques physiques du chat est si évidente que nous avons tendance à l'oublier. Le visage d'un chat est plat entre les yeux, ainsi, ils peuvent travailler ensemble. On appelle cela la vision stéréoscopique. C'est très rare chez les animaux. Pensez donc, la majorité des animaux ont...

Il continua plusieurs minutes. Mrs Thomas était fascinée. Plus encore, elle était excitée. Les choses redevenaient si claires qu'elle interrompit le discours sur la structure faciale du chien et lui raconta tout. Un manteau couleur cerise, peut-être à motif en chevrons, pas de chapeau, taille moyenne, cheveux châtains. Vers 21 h 50. Elle était certaine de l'heure parce que...

Elle partit peu de temps après, heureuse et soulagée. Un gentil policier la raccompagna jusque dans son douillet salon, où le chat blanc langoureusement couché sur le sofa ouvrit momentanément ses mystérieux yeux stéréoscopiques pour saluer le retour de sa maîtresse.

Cerise. Morse se leva pour consulter le dictionnaire. Un ton de rouge clair, vif, semblable à la couleur de la cerise. Oui, c'était cela. Pendant cinq minutes, il resta à regarder par la fenêtre, tel le penseur de Rodin. Puis il leva légèrement les sourcils et hocha la tête. Il était temps de bouger. Il connaissait un manteau de cette couleur, bien qu'il ne l'ait vu qu'une fois, de la couleur vive des cerises en été.

# CHAPITRE XXIV

« Il y a quelqu'un ? dit le voyageur
en frappant à la porte au clair de lune. »

Walter de la MARE, *Les Auditeurs*

Au sein du couple Phillipson, les affaires d'argent étaient clairement séparées. Mrs Phillipson avait quelques revenus propres grâce aux intérêts que lui rapportait l'héritage de sa mère. Ce compte était strictement séparé du reste. Même si son mari n'ignorait pas la valeur du capital d'origine, il ne connaissait pas plus les revenus annuels de sa femme qu'elle ne connaissait la fortune personnelle de son mari. Phillipson avait lui aussi un compte personnel, où il accumulait tous les ans une somme non négligeable grâce à ses activités au sein des commissions nationales, à des droits d'auteur sur un ouvrage écrit cinq ans plus tôt qui se vendait assez bien, consacré à la Grande-Bretagne au XVIIIe siècle, et à divers petits avantages liés à son poste. A quoi il fallait bien sûr ajouter son salaire mensuel dc proviseur, versé sur un compte joint utilisé par les deux époux pour les dépenses du ménage. Le système fonctionnait à merveille. La famille était aisée, les Phillipson ne s'étaient jamais disputés à propos d'argent. En fait, ces questions n'avaient jamais posé le moindre problème de part et d'autre. En tout cas pas jusqu'à ces derniers temps.

Phillipson rangeait son chéquier, ses relevés bancaires et toute sa correspondance financière dans le premier tiroir de son bureau, dans le salon, sous clé. Normalement, Mrs Phillipson n'aurait jamais eu l'idée de fouiller dans ce tiroir, pas plus que d'ouvrir le courrier personnel de son mari qui arrivait régulièrement du comité des examens. Cela ne la regardait pas, et c'était très bien ainsi. Normalement. Mais, depuis deux semaines, les circonstances étaient loin d'être normales. Elle n'avait pas passé plus d'une demi-journée avec Donald sans être confrontée à ses humeurs et ses angoisses. Chaque nuit, elle dormait à ses côtés. C'était son mari, et elle le connaissait bien. Elle savait avec une certitude presque absolue que ce qui lui pesait tant ces derniers jours n'était pas le lycée ni la visite étrangement bouleversante de cet inspecteur, ni même le fantôme de Valerie Taylor qui venait flotter aux limites de ses craintes subconscientes. Il s'agissait d'un homme. Un homme qu'elle commençait à considérer comme un être totalement malin et mauvais. Il s'agissait de Baines.

Aucun événement spécifique ne l'avait poussée à ouvrir le tiroir de son mari pour examiner les papiers qu'il contenait. C'était plus une avalanche d'incidents mineurs qui avait poussé son imagination à bout. Une fin que les faits eux-mêmes n'auraient peut-être jamais atteinte mais vers laquelle elle semblait avancer inexorablement (du moins selon ce qu'elle prévoyait avec appréhension). Savait-il qu'elle possédait une clé de ce tiroir? Certainement pas. Sinon, s'il avait eu quelque chose de compromettant à cacher, il l'aurait gardé au lycée, pas à la maison. Et, la semaine précédente, elle avait regardé dans le tiroir. A présent, pas mal de choses se révélaient avec une clarté effrayante. Bien sûr, une petite voix l'avait mise en garde, mais elle avait tout de même regardé et devinait à présent la vérité. Son mari était victime d'un chantage. Étrangement, elle se rendit compte qu'elle était capable d'affronter cette vérité. C'était moins grave qu'elle n'aurait osé le penser. Mais une chose était certaine. Elle ne le dirait jamais à personne, jamais, jamais, jamais! Elle était sa femme, elle l'aimait, et l'aimerait toujours. Et, si possible, elle le protégerait, jusqu'au bout de ses forces, jusqu'à sa dernière goutte de sang. Elle serait même capable d'agir. Oui, elle serait même capable d'agir...

Elle ne semblait ni surprise ni consternée de le voir, car elle en avait beaucoup appris sur elle-même, au cours des derniers jours. Non seulement il valait mieux affronter les problèmes de la vie que de les fuir ou de feindre qu'ils n'existent pas, mais c'était bien plus facile, aussi.

— Pourrions-nous parler? proposa Morse.

Elle prit son pardessus et l'accrocha dans l'entrée, derrière la porte, à côté d'un manteau de qualité, de la couleur des cerises mûres.

Ils s'installèrent au salon. Morse remarqua une nouvelle fois la photographie, sur le massif bureau d'acajou.

— Eh bien, inspecteur, en quoi puis-je vous aider?

— Vous ne le devinez pas ? répondit doucement Morse.

— Je crains que non.

Elle émit un petit rire puis un sourire se dessina au coin de ses lèvres. Elle s'exprimait lentement, comme un professeur de diction, en articulant distinctement les consonnes.

— Je crois que si, Mrs Phillipson. Et les choses seront bien plus faciles pour tous les deux si vous êtes honnête dès le début, parce que, croyez-moi, vous allez être honnête avant que nous en ayons terminé.

Les amabilités étaient déjà finies. Le policier se montrait direct et provocant, d'une familiarité presque effrayante. C'était comme si elle se regardait de l'extérieur, en se demandant quelles chances elle avait contre lui. Bien sûr, cela dépendait de ce qu'il savait. Mais comment pouvait-il savoir quoi que ce soit ?

— A quel propos suis-je censée être honnête avec vous ?

— Ne pourrions-nous pas garder ceci entre nous, Mrs Phillipson ? C'est pour cela que je suis venu à cette heure-ci, pendant que votre mari est encore au lycée.

Il remarqua une lueur fugace d'inquiétude dans ses yeux noisette, mais elle ne dit rien. Aussi, il reprit :

— Si vous êtes claire, Mrs Phillipson...

Il répétait son nom chaque fois qu'il posait une question. Elle se sentait mal à l'aise. Cela ressemblait à des coups de bélier lancés à l'assaut d'une forteresse.

— Claire ? Mais de quoi parlez-vous ?

— Je crois que vous êtes passée chez Baines lundi soir, Mrs Phillipson.

Il parlait avec un calme inquiétant, mais elle se contenta de secouer la tête, avec une sorte d'incrédulité presque amusée.

— Vous plaisantez, inspecteur ?

— Je suis toujours très sérieux lors d'une enquête sur un homicide.

— Vous ne croyez pas... Vous ne croyez tout de même pas que je puisse avoir quelque chose à voir avec ça ? Lundi soir ? Mais je connaissais à peine cet homme.

— Je me moque de savoir si vous le connaissiez bien ou non.

Cette remarque sembla étrange. Elle fronça les sourcils.

— Alors qu'est-ce qui vous intéresse ?

— Je vous l'ai dit, Mrs Phillipson.

— Écoutez, inspecteur, je crois qu'il est temps que vous me disiez pourquoi vous êtes venu, au juste. Si vous voulez me dire quelque chose, je vous en prie, dites-le. Sinon...

Silencieusement, Morse admirait son petit numéro plein de conviction. Mais il venait de le rappeler à Mrs Phillipson, et il se le rappelait à lui-même. Il enquêtait sur une affaire de meurtre.

— Vous appréciiez Mr Baines ? demanda-t-il d'un ton calme, presque familier.

Elle ouvrit la bouche pour parler mais se ravisa soudain. Les doutes qui commençaient à se glisser dans l'esprit de Morse se confirmèrent aussitôt.

— Je ne le connaissais pas très bien, je viens de vous le dire.

C'était la meilleure réponse qu'elle ait trouvée, mais elle n'était pas très bonne.

— Où étiez-vous lundi soir, Mrs Phillipson ?

— Ici, bien sûr. Comme toujours ou presque.

— A quelle heure êtes-vous sortie ?

— Inspecteur ! Je viens de...

— Avez-vous laissé les enfants tout seuls ?

— Bien sûr que non. Je veux dire, je ne ferais jamais cela. Je ne pourrais pas...

— A quelle heure êtes-vous rentrée ?

— Rentrée ? Rentrée d'où ?

— Avant votre mari ?

— Mon mari était sorti, voilà ce que je vous dis. Il est allé au théâtre. Le *Playhouse...*

— Il était assis rangée M, siège 14.

— Si vous le dites. Mais il n'est rentré que vers 23 heures.

— 22 h 50, selon ses déclarations.

— D'accord, 22 h 50. Qu'est-ce que...

— Vous n'avez pas répondu à ma question, Mrs Phillipson.

— Quelle question ?

— Je vous ai demandé à quelle heure vous étiez rentrée, pas votre mari.

Il lui assenait à présent ses questions en rafale.

— Vous ne pensez pas que je puisse m'absenter en laissant...

— Vous absenter ? Pour aller où, Mrs Phillipson ? Vous avez pris le bus ?

— Je ne suis allée nulle part. Vous ne comprenez donc pas ? Comment aurais-je pu sortir et laisser...

Morse l'interrompit de nouveau. Elle commençait à craquer, il le savait. Sa voix était trop aiguë dans les décombres de ses paroles.

— D'accord, vous n'avez pas laissé les enfants tout seuls. Je vous crois. Vous aimez vos enfants, bien sûr. Il serait illégal de les laisser seuls. Quel âge ont-ils ?

Une fois de plus, elle ouvrit la bouche, mais il insistait, impitoyable, sans remords.

— Vous avez entendu parler des baby-sitters, Mrs Phillipson ? Ce sont des gens qui viennent s'occuper des enfants pendant votre absence. Vous m'entendez ? Pendant votre absence. Vous voulez que je me renseigne pour savoir qui c'était ? Ou voulez-vous me le dire vous-même ? Je n'aurais aucun mal à trouver, bien sûr. Amis, voisins, vous voulez que je recherche, Mrs Phillipson ? Vous voulez que j'aille frapper à la porte d'à côté ? Bien sûr que non. Vous savez, vous n'êtes pas très raisonnable, Mrs Phillipson.

Il parla plus lentement et calmement.

— Voyez-vous, je sais ce qui s'est passé, lundi soir. Quelqu'un vous a vue, Mrs Phillipson, quelqu'un vous a vue dans Kempis Street. Et si vous vouliez me dire ce que vous faisiez là-bas, cela nous épargnerait beaucoup de temps et de problèmes. Mais si vous ne me le dites pas, alors je vais devoir...

Tout à coup, elle poussa presque un cri face au flot de paroles qui commençait à la submerger.

— Je vous l'ai dit ! J'ignore de quoi vous voulez parler ! Vous n'avez pas l'air de comprendre. Je ne vois pas de quoi vous voulez parler !

Morse s'adossa dans le fauteuil, décontracté et indifférent. Il regarda autour de lui et posa une fois de plus son regard sur la photographie du principal et de sa femme, sur le grand bureau. Puis il consulta sa montre.

— A quelle heure les enfants rentrent-ils de l'école ?

Il adoptait soudain un ton amical et posé. Mrs Phillipson sentait la panique monter en elle. Elle regarda sa montre et répondit d'une voix tremblante.

— A 16 heures.

— Cela nous laisse une heure, Mrs Phillipson. Je pense que ce sera largement suffisant. Ma voiture est devant la maison. Vous devriez mettre votre manteau, le rose, je vous prie.

Il se leva et boutonna sa veste.

— Je ferai prévenir votre mari si...

Il fit quelques pas vers la porte, mais elle posa la main sur lui tandis qu'il passait devant elle.

— Asseyez-vous, inspecteur, je vous en prie, dit-elle d'un ton calme.

Elle y était allée (avoua-t-elle). Mais c'était tout. C'était comme se décider soudain à écrire une lettre ou téléphoner chez le dentiste ou acheter du décapant pour des pinceaux incrustés de peinture. La voisine, Mrs Cooper, était venue garder les enfants. Sheila Phillipson n'en avait pas pour plus d'une heure. Elle prit le bus de 21 h 20 à l'arrêt situé juste devant la maison. Elle descendit à Cornmarket, traversa Gloucester Green d'un pas vif pour atteindre Kempis Street à 21 h 45. La lumière était allumée, derrière la fenêtre de Baines. C'était la première fois qu'elle venait. Rassemblant tout son courage, elle frappa à la porte. Il n'y eut pas de réponse. Elle frappa encore. Toujours pas de réponse. Elle s'approcha de la fenêtre éclairée et y frappa timidement du dos de la main. Mais elle n'entendit aucun bruit et ne décela aucun mouvement derrière les rideaux jaunes bon marché. Elle se précipita de nouveau vers la porte d'entrée, se sentant aussi coupable qu'une écolière surprise hors de sa classe par la directrice. Mais rien ne se passa. Elle faillit laisser tomber, mais sa détermination était telle qu'elle fit une dernière tentative. Elle essaya d'ouvrir la porte et se rendit compte qu'elle n'était pas fermée à clé. Elle l'entrouvrit de quelques centimètres et appela Baines.

— Mr Baines ? Puis plus fort : Mr Baines !

Mais elle n'obtint pas de réponse. La maison semblait étrangement calme et l'écho de sa propre voix était lugubre dans l'entrée. Elle fut parcourue d'un frisson de terreur. L'espace d'un instant, elle eut la certitude qu'il était là, tout près, à attendre en l'observant... Soudain, prise de panique, elle se précipita vers la rue éclairée et rassurante, traversa près de la gare et, le cœur battant la chamade, essaya de se ressaisir. A St Giles, elle prit un taxi et rentra chez elle juste avant 22 heures.

C'était là sa version des faits. Elle la raconta d'une voix plate et déprimée, mais de façon claire. Morse n'eut pas l'impression qu'il s'agissait d'une de ces machinations embrouillées et brumeuses de meurtrier. On pouvait très facilement vérifier la plupart de ses dires, la baby-sitter, le receveur du bus, le chauffeur de taxi. Morse était certain que tout viendrait confirmer cette version et les heures approximatives qu'elle avait indiquées. Mais il n'y avait aucun moyen de vérifier ces moments cruciaux où elle s'était tenue devant la porte de Baines... Était-elle entrée ? Si oui, que s'était-il déroulé de terrible ? Morse pesait le pour et le contre dans son esprit. La balance penchait plutôt en faveur de Mrs Phillipson.

— Pourquoi vouliez-vous le voir ?

— Je voulais lui parler, c'est tout.

— Oui, continuez.

— C'est difficile à expliquer. Je crois que je ne sais pas moi-même ce que j'allais lui dire. Il était... Je ne sais pas... Il incarnait tout ce qui est mauvais, dans la vie. Il était méchant, rancunier, il était... disons calculateur. Il prenait un plaisir fou à voir les autres en difficulté. Je ne pense à rien en particulier, et je ne sais pas grand-chose sur lui. Mais depuis que

Donald était proviseur, il... comment dirais-je? il attendait, espérant que les choses tourneraient mal. C'était un homme cruel, inspecteur.

— Vous le détestiez?

— Oui, je le suppose, avoua-t-elle en hochant la tête, désespérée.

— C'est un mobile comme un autre, dit gravement Morse.

— Il semblerait que oui.

Mais elle semblait imperturbable.

— Votre mari détestait-il Baines, lui aussi?

Il l'observa avec attention et décela une lueur dangereuse dans son regard.

— Ne soyez pas stupide, inspecteur. Vous ne pensez tout de même pas que Donald ait quelque chose à voir dans tout cela. Je sais que je me suis conduite comme une imbécile, mais vous ne pouvez pas... C'est impossible. Il était au théâtre, ce soir-là. Vous le savez bien.

— Votre mari doit penser qu'il serait impossible que vous soyez allée frapper à la porte de Baines, ce soir-là, n'est-ce pas? Vous étiez à la maison, avec les enfants, sûrement?

Il se pencha en avant et parla de nouveau d'un ton sec.

— Ne vous y trompez pas, Mrs Phillipson. Il lui aurait été bien plus facile de s'éclipser du théâtre que pour vous de quitter cette maison. Et n'essayez pas de me dire le contraire!

Il s'adossa dans son fauteuil, impassible. Il sentait une faille quelque part dans cette histoire, un demi-mensonge, un rideau pas tout à fait tiré. Il savait aussi qu'il touchait au but. Il n'avait qu'à attendre. Alors il attendit. L'univers de la femme qui était assise en face de lui commençait à s'écrouler. Soudain, elle enfouit son visage dans ses mains et se mit à pleurer de façon incontrôlable.

Morse fouilla dans ses poches et finit par en extraire ce qui ressemblait vaguement à un mouchoir en papier, qu'il glissa doucement dans la main droite de la jeune femme.

— Ne pleurez pas, dit-il doucement. Cela ne nous fera aucun bien ni à l'un ni à l'autre.

Quelques minutes plus tard, elle sécha ses larmes, mais continua à hoqueter.

— Qu'est-ce qui pourrait nous aider, inspecteur?

— C'est très simple, en fait, dit vivement Morse. Dites-moi la vérité, Mrs Phillipson. Vous découvrirez que je la connais probablement déjà.

Mais Morse se trompait. Il se trompait lourdement. Mrs Phillipson ne put rien faire de plus que répéter son étrange petite histoire. Cette fois, pourtant, avec un détail singulier, un détail supplémentaire qui troubla l'inspecteur. Il était assis, hochant la tête, sceptique, comme s'il venait de recevoir un uppercut. Elle n'en avait pas parlé parce que... Parce que, enfin, elle avait l'impression de vouloir se tirer d'un mauvais pas en enfonçant quelqu'un d'autre. Mais elle ne pouvait que dire la vérité. Et puisque c'était ce que Morse voulait, il valait mieux la dire. Comme elle l'avait expliqué, après avoir quitté la maison de Baines, elle avait couru jusqu'à la grand-route en direction du *Royal Oxford Hotel*. Juste avant de l'atteindre, elle avait aperçu une personne qu'elle connaissait, qu'elle connaissait très bien, même, quitter le bar et se diriger vers Kempis Street. Elle hésita. Son regard mouillé se fit suppliant et pathétique.

— Vous savez qui c'était, inspecteur? C'était David Acum.

# CHAPITRE XXV

> « Pour les peaux grasses et acnéiques, nettoyer d'abord le visage et le cou, puis sécher à l'aide d'une serviette chaude. Appliquer une couche de Ladypak en évitant le contour des yeux. »
>
> Conseils d'utilisation
> pour un masque de beauté

A 6 h 30, le lendemain matin, Morse était sur la route. Il aurait préféré effectuer ces cinq heures de trajet avec quelqu'un à qui parler, surtout Lewis. Il alluma la radio pour écouter les informations de 7 heures. Le monde semblait étrangement en triste état. Il y avait des rumeurs de guerre et de famines à l'étranger, de faillites et de chômage dans le pays. Dans l'Essex, on venait de retrouver au fond d'un lac un lord qui avait disparu. Mais la matinée était fraîche et belle, le ciel clair et sans nuages, et Morse roulait à vive allure. Il avait quitté Evesham et se dirigeait sur Kidderminster avant de rencontrer un ralentissement de circulation. Les informations de 8 heures arrivèrent sans amélioration notable de la situation douloureuse de la planète. Morse passa sur Radio 3 pour écouter avec délices le *Concerto brandebourgeois n° 5*. Le trajet se déroulait à merveille. A 9 heures, il traversa Bridgnorth puis roula un peu trop vite sur la corniche de Shrewsbury. Un *Quatuor à cordes* de Schönberg était un peu trop pour lui, aussi éteignit-il la radio. Il se surprit à songer vaguement à ce lac de l'Essex, qui lui rappela le bassin situé derrière la maison des Taylor. Puis il changea le cours de ses pensées pour se concentrer avec l'attention appropriée sur l'autoroute A5 fort fréquentée. A Nesscliffe, à quelque dix-huit kilomètres au nord de Shrewsbury, il s'engagea sur la gauche et prit la B4396 vers Bala. Il était au pays de Galles. Les collines vert pâle s'élevaient un peu plus haut. Il roulait bien et remercia les dieux que ce trajet n'ait pas eu lieu par un sec dimanche gallois. Bien qu'il eût déjà soif, il traversa Bala et emprunta la grande boucle autour de Llyn Tegid (encore un bassin !) bien avant l'heure d'ouverture des pubs. Les rues animées de Portmadoc étaient toujours décorées des banderoles chatoyantes de l'été. Quand il passa devant le musée Lloyd George, à Llanystumdwy, les aiguilles de l'horloge n'avaient toujours pas dépassé 11 heures. Autant continuer. A Four Crosses il tourna à droite sur la route qui reliait Pwllheli à Caernarfon et roula vers la péninsule de Lleyn, longea les trois pics des *Rivals* et s'engagea sur la route côtière, où les eaux rieuses de la baie de Caernarfon scintillaient au soleil, à sa gauche. Il décida de s'arrêter dès qu'il trouverait un établissement ressemblant à un pub. Il en avait vu un dans le village qu'il venait de traverser, mais l'endroit où il se trouvait à présent avait bien peu à proposer au voyageur assoiffé. A environ cinq kilomètres de Caernarfon il aperçut une pancarte : Bont-Newydd. Sans doute le village où vivaient les Acum ? Il se gara sur le bas-côté et consulta son dossier dans sa mallette. Oui, c'était bien cela. 16, St Beuno's Road. Se renseignant auprès d'un passant âgé, il apprit qu'il ne se trouvait qu'à une centaine de mètres de ladite rue. En outre, le *Prince of Wales* se trouvait au coin de la rue. Il était 11 h 05.

Tout en goûtant le breuvage local, il se demandait s'il devait se présenter chez les Acum. Le professeur de langues rentrait-il déjeuner chez lui ? A l'origine, il avait eu l'intention de se rendre directement à l'école, aux alentours de la pause de midi. Mais peut-être serait-il judicieux d'avoir auparavant une petite conversation avec Mrs Acum ? Il laissa provisoirement cette question de côté, prit une nouvelle pinte et réfléchit à l'entrevue qu'il allait avoir avec Acum. Bien sûr, celui-ci avait menti en disant qu'il n'avait pas quitté la conférence. Mrs Phillipson ne pouvait en effet être le moins du monde au courant de la présence d'Acum à Oxford, ce lundi soir. Comment l'aurait-elle su ? A moins que... Mais il oublia vite cette idée fantaisiste. La bière était bonne. A midi, il était en train de bavarder joyeusement avec le patron sur le drame de la fermeture dominicale des pubs dans les pays assoiffés et la façon dont les indépendantistes gallois vandalisaient les panneaux routiers. Dix minutes plus tard, jambes écartées, il contempla la dégradation qu'un ou plusieurs inconnus avaient fait subir aux toilettes du patron. Quelques graffiti étaient illisibles pour quiconque ne parlait pas gallois. Mais l'un d'eux, gribouillé dans la langue natale de Morse, capta son regard. Il sourit en approuvant tandis que sa vessie se vidait péniblement :

Il était à présent 12 h 15. Si Acum rentrait déjeuner chez lui, Morse risquait de le croiser en chemin. Eh bien, il y avait une bonne façon d'en avoir le cœur net. Laissant la Jaguar devant le *Prince of Wales*, il s'éloigna à pied.

St Beuno's Road bifurquait à droite de la route. Les maisons étaient petites, faites de blocs carrés de granit gris, avec des tuiles d'ardoise de Ffestiniog d'un bleu violet. Les pelouses qui s'étendaient devant les maisons étaient d'un vert un peu plus pâle que celui des jardins anglais. La terre paraissait fatiguée et malingre. La porte d'entrée était bleu de Cambridge et portait le numéro 16 peint en noir avec les fioritures d'une affiche de théâtre victorienne. Morse frappa énergiquement. Au bout de quelques instants, la porte s'ouvrit, mais très légèrement, pour dévoiler ensuite un spectacle fort incongru. Une femme se tenait devant le policier. Son visage n'était qu'un masque blanc, avec trois trous pour les yeux et la bouche, la tête enturbannée dans une serviette rouge sang. Hélas, comme c'était le cas pour la plupart des blondes, les racines perfides trahissaient des origines plus sombres. Il était étrange de voir jusqu'à quelles limites ces dames étaient prêtes à aller pour améliorer les qualités naturelles avec lesquelles elles étaient nées. Dans les profondeurs de la mémoire de Morse apparut le souvenir de la femme blonde au visage boutonneux sur la photographie du personnel du lycée Roger Bacon. Il devina qu'il s'agissait de Mrs Acum. Mais ce n'était pas le masque de beauté, badigeonné avec une adresse d'habituée, qui retint surtout l'attention de l'inspecteur. Elle portait une fine serviette blanche jusqu'aux épaules et était à moitié dissimulée par la porte. Il était évident que sous la serviette elle était entièrement nue. Morse se sentit soudain aussi excité qu'un bouc lubrique. Un bouc gallois, peut-être. Ce devait être la bière.

— Je viens voir votre mari. Heu... Vous êtes bien Mrs Acum ?

Elle hocha la tête. Une fissure apparut sur le masque appliqué avec soin aux commissures des lèvres. Se moquait-elle de lui ?

— Il va rentrer pour déjeuner ?

Elle secoua la tête. Le haut de la serviette tomba de façon envoûtante, révélant la ligne merveilleusement moulée de ses seins.

— Je suppose qu'il est à l'école ?

Elle hocha la tête et ses yeux le dévisagèrent franchement à travers les fentes.

— Eh bien, je suis désolé de vous avoir dérangée, Mrs Acum, surtout à... Heu... Nous nous sommes déjà parlé, vous savez, au téléphone. Je m'appelle Morse, l'inspecteur en chef Morse, d'Oxford.

La serviette rouge remua sur sa tête, le masque se fendit en un sourire. Ils se serrèrent la main sur le pas de la porte. Morse sentit le parfum enivrant de sa peau. Il garda sa main plus longtemps que nécessaire dans la sienne. La serviette blanche tomba de son épaule droite. L'espace d'un bref et délicieux moment, il fixa cette nudité avec fascination et sans honte. Le mamelon était dressé. Il sentit une envie presque irrésistible de le prendre entre ses doigts. Était-ce une invitation ? Il regarda de nouveau le masque impassible. La serviette était de nouveau en place. La jeune femme recula un peu. C'était cinquante-cinquante. Mais il avait hésité trop longtemps et sa chance, si chance il y avait, s'était déjà envolée. Comme d'habitude, il lui manquait le faux courage de sa dépravation. Il se détourna et retourna vers le *Prince of Wales*. Au bout de la rue il s'arrêta et regarda en arrière. Mais la porte bleu clair lui était fermée et il maudit la conscience qui, invariablement, rend les gens si lâches. C'était peut-être une question de statut. Les gens ne s'attendaient peut-être pas à un comportement si primaire de la part d'un inspecteur en chef, comme si c'étaient des gens différents du commun des mortels. Comme ils se trompaient ! C'est vrai, même les plus puissants avaient leurs moments de faiblesse. Mon dieu, oui. Prenons Lloyd George, justement. Tout ce qu'on a dit à son sujet ! Et il était Premier ministre...

Il monta dans la Jaguar. Mon dieu, de si beaux seins ! Il demeura immobile au volant quelques instants. Puis il sourit pour lui-même. L'agent Dickson aurait sans doute pu y accrocher son casque ! C'était une pensée irrévérencieuse, mais cela faisait du bien. Il sortit prudemment du parking et accomplit les derniers kilomètres de son trajet.

# CHAPITRE XXVI

> « Un simple détail qui vient corroborer une théorie, ajouter une vraisemblance artistique à un récit par ailleurs plat et peu convaincant. »
>
> W. S. GILBERT, *Le Mikado*

Un groupe de jeunes garçons jouaient au football près d'un bâtiment du lycée qui donnait sur les terrains de sport. Des poteaux de hockey et de rugby ponctuaient la pelouse où étaient tracés des rectangles blancs et nets. Les autres élèves étaient en train de déjeuner. Les deux hommes firent trois fois le tour du terrain, les mains dans les poches, la tête légèrement penchée en avant, les yeux baissés. De taille moyenne, ils avaient à peu près la même corpulence. Les footballeurs ne leur prêtèrent aucune attention. Ils étaient presque anonymes. Pourtant, l'un des deux hommes qui foulaient lentement la pelouse était inspecteur en chef dans la police, et l'autre, l'un de leurs professeurs, soupçonné de meurtre.

Morse interrogea Acum sur lui-même et sur sa

carrière, sur Valerie Taylor, Baines et Phillipson, sur son congrès à Oxford, les horaires, les lieux et les gens. Et il n'apprit rien de bien significatif. Le professeur semblait plutôt agréable, bien qu'assez superficiel. Il répondait volontiers aux questions du policier, avec une certaine honnêteté teintée de prudence. Puis Morse lui dit, calmement mais fermement, qu'il était un menteur. Il lui dit qu'il avait quitté la conférence lundi soir vers 21 h 30. Il lui dit qu'il était allé à pied jusqu'à Kempis Street pour voir son ancien collègue, Mr Baines, et qu'on l'avait aperçu. Il lui dit que, s'il persistait à nier une vérité aussi évidente, Morse serait obligé de l'emmener à Oxford, où il serait gardé à vue pour interrogatoire au sujet du meurtre de Mr Reginald Baines. C'était aussi simple que cela ! Finalement, cela se révéla encore plus simple que Morse n'avait osé l'espérer. Acum cessa de nier la vérité flagrante que l'inspecteur lui avait présentée. Ils faisaient leur troisième et dernier tour de terrain, loin du bâtiment principal de l'école, près de terrains vagues où des cabanes rouillaient désespérément faute d'entretien. Acum s'arrêta et hocha lentement la tête.

— Dites-moi simplement ce que vous avez fait. C'est tout.

— Je m'étais volontairement assis au fond de la salle. Et je suis parti de bonne heure. Comme vous l'avez dit, il était environ 21 h 30, ou même un peu plus tôt.

— Vous êtes allé voir Baines ?

Acum opina de la tête.

— Pourquoi ?

— Je l'ignore, en fait. Je m'ennuyais un peu dans cette conférence, et Baines habitait non loin de là. Je me suis dit que j'irais le voir et lui demanderais de sortir boire un verre. C'est toujours intéressant de parler du bon vieux temps, vous voyez le genre, de savoir ce qui se passait à l'école, qui était encore là parmi les professeurs, qui était parti, ce qu'ils faisaient. Vous voyez ce que je veux dire.

Il parlait de façon naturelle et aisée. S'il mentait, Morse se dit qu'il était bon comédien.

— Donc, reprit Acum, j'y suis allé. J'étais un peu pressé parce que je savais que les pubs fermaient à 22 h 30 et qu'il se faisait tard. J'ai pris un verre en chemin et il devait être presque 22 heures quand je suis arrivé là-bas. J'y étais déjà allé. J'ai pensé que Baines était là parce que la lumière était allumée dans le salon.

— Les rideaux étaient-ils tirés ?

Pour la première fois depuis le début de leur conversation, Morse s'exprima d'un ton plus dur.

— Oui, répondit Acum après réflexion. J'en suis pratiquement certain.

— Continuez.

— Eh bien, comme je vous l'ai dit, j'ai pensé qu'il était chez lui. Alors j'ai frappé assez fort à la porte à deux ou trois reprises. Mais il n'a pas répondu. Du moins il n'avait pas l'air de m'entendre. J'ai pensé qu'il était peut-être dans le salon en train de regarder la télé, alors je suis allé frapper à la fenêtre.

— Vous entendiez la télé ? Ou vous la voyiez ?

Acum secoua négativement la tête. Morse commençait à avoir l'impression d'entendre un disque rayé. Il savait très bien ce qui allait suivre.

— C'est drôle, inspecteur, mais j'ai commencé à avoir un peu peur. Comme si je franchissais une limite interdite, comme s'il savait que j'étais là mais qu'il ne voulait pas me voir... En tout cas, je suis retourné devant la porte d'entrée et j'ai frappé à nouveau... Puis j'ai passé la tête par l'entrebâillement et je l'ai appelé.

Morse était immobile et réfléchit avec soin à sa question suivante. S'il devait lui soutirer un nouveau renseignement, il voulait qu'il vienne d'Acum lui-même sans trop le solliciter.

— Vous dites que vous avez passé la tête par l'entrebâillement de la porte ?

— Oui. J'étais certain qu'il était là.

— Pourquoi sentiez-vous cela ?

— Eh bien, la lumière était allumée dans le salon et...

Il hésita longuement, semblant fouiller son esprit à la recherche de cette impression fugace et presque oubliée qui lui avait fait croire à la présence de Baines.

— Réfléchissez bien, dit Morse. Imaginez à nouveau la scène, vous êtes sur le pas de la porte. Prenez votre temps. Remettez-vous dans le contexte. Vous êtes dans Kempis Street. Lundi dernier, le soir...

Acum secoua doucement la tête en fronçant les sourcils. Il ne dit rien pendant quelques minutes.

— Voyez-vous, inspecteur, j'avais simplement l'impression qu'il se trouvait dans les parages. Je le savais. Je me suis dit qu'il avait dû sortir pour une minute parce que...

Alors cela lui revint et il reprit vivement :

— Oui, c'est cela. Je me rappelle, maintenant. Je me rappelle pourquoi il devait être là. Ce n'était pas simplement la lumière dans le salon. Il y avait de la lumière dans l'entrée parce que la porte était ouverte. Pas grande ouverte, mais entrebâillée, comme s'il était sorti rapidement et allait rentrer d'une minute à l'autre.

— Et ensuite ?

— Je suis parti. Il n'était pas là. Je suis parti, c'est tout.

— Pourquoi ne pas m'avoir raconté tout cela quand je vous ai téléphoné ?

— J'avais peur, inspecteur. J'y étais allé, non ? Et il gisait peut-être quelque part, pendant tout ce temps, mort. J'avais peur, vraiment. Vous n'auriez pas eu peur, vous ?

Morse se rendit en voiture jusqu'au centre de Caernarfon, se gara le long des remparts du plus beau château d'Edward I$^{er}$. Il trouva un restaurant chinois non loin de là et avala goulûment les mets orientaux qu'on lui servit. C'était son premier repas depuis vingt-quatre heures, aussi oublia-t-il provisoirement tout le reste. Ce n'est qu'en buvant son café qu'il laissa son esprit tourmenté revenir sur l'affaire. Après la deuxième tasse, il en était arrivé à la conclusion ferme, malgré les points nébuleux qui restaient à éclaircir, notamment les raisons invoquées pour leur visite chez Baines, que Mrs Phillipson et David Acum lui avaient tous deux dit la vérité, du moins un semblant de vérité, en ce qui concernait leur visite à Kempis Street. Leurs récits étaient si clairs, si complémentaires, qu'il ne pouvait que les croire. Cette histoire de porte entrouverte, par exemple. Mrs Phillipson l'avait laissée ainsi avant de s'enfuir en courant, prise de panique, dans la rue éclairée. Non. Acum n'aurait pas pu inventer cela. Sûrement pas. A moins que... C'était la deuxième fois qu'il ponctuait ses conclusions d'un « à moins que » et cela le troublait. Acum et Mrs Phillipson. Existait-il le moindre lien pour signe de ce couple improbable ? Si c'était le cas, il avait dû naître par le passé, plus de deux ans auparavant, au lycée Roger Bacon. Y avait-il quelque chose entre eux ? C'était toujours une idée. Toutefois, en quittant le parking du château, il se dit que c'était une mauvaise idée. Devant le château, une statue commémorait un illustre habitant de Caernarfon (Lloyd George, rien de moins). Il prit la route qui menait à Capel Curig, l'esprit fort tourmenté et désordonné.

Faisant une courte halte au col de Llanberis, il observa les minuscules silhouettes des grimpeurs, visibles uniquement grâce à leurs anoraks orange vif, perchés à une altitude vertigineuse sur les versants escarpés de la montagne qui dominaient la route de part et d'autre. Il se sentait profondément heureux que, quelles que fussent les difficultés de son métier, il ne risquât jamais de chuter vers une mort certaine sur les rochers, en contrebas, à chaque prise de la main ou du pied. Pourtant, à sa façon, Morse savait que lui aussi était en train de gravir une montagne, et il connaissait fort bien le bonheur jubilatoire d'atteindre le sommet. Bien souvent, il n'existait qu'un chemin. Et, quand un itinéraire semblait totalement impraticable, il fallait chercher une alternative pratiquement impossible, affronter le vide, éviter les impasses, et se hisser péniblement jusqu'à la prochaine saillie, puis lever les yeux de nouveau et suivre l'unique voie existante. Pour le meurtre de Baines, Morse ne possédait qu'une petite liste de suspects. Bien sûr, il se pouvait que le meurtrier n'ait aucun lien avec l'affaire Valerie Taylor, mais il en doutait. Ils étaient cinq et, à présent, les chances de Mrs Phillipson et David Acum s'amenuisaient considérablement. Il restait donc le couple Taylor et Phillipson. Il était temps de rassembler les faits, dont beaucoup étaient étranges, qu'il avait glanés sur ces trois personnes. Ce ne pouvait être que l'un d'entre eux. Morse était à présent convaincu que Baines avait été tué avant les visites de Mrs Phillipson et David Acum. Oui, cela avait dû se dérouler ainsi. Il saisit ce fait établi à deux mains et se hissa sur une saillie plus élevée. De ce point de vue, les choses lui paraissaient tout à fait différentes.

Il se rendit à Capel Curig puis tourna à droite pour s'engager sur l'A5 en direction de Llangollen. Tout en conduisant, il commençait à entrevoir une esquisse des événements. Il aurait dû s'en rendre compte plus tôt. Maintenant qu'il possédait les témoignages de Mrs Phillipson et de David Acum, il devenait d'une facilité enfantine de mettre les pièces en place de façon tout à fait différente. Une à une, elles s'emboîtaient avec une inévitable simplicité tandis qu'il roulait à grande vitesse. Il dépassa Shrewsbury et, toujours sur l'A5, prit la vieille Watling Street dans un bruit de ferraille. Il faillit manquer la bifurcation vers Daventry et Banbury. Il était presque 20 heures et Morse commençait à ressentir les effets d'une longue journée. Son esprit se mit à vagabonder vers cette nouvelle qu'il avait entendue à propos d'un infortuné lord retrouvé dans un bassin de l'Essex. Tandis qu'il quittait les environs de Banbury, une voiture lui fit des appels de phares. Il se rendit compte qu'il venait de se déporter dangereusement vers le milieu de la route. Il sursauta et recouvra vite ses esprits. Il décida de ne plus laisser sa concentration dériver d'un centimètre, il baissa la vitre et inspira profondément l'air frais de la soirée. Il chanta encore et encore un air de baryton triste, le seul vers qu'il connaissait d'un célèbre cantique.

Il rentra directement chez lui et ferma le garage à clé. La journée avait été longue. Il espérait bien dormir.

# CHAPITRE XXVII

> « Les familles heureuses sont toutes les mêmes, mais chaque famille malheureuse l'est à sa façon. »
>
> Léon Tolstoï

Lewis se rétablissait. Juste après le retour de Morse à Oxford, il se leva pendant deux heures. Descendant prudemment l'escalier en se tenant à la rampe, il rejoignit sa femme, très étonnée, sur le sofa pour regarder la télévision. Sa fièvre était tombée et, malgré ses jambes chancelantes et son manque d'énergie, il savait qu'il serait bientôt sur pied. Pendant qu'il était alité, il avait passé une grande partie de son temps à réfléchir à l'affaire Taylor. Ce matin-là, une idée si extraordinaire l'avait frappé qu'il avait demandé à sa femme d'appeler aussitôt le Q.G. Mais Morse était absent. Parti au pays de Galles, lui avait-on dit. Lewis en fut troublé. Cette région ne figurait en rien dans sa nouvelle version des faits. Morse avait sans doute suivi une de ses idées farfelues pour aller voir Acum, faisant gaspiller des litres d'essence à la police sans que l'affaire progresse d'un millimètre. Mais Lewis était un peu injuste. Avec l'inspecteur en chef, les choses stagnaient rarement. Elles partaient peut-être de côté, ou même en arrière, mais souvent — Lewis devait l'admettre —, elles avançaient. En tout cas, elles restaient rarement immobiles. Oui, Lewis avait été très déçu de ne pouvoir joindre son supérieur. Tout concordait parfaitement, enfin presque. C'est cette nouvelle entendue à la radio, à 8 heures, qui avait déclenché une réaction en chaîne. Cette nouvelle à propos d'une grosse légume repêchée dans un bassin. Il savait qu'on avait dragué le bassin situé derrière chez les Taylor, mais, dans une si vaste étendue d'eau, on ne pouvait être sûr de rien. D'ailleurs, peu importait si le cadavre se trouvait dans ce bassin ou ailleurs. Ce n'était que le point de départ. Ensuite, il y avait ce brave vieux, au passage clouté, et le panier, et... un tas d'autres choses. Si seulement il avait pu joindre l'inspecteur au Q.G. ! C'était très surprenant que Morse n'y ait pas songé lui-même. D'habitude, il pensait à tout. Et même plus ! Mais, plus tard, au cours de la journée, il commença à se dire que Morse avait dû y songer. Après tout, c'était l'inspecteur qui avait suggéré, comme par enchantement, qu'elle portait un panier.

Péniblement, au cours de l'après-midi, Lewis prit tout en note. Quand il eut terminé, son bel enthousiasme était déjà retombé. Il ne lui restait plus que l'assurance tranquille qu'il avait eu une idée lumineuse, à son échelle, et qu'il avait toutes les chances d'avoir raison.

A 21 h 15, il téléphona au Q.G., mais Morse n'était toujours pas réapparu.

— Il est sans doute rentré directement chez lui, ou dans un pub, lui répondit le sergent de service.

Lewis laissa un message et pria pour que son chef

n'ait pas prévu une excursion dans les îles pour le lendemain.

Donald Phillipson et sa femme regardaient en silence le journal de 21 heures sur la BBC. Ils avaient peu parlé de toute la soirée. A présent, les enfants étaient couchés, et ils ne disaient plus rien. A une ou deux reprises, chacun avait failli poser une question à l'autre, la même question : As-tu quelque chose à me dire ? Ou quelque chose de ce genre. Mais aucun n'en avait eu le courage. A 22 h 15, Mrs Phillipson servit le café et annonça qu'elle allait se coucher.

— Vous avez assez bu pour ce soir, non ?

Il marmonna quelques paroles inaudibles. Puis il se traîna d'un pas chancelant en essayant avec peu de succès de ne pas bousculer sa femme tandis qu'ils marchaient côte à côte sur l'étroit trottoir. Il était 22 h 45, et leur maison ne se trouvait qu'à deux rues du pub.

— Tu n'as jamais calculé combien tu dépensais par semaine pour la bière et les clopes ?

Il fut blessé. Ce n'était pas juste. Non, ce n'était pas juste.

— Si tu veux parler d'argent, ma vieille, et ton bingo ? Presque tous les soirs.

— Laisse mon bingo en dehors de tout ça. C'est mon seul plaisir dans la vie ! Ne l'oublie pas. Et il y en a qui gagnent au bingo, tu le sais, ça ? Ne me dis pas que tu es ignorant au point de ne pas savoir ça ?

— Tu as gagné, dernièrement ?

Il parla d'un ton plus doux et espérait qu'elle en ferait autant.

— Je te l'ai dit. Ne te mêle pas de ça. Je dépense mon propre argent, et pas le tien. Et si je gagne, ça me regarde, d'accord ?

— Tu en as lâché pas mal, de l'argent, ce soir. Tu es un peu trop généreuse, si tu veux mon avis.

— Qu'est-ce que tu veux dire par là ? demanda-t-elle d'un ton méchant.

— Eh bien, tu...

— Écoute, si je veux payer un coup à mes copains, c'est mon affaire. C'est mon argent !

— Je voulais seulement dire...

Ils étaient arrivés devant leur portail. Elle se tourna vers lui, les yeux lançant des éclairs.

— Et ne t'avise pas de dire un mot de plus sur ma générosité ! Merde ! Ça te va bien de dire ça, ordure !

Leurs premières vacances ensemble depuis sept ans devaient commencer le week-end suivant. Les choses s'annonçaient plutôt mal.

Il était 23 h 30 quand Morse posa enfin la tête sur l'oreiller. Il n'aurait pas dû boire tant de bière, mais il avait l'impression de l'avoir bien méritée. Bien sûr, il devrait se traîner pour aller faire pipi une fois ou deux au cours de la nuit. Mais qu'importe ! Il se sentait en paix avec lui-même et avec le monde en général. La bière était sans doute la drogue la plus abordable sur le marché et il regrettait simplement que son médecin ne lui en prescrive pas, ainsi, il n'aurait pas à la payer. Ah, c'était bon. Il s'enfonça dans son oreiller. Lewis devait être au lit, lui aussi. Il verrait Lewis dès le lendemain matin. Il était certain que, même groggy, son sergent allait se redresser dans son lit de douleur et le dévisager avec une surprise incrédule. Demain matin, il allait lui révéler l'identité du meurtrier de Valerie Taylor et en plus celui de Reginald Baines. Enfin, pour être un peu plus précis, uniquement une identité, car c'était la même main qui avait tué les deux victimes, et Morse savait laquelle.

## CHAPITRE XXVIII

> « Une créature mal fagotée, monsieur, mais qui est à moi ! »
>
> SHAKESPEARE, *Comme il vous plaira*

— Alors, comment ça va, mon vieux ?

— Bien mieux, merci. Je pense que je serai bientôt sur pied.

— Ne vous précipitez pas, surtout. Il faut être prudent. Rien ne presse.

— Ah bon ?

Le ton de sa voix surprit un peu l'inspecteur qui dévisagea Lewis d'un air curieux.

— Qu'est-ce que vous avez derrière la tête, vous ?

— J'ai essayé de vous joindre hier, inspecteur.

Il s'assit dans son lit et tendit la main vers la table de chevet.

— Je crois avoir eu une idée lumineuse, mais je peux me tromper... Enfin, voilà toujours.

Il lui tendit plusieurs feuilles de papier. Morse remit à plus tard ses révélations et s'assit au bord du lit. Il avait mal à la tête et il baissa les yeux à contrecœur vers les notes rédigées avec soin par le sergent.

— Vous voulez que je lise tout ça?

— J'espère que cela en vaut la peine.

Morse lut donc. Un vague sourire effleura bientôt ses lèvres. De temps à autre, il hochait la tête en guise d'approbation. Lewis s'enfonça dans ses oreillers avec l'air d'un élève dont le devoir a reçu la meilleure note. Quand il eut terminé, Morse sortit son stylo de sa poche.

— Cela ne vous ennuie pas que je fasse quelques corrections, j'espère.

Il passa dix minutes à parcourir le brouillon, corrigeant les fautes d'orthographe les plus effrayantes, ajoutant une série de points et de virgules et réécrivant plusieurs phrases pour les rendre plus claires.

— Voilà qui est mieux, annonça-t-il enfin en rendant à Lewis, désabusé, son chef-d'œuvre corrigé.

Mais c'était beaucoup mieux. C'était évident.

Au départ, tout laissait croire que Valerie Taylor était encore en vie. Après tout, ses parents avaient reçu une lettre d'elle. Mais ensuite, nous avons découvert que la lettre avait certainement été écrite par quelqu'un d'autre que Valerie. Au lieu de partir du principe qu'elle est vivante, nous devons alors faire face à la possibilité qu'elle soit morte. Et nous devons nous poser la question traditionnelle : qui est la dernière personne à l'avoir vue vivante? La réponse est Joe Godberry, un vieil homme myope, qui n'aurait jamais dû être chargé de la sécurité d'un passage clouté. A-t-il pu se tromper? A mon avis, c'est le cas. Je veux dire par là qu'il n'a pas vu Valerie l'après-midi de sa disparition. Il a affirmé l'avoir vue, mais n'a-t-il pas pu se méprendre? N'a-t-il pas pu voir une personne qui *ressemble* à Valerie? Dans ce cas, qui ressemble à Valerie ? L'inspecteur en chef Morse lui-même a cru qu'une photo de Mrs Taylor représentait la jeune fille. Cela soulève une possibilité intéressante. Mr Godberry a peut-être vu *non pas Valerie mais sa mère*. (Lewis avait souligné ces mots et c'est à cet endroit que Morse avait hoché la tête d'un air approbateur.) S'il s'agissait de la mère de Valerie, nous pouvons en tirer deux conclusions importantes. D'abord, que la dernière personne à avoir vu la jeune fille vivante n'est autre que sa propre mère, à midi, ce même jour. Ensuite, que cette personne, la mère de Valerie, s'est donné beaucoup de peine pour faire croire que sa fille avait quitté la maison pour retourner au lycée. A propos de ce dernier point, nous savons que mère et fille ont la même morphologie et la même silhouette, et que Mrs Taylor est encore assez mince et séduisante. (C'est à cet endroit que Morse avait de nouveau hoché la tête.) Était-ce le meilleur moyen de persuader les témoins éventuels, les voisins ou l'employé du passage clouté ou les vendeurs des boutiques que Valerie avait quitté son domicile après déjeuner ? La réponse est assez évidente. L'uniforme que Valerie portait était bien reconnaissable, notamment les chaussettes rouges et le chemisier blanc. Mrs Taylor pouvait enfiler cet uniforme, descendre la rue en courant, tout en restant sur le trottoir d'en face. Avec un peu de chance, elle n'aurait aucun problème à persuader n'importe qui, même la police, que sa fille était sortie de chez elle. Nous avons appris que, le mardi après-midi en question, Valerie aurait sans doute séché les cours, de toute façon. Il y avait cours de gym et c'était la pagaille. Supposons donc que Mrs Taylor se soit habillée comme sa fille et soit partie en direction du lycée. L'inspecteur en chef Morse a suggéré que la personne aperçue par Mr Godberry portait un panier ou un réceptacle quelconque. (Lewis avait fait une faute d'orthographe inexcusable.) Si elle avait transporté des *vêtements* (souligné avec insistance par Lewis), la situation devient très intéressante. Une fois que Mrs Taylor a donné l'impression que sa fille est partie pour le lycée, il est tout aussi important qu'elle ne donne pas l'impression que la jeune fille rentre chez elle dix minutes plus tard. Car si on voit Valerie, ou quelqu'un qui lui ressemble, rentrant dans la maison des Taylor, le plan si bien élaboré s'écroule. Dès l'annonce de la disparition de la jeune fille, l'enquête serait centrée sur la maison, pas sur la zone à proximité du lycée. Mais elle put résoudre ce problème assez facilement. Dans son panier, *Mrs Taylor avait placé ses propres vêtements.* Elle se rend aux toilettes pour dames, tout près des boutiques, et se change. Puis elle rentre chez elle, aussi discrètement que possible, sans doute par un chemin détourné. La vraie question est la suivante : Pourquoi cette comédie ? Pourquoi Mrs Taylor prend-elle toute cette peine, sans parler du risque ? Il ne peut y avoir qu'une seule réponse. Pour donner l'impression que Valerie est toujours en vie *alors qu'en fait elle est morte.* Si Valerie était rentrée chez elle pour déjeuner, et si elle n'a pas quitté la maison, nous pouvons assumer qu'elle a été tuée pendant son heure de déjeuner et sous son propre toit. Et, à cette heure-là, il n'y avait apparemment qu'une seule personne chez les Taylor, la propre mère de Valerie. C'est difficile à croire, mais les faits semblent démontrer une vérité effroyable : *Valerie a été tuée par sa propre mère.* Pourquoi ? Nous ne pouvons qu'émettre des hypothèses. Les faits démontrent que Valerie était enceinte. Sa mère s'est peut-être jetée sur elle, folle de rage, et l'a frappée plus fort qu'elle n'en avait l'intention. Nous pourrons peut-être apprendre la vérité de Mrs Taylor. Ensuite, que faire ? Nous avons les témoignages enregistrés par la police. La police n'a pas été prévenue avant le lendemain matin. Pourquoi avoir attendu si longtemps ? Là encore, une réponse paraît évidente. (A cet endroit, Morse avait admiré le style de son sergent. Son hochement de tête saluait un style plutôt que la véracité de l'argumentation.) Mrs Taylor devait se débarrasser du cadavre. A mon avis, elle a dû attendre, en proie à un profond désespoir, le retour de son mari, à 18 heures, et lui a raconté ce qui s'était passé. Il n'a pas eu le choix. Il ne pouvait laisser sa pauvre femme face aux conséquences terribles des problèmes dans lesquels elle s'était fourrée. Tous deux mettent au point un plan. Ils se débarrassent du cadavre. Je pense que le bassin situé derrière la maison est la première idée qui leur soit venue à l'esprit. Je sais qu'il a été dragué, à l'époque, mais il est facile de passer à côté dans une si vaste étendue d'eau. Je ne puis que suggérer qu'il soit de nouveau dragué.

Lewis posa le document sur la table de chevet. Morse lui donna une tape amicale sur l'épaule.

— Je crois qu'il est temps qu'on vous nomme inspecteur, mon vieux.

— Alors vous croyez que je risque d'être dans le vrai ?

— Oui, dit Morse lentement. Je le crois.

## CHAPITRE XXIX

« L'inceste, c'est relativement ennuyeux. »

Inscription dans les toilettes d'un pub d'Oxford

Satisfait, Lewis s'adossa sur ses oreillers. Il ne serait jamais inspecteur, il le savait. Il ne voulait même pas essayer. Mais battre le vieux Morse à son propre jeu, bon dieu, c'était quelque chose !

— Vous n'avez rien à boire, dans cette maison ? demanda Morse.

Dix minutes plus tard, il sirotait une ration généreuse de whisky tandis que Lewis trempait un morceau de pain dans sa tasse de Bovril.

— Il y a une ou deux choses que vous pourriez ajouter à votre remarquable analyse, vous savez, Lewis.

Un air légèrement peiné apparut sur le visage de Lewis, mais Morse s'empressa de le rassurer.

— Oh, c'est certainement ainsi que les choses se sont déroulées, j'en suis sûr. Mais nous pouvons même ajouter un ou deux détails plus précis. Et à un ou deux endroits nous allons avoir besoin d'une image plus claire, pas tant de ce qui s'est passé, mais de pourquoi cela s'est passé. Passons en revue certains points de votre exposé. Mrs Taylor enfile l'uniforme de Valerie. Je suis d'accord. Vous parlez de l'uniforme en insistant sur sa spécificité. Mais il y a un autre petit détail. Non seulement Mrs Taylor voulait qu'on la prenne pour sa fille, mais elle ne voulait pas qu'on reconnaisse son propre visage. Après tout, c'est surtout le visage que les gens regardent, pas les vêtements. Et là, je crois que la coiffure joue un rôle important. Elles avaient les cheveux de la même couleur. Et Mrs Taylor est encore trop jeune pour avoir des mèches grises. Quand nous l'avons vue, elle portait les cheveux relevés en chignon, mais je suis certain que, quand elle les lâche, elle ressemble beaucoup à Valerie, avec ses longs cheveux jusqu'aux épaules, portés en avant, sur son visage ; la ressemblance devait être frappante.

Lewis hocha la tête. Mais comme l'avait dit l'inspecteur, ce n'était qu'un petit détail.

— A présent, reprit Morse, venons-en à un point essentiel, que vous avez un peu négligé, si je puis me permettre.

Lewis regarda d'un air indifférent le couvre-lit sans dire un mot.

— Voilà. Quel mobile pouvait bien avoir Mrs Taylor pour tuer Valerie ? Valerie ! Sa fille unique ! Vous dites que la jeune fille était enceinte. Elle en avait peut-être parlé à sa mère. Mais il existe une autre possibilité, bien plus sinistre et dérangeante. J'imagine qu'il n'est pas facile pour une fille de dissimuler une grossesse trop longtemps à sa mère. Je pense même que Mrs Taylor a dû accuser Valerie d'être enceinte. Mais cela ne constitue pas un mobile suffisant pour assassiner sa fille. D'accord, c'est une situation pénible. Les voisins allaient jaser et tout le monde l'aurait su, à l'école. Et il y avait aussi les oncles, les tantes et tout le reste. Mais il n'est pas rare, de nos jours, d'avoir une mère célibataire dans une famille, n'est-ce pas ? Les choses ont pu se passer comme vous le dites, mais j'ai l'impression que Mrs Taylor était au courant de cette grossesse depuis plusieurs semaines. A mon avis, ce mardi-là, à midi, Mrs Taylor s'en est prise à sa fille, elle avait dû la harceler plusieurs fois auparavant, sur une question bien plus importante que de savoir si sa fille était enceinte ou pas. Une question qui commençait à la rendre folle, car elle avait des soupçons très sombres et terrifiants qui ne lui laissaient aucun repos, qui lui empoisonnaient l'esprit jour et nuit et qu'il fallait régler d'une façon ou d'une autre. La question était la suivante : *Qui était le père de l'enfant de Valerie ?* Au début, j'ai pensé machinalement que Valerie était une jeune fille aux mœurs très libres, qui couchait à la moindre invitation avec plusieurs de ses petits amis lubriques. Mais je crois m'être trompé. J'aurais dû voir tout de suite ce qui se cachait derrière les prétentions sexuelles de Maguire. Il a dû glisser ses sales pattes sous sa jupe une fois ou deux, mais je doute qu'aucun garçon soit allé plus loin. Non. Je pense que Valerie avait le feu aux fesses aussi souvent, peut-être plus souvent, que la plupart des jeunes filles. Mais tout semble prouver qu'elle avait un penchant *pour les hommes plus mûrs*. Des hommes de votre âge, Lewis.

— Et du vôtre, répliqua Lewis.

Mais l'atmosphère était sombre dans la chambre silencieuse. Aucun des deux hommes n'était très gai. Morse termina son whisky et claqua les lèvres.

— Eh bien, Lewis, qu'est-ce que vous en dites?

— Vous pensez à Phillipson, n'est-ce pas?

— Cela aurait pu être lui, mais j'en doute. Je crois qu'il a appris la leçon.

Lewis réfléchit quelques instants puis fronça les sourcils. Était-ce possible? Cela cadrerait-il avec le reste?

— Vous ne pensez tout de même pas à Baines, monsieur? Elle devait être prête à coucher avec n'importe qui si elle laissait Baines...

Il s'interrompit. Tout cela était répugnant!

Morse médita quelques instants, en regardant par la fenêtre de la chambre.

— J'y ai songé, bien sûr. Mais je crois que vous avez raison. Du moins je ne pense pas qu'elle ait couché *de son plein gré* avec Baines. Pourtant, Lewis, cela expliquerait bien des choses s'il s'agissait de Baines.

— Je pensais que vous aviez dans l'idée qu'il fréquentait Mrs Taylor, et non Valerie.

— Je le crois, oui, répondit Morse. Mais, comme je vous l'ai dit, je ne pense pas que ce soit Baines.

Il parlait plus lentement à présent, comme s'il tentait de résoudre une équation qui venait de jaillir dans son esprit, un nouveau problème qui défiait la validité de l'argumentation qu'il présentait. A contrecœur, il écarta l'idée et reprit le cours de son exposé.

— Essayez encore, Lewis.

C'était comme miser sur un cheval. Lewis avait parié sur le favori, Phillipson, et il avait perdu. Alors il avait choisi un outsider, mais un outsider en forme, et avait encore perdu. Il ne restait plus beaucoup de chevaux en course.

— Vous avez un avantage sur moi, monsieur.

Vous êtes allé voir Acum, hier. Vous ne croyez pas que vous devriez m'en dire un peu plus ?

— Laissez Acum en dehors de tout cela une minute, dit Morse platement.

Alors Lewis réfléchit à nouveau. Il ne restait plus qu'une seule possibilité, un cheval à jouer et c'était sûrement un non-partant. Certainement. Morse ne pouvait pas sérieusement...

— Vous ne voulez pas dire... Vous ne pensez tout de même pas qu'il s'agissait de... George Taylor ?

— Je crains que si, Lewis. Et nous ferions mieux de nous habituer à cette idée sordide le plus vite possible. C'est désagréable, je sais. Mais ce n'est pas aussi mal. Après tout, ce n'est pas son père biologique, pour autant que nous sachions. Nous ne sommes pas en train de fouiller les eaux troubles et glauques d'un véritable inceste. Valerie savait parfaitement que George n'était pas son vrai père. Ils vivaient tous ensemble et étaient aussi proches que dans n'importe quelle famille. Mais proches à une différence près. Valerie est devenue une jeune fille, son physique, sa silhouette ont changé. *Et elle n'était pas sa fille*. J'ignore ce qui s'est passé. Mais ce que je sais, c'est que nous pouvons entrevoir que Mrs Taylor avait un mobile solide d'assassiner sa fille : le soupçon, qui devenait de plus en plus réel, que sa fille unique était enceinte et que le père de cet enfant n'était autre que son propre mari. Je crois que c'est précisément ce dont Mrs Taylor a accusé sa fille, ce mardi midi.

— C'est affreux, dit lentement Lewis. Mais nous ne devrions peut-être pas être trop durs avec elle.

— Je ne suis dur envers personne, déclara Morse. En fait, j'éprouve une certaine compassion pour cette foutue bonne femme. Comment ne pas la plaindre ? Mais si tout cela est vrai, vous imaginez ce qui a pu se passer. En rentrant chez lui, le soir, George se retrouve impliqué dans l'affaire. Comme une mouche prise dans la toile d'araignée. Sa femme est au courant de tout. Il lui est impossible de se laver les mains de cette histoire. C'est lui qui est à l'origine de tout. Alors il est obligé de la suivre. Comment faire autrement ? De plus, il a la chance d'être en mesure de les débarrasser en toute tranquillité et sans difficulté d'à peu près n'importe quoi, y compris un cadavre. Et je ne parle pas du bassin. George travaille dans un endroit où des volumes impressionnants d'ordures sont empilés chaque jour puis enterrés sans laisser de traces. En outre, n'oubliez pas que Taylor a travaillé sur les chantiers. Il conduisait un bulldozer. S'il arrive à son travail une demi-heure à l'avance, qu'est-ce qui l'empêche d'utiliser le bulldozer qui est là, tout prêt, avec la clé de contact à sa disposition dans la cabane ? Rien. Qui le saurait ? Qui s'en soucierait ? Non, Lewis, je ne crois pas qu'ils l'aient jetée dans le bassin. Je crois qu'elle est ensevelie dans la décharge.

Morse s'interrompit quelques secondes pour visualiser une nouvelle fois le fil des événements.

— Je crois qu'ils ont dû mettre le corps de Valerie dans un sac poubelle ou quelque chose de ce genre et qu'elle a passé la nuit dans le coffre de la vieille Morris de Taylor. Au matin, il est parti de bonne heure et l'a jetée au milieu des ordures pourrissantes. Il a mis en marche le bulldozer et l'a enterrée sous les montagnes de terre qui étaient au bord du fossé. C'est tout, Lewis. Je crains que les choses se soient passées ainsi. J'aurais dû m'en douter plus tôt. D'autant plus qu'ils n'ont appelé la police que le lendemain matin.

— Vous croyez qu'on pourrait retrouver son cadavre après si longtemps ?

— Je le pense. C'est un travail très pénible, mais je pense que c'est possible. Les autorités sauront à peu près quelle partie de la décharge a été nivelée et quand. Je crois que nous la retrouverons. Pauvre gosse !

— Ils ont donné un travail fou à la police, tout de même !

— Il fallait du courage pour mener les choses à bien comme ils l'ont fait, répondit Morse en hochant la tête. Mais quand on a commis un meurtre et qu'on s'est débarrassé du cadavre, ce n'est peut-être pas aussi dur qu'on le croit.

Tandis que Morse exposait sa vision des choses, une idée avait germé dans l'esprit de Lewis.

— Vous croyez qu'Ainley s'était approché de la vérité ?

— Je l'ignore, répondit Morse. Il a pu avoir un tas d'idées saugrenues avant d'en arriver à des conclusions. Mais qu'il ait ou pas découvert la bonne piste nous importe peu. Ce qui compte, c'est que quelqu'un ait eu l'impression qu'il touchait au but.

— A votre avis, que vient faire la lettre dans cette histoire ?

— Ah oui, la lettre, fit Morse en détournant les yeux. Rappelez-vous, la lettre a été postée avant que la personne en question apprenne la mort d'Ainley. A l'époque, j'ai cru que le but du jeu était de détourner l'attention de la police du lieu du crime, vers Londres. Les Taylor auraient très bien pu manigancer cette histoire tous les deux car ils croyaient qu'Ainley frôlait dangereusement la vérité.

— Mais vous avez changé d'avis.

— Oui. Comme vous, je crois que nous devons accepter l'idée que c'est Baines qui a écrit la lettre.

— Vous avez une idée de la raison ?

— Je crois que oui. Pourtant...

Le carillon de la porte d'entrée l'interrompit. Mrs Lewis apparut bientôt en compagnie du médecin. Morse lui serra la main et se leva pour prendre congé.

— Vous pouvez rester. J'en ai pour une minute.

— Non, je m'en vais, dit Morse. Je repasserai dans l'après-midi, Lewis.

Il quitta la maison et retourna au Q.G. de Kidlington. Assis dans son fauteuil de cuir noir, il posa un regard sinistre sur sa corbeille de courrier. Il avait du courrier en retard. Mais pas aujourd'hui. Peut-être devait-il se réjouir d'avoir été interrompu, dans la chambre de Lewis, car plusieurs petits détails de sa reconstitution méritaient encore réflexion. En vérité, Morse était quelque peu inquiet.

## CHAPITRE XXX

« L'argent coûte souvent trop cher. »

Ralph Waldo EMERSON

Pendant une heure, il resta à méditer sans la moindre interruption, sans le moindre coup de fil. Il commença par la question que Lewis lui avait soumise. Pourquoi Baines avait-il envoyé cette lettre aux Taylor ? A midi, il se leva, longea le couloir et frappa à la porte du surintendant Strange.

Une demi-heure plus tard, la porte se rouvrit et les deux hommes échangèrent quelques derniers mots.

— Il va falloir en trouver un, dit Strange. Il n'y a pas deux solutions, Morse. Vous pouvez les garder à vue pour interrogatoire, si vous voulez, mais, tôt ou tard, il va nous falloir un cadavre.

— Vous avez sans doute raison, monsieur, répondit Morse. Comme vous dites, cette histoire est un peu extravagante, sans cadavre.

— Elle le serait déjà *avec* un cadavre, répondit Strange.

Morse se rendit à la cantine, où l'inévitable Dickson commandait une grande assiette de viande et de légumes.

— Comment va le sergent Lewis, monsieur? Vous avez des nouvelles?

— Beaucoup mieux. Je l'ai vu ce matin. Il ne va pas tarder à revenir.

En commandant son propre repas, Morse songea à Lewis. Il savait qu'il n'avait toujours pas résolu le problème qui tracassait son sergent. Pourquoi Baines avait-il écrit cette lettre? Il avait pensé à toutes les raisons possibles d'écrire une lettre, mais il n'était toujours pas convaincu d'avoir trouvé une réponse satisfaisante. Pourtant elle viendrait. Il avait encore un tas de choses à apprendre sur Baines. Il avait lancé des recherches quelques jours plus tôt. Même les directeurs de banque et les inspecteurs des impôts ne mettaient pas autant de temps à répondre.

Il fallait qu'il jette un coup d'œil dans sa corbeille de courrier. Dans l'immédiat, toutefois, il se dit qu'un bol d'air lui ferait du bien. Il sortit vers la grand-route, tourna à droite et se retrouva en train de marcher en direction d'un pub. Il ne souhaitait pas rencontrer Mrs Taylor, aussi fut-il soulagé de constater qu'elle n'était pas là. Il commanda une pinte et partit dès qu'il l'eut terminée. Il se dirigea de nouveau vers la grand-route. Deux boutiques auxquelles il n'avait jamais prêté attention donnaient sur une allée étroite en haut de Hatfield Way. L'une était une épicerie, l'autre un marchand de fruits et légumes. Morse acheta une petite grappe de raisin noir pour le malade. C'était une délicate attention. En sortant, il remarqua un petit terrain vague entre le côté de l'épicerie et la rangée suivante de maisons à loyer modéré. Il ne mesurait pas plus de dix mètres carrés, avec deux ou trois râteliers à vélos, un bric-à-brac de maçon datant de plusieurs années, briques cassées, tas de sable. Les inévitables paquets de cigarettes et de chips vides jonchaient le sol. Deux voitures y étaient garées. Elles ne gênaient personne et n'avaient même pas été vandalisées. Morse s'arrêta pour se repérer. Il ne se trouvait qu'à une quarantaine de mètres de la maison des Taylor, qui était située un peu plus loin vers la grand-route, sur la gauche. Immobile, il crispa la main sur son sac de raisin. Mrs Taylor se trouvait dans le jardin. Il la voyait clairement. Les cheveux relevés négligemment sur la tête, elle lui tournait le dos. Ses jambes minces faisaient plus penser à celles d'une lycéenne qu'à celles d'une mère de famille. Elle tenait dans la main droite une paire de sécateurs. Penchée sur un rosier, elle taillait les fleurs fanées. Il se demanda s'il l'aurait reconnue, au cas où elle aurait soudain franchi la barrière vêtue d'un uniforme d'écolière, les cheveux sur les épaules. Il se sentit mal à l'aise, car il croyait qu'il aurait tout de suite fait la différence entre une femme et une adolescente. Il y avait des choses qu'on ne pouvait cacher, quels que soient ses efforts. Peut-être Mrs Taylor avait-elle eu de la chance qu'aucun voisin ne l'ait vue, ce mardi midi, et que le vieux Joe Godberry soit aussi fatigué. Tout à coup, les choses lui apparurent clairement. Le sang se mit à bouillir dans ses veines. Il tourna les yeux vers le petit terrain vague, séparé de la maison des Taylor par un mur. Puis il regarda de nouveau le jardin des Taylor. Les pétales tombés étaient à présent empilés avec soin au bord de la pelouse. Morse tourna les talons et rentra au Q.G.

Il avait eu raison de s'intéresser à sa corbeille de courrier. Il y trouva des renseignements détaillés sur les finances de Baines. En les étudiant, Morse leva les sourcils, surpris. Baines était plus riche qu'il ne le pensait. A part les polices d'assurances, Baines possédait plus de cinq mille livres dans une société d'investissement et de crédit immobilier à Oxford, six mille livres bloquées dans un prêt à long terme à taux d'intérêt élevé à la Manchester Corporation, quatre mille cinq cents livres sur un compte à la Lloyds ainsi que cent cinquante livres sur son compte courant à la même banque. Voilà qui faisait une somme rondelette. Les principaux de collèges, et même les adjoints méritants, n'étaient pas si bien rétribués. Tous ses salaires de l'année précédente avaient été versés directement sur son compte de dépôt. Morse remarqua avec étonnement que les retraits sur le compte courant se montaient rarement à plus de trente livres par mois au cours de cette période. Il apparut clairement dans sa dernière déclaration d'impôts que Baines n'avait pas de revenus supplémentaires dus à des sessions d'examens ou des cours particuliers. Mais il avait peut-être pris le risque de ne pas déclarer de tels revenus. Morse se dit que c'était peu probable. En outre, Baines était propriétaire de sa maison. Le dernier remboursement avait eu lieu six ans plus tôt. Bien sûr, il avait pu hériter d'une grosse somme de ses parents ou d'autres membres de sa famille. Il n'en restait pas moins que Baines avait réussi à vivre avec sept ou huit livres par semaine depuis un an. Soit c'était un avare soit, plus probablement, il recevait régulièrement des espèces de la main à la main. Inutile d'avoir une imagination aussi fertile que celle de Morse pour en tirer une ou deux déductions intelligentes. Plusieurs personnes n'avaient pas dû verser beaucoup de larmes à la mort de Baines. Il y en avait même une qui n'avait pu le supporter plus longtemps et qui l'avait poignardé.

## CHAPITRE XXXI

« A vous, monsieur le gouverneur,
de fixer le jugement de ce fourbe
[d'enfer,
le temps, le lieu et la torture : ne le
[ménagez pas ! »

SHAKESPEARE, *Othello*, acte V

A son retour, à 14 h 45, Morse trouva Lewis dans le salon, en robe de chambre.

— Je reprends lundi prochain, dimanche si vous voulez, et je ne peux pas vous dire comme je suis content, annonça-t-il.

— Avec un peu de chance, tout sera terminé, répondit Morse. Entre-temps, on aura peut-être un nouveau fou meurtrier qui rôde dans les rues.

— Vous pensez vraiment en avoir bientôt terminé ?

— Ce matin, j'ai vu Strange. Demain, nous allons avancer. On convoque le couple Taylor et on commence à creuser la décharge, s'il le faut. Mais je crois que George va coopérer, même si ce n'est pas le cas de sa femme.

— Et vous croyez que tout cela est lié au meurtre de Baines ?

Morse hocha la tête.

— Ce matin, vous m'avez demandé pourquoi Baines avait écrit cette lettre. En vérité, je ne le sais pas encore vraiment. C'était peut-être pour détourner l'attention de la police, ou l'attirer, à vous de choisir. Mais je suis sûr que, d'une façon ou d'une autre, cela faisait bouillir sa marmite.

— Je ne vous suis pas très bien, monsieur.

Quand Morse lui parla de la situation financière de Baines, Lewis émit un sifflement.

— Alors c'était vraiment un maître chanteur ?

— En tout cas, il recevait de l'argent de quelque part, sans doute de plusieurs sources, même.

— Phillipson, c'est certain.

— Oui. Je crois que Phillipson devait cracher tous les mois. Peut-être pas tant que cela, pas une somme faramineuse pour un homme de son statut. Disons vingt, trente livres par mois. Je ne sais pas. Mais je ne vais pas tarder à le savoir. Il ne fait aucun doute que Baines l'a vu, le soir où il est parti, après son entretien de sélection. Il l'a vu en charmante compagnie, Valerie Taylor, je parie. Cela aurait pu anéantir sa carrière d'un seul coup, bien sûr, mais, apparemment, ce n'est pas ainsi que fonctionnait l'esprit tordu de Baines. Cela lui donnait du pouvoir de garder le secret pour lui. Pour lui et Phillipson, bien sûr.

— Il avait autant de raisons qu'un autre de tuer Baines.

— C'est vrai. Mais il ne l'a pas fait.

— Vous avez l'air bien sûr de vous, monsieur.

— Oui, j'en suis sûr, affirma posément Morse. Continuons un peu. Je crois que Baines faisait aussi chanter un autre membre du personnel enseignant.

— Vous voulez dire Acum ?

— Oui, Acum. Cela m'a tout de suite paru bizarre qu'il quitte une situation prometteuse de professeur de langue à Roger Bacon pour aller s'enterrer au nord du pays de Galles, loin de ses amis, de sa famille et de la vie agréable qu'offre une ville universitaire comme Oxford. A mon avis, il a dû y avoir du scandale dans l'air, au début de l'année où Acum est parti. Je lui ai posé la question quand je l'ai vu, hier. Mais il n'a rien voulu dire. Ce n'est pas grave. Phillipson va devoir s'expliquer de toute façon.

— Que s'est-il passé, selon vous ?

— Oh, comme d'habitude. On a dû le surprendre avec une fille, la main dans le sac, si j'ose dire.

Lewis pencha la tête de côté et esquissa un sourire las.

— Vous devez penser qu'il s'agit de Valerie Taylor, n'est-ce pas ?

— Pourquoi pas ? fit Morse. Il semblerait que pour elle, pas mal d'hommes se soient branlés à un moment ou à un autre, non ? Phillipson a dû l'apprendre et Baines aussi. Oh oui, je suis sûr que Baines le savait. Ils se sont associés et se sont mis d'accord pour la boucler si Acum consentait à partir dès que possible. Je pense qu'Acum n'a pas eu le choix. On lui a demandé de partir quoi qu'il en soit et sa femme aurait fini par savoir. Cela devait être la fin du monde pour un jeune type comme lui.

— Et vous croyez que Baines tenait Acum ?

— J'en suis sûr. Je pense qu'Acum — Morse choisit ses mots —, à en juger par le peu que j'ai vu de sa femme, aurait été un foutu imbécile d'anéantir sa carrière pour une petite aventure avec l'une de ses élèves. Et il ne l'a pas fait. Il a joué le jeu et est parti.

— Et il a payé.

— Oui. Il a payé. Toutefois, je ne pense pas que Baines ait été stupide au point d'en attendre trop d'un ancien collègue qui de toute façon ne roulait pas sur l'or. Il voulait simplement savourer ce petit pouvoir sur l'un de ses semblables.

— Vous allez me dire que Baines tenait aussi les Taylor.

— Non. Bien au contraire. En fait, à mon avis, c'est Baines qui donnait de l'argent à Mrs Taylor.

Lewis se redressa. Avait-il bien entendu ?

— Vous voulez dire que Mrs Taylor faisait chanter Baines ?

— Je n'ai pas dit cela. Revenons un peu en arrière. Nous avons dit que Baines était au courant de la petite escapade de Phillipson à l'hôtel de la gare. J'ai du mal à imaginer que Baines se soit contenté de l'histoire de Phillipson. Il a dû commencer à farfouiller du côté des Taylor. Et qu'a-t-il trouvé ? Vous vous rappelez que George Taylor était sans travail à l'époque. Il était donc loin d'être une proie idéale pour un maître chanteur. Ils avaient même grand besoin d'argent. Surtout Mrs Taylor. Baines les avait rencontrés à plusieurs reprises lors des réunions de parents d'élèves. A mon avis, il a dû s'arranger pour voir Mrs Taylor en privé et il a vite compris la situation.

— Mais Baines n'était pas homme à octroyer des faveurs à droite à gauche.

— Oh non. Tout cela lui convenait à merveille.

— Mais vous croyez qu'il lui donnait de l'argent ?

— Oui.

— Mais elle ne pouvait accepter de l'argent comme ça. Je veux dire... Elle ne pouvait pas s'attendre...

— A obtenir de l'argent pour rien ? Oh non. Elle lui donnait quelque chose en échange.

— Quoi ?

— Qu'est-ce que cela pouvait être, selon vous ? Vous êtes né de la dernière pluie, Lewis ?

— Oh, je vois, fit-il, gêné.

— Une fois par semaine pendant l'année scolaire, toujours selon moi. Le mardi, probablement. Il avait l'après-midi de libre. Le mardi après-midi, vous voyez ce que cela signifie ?

— Vous voulez dire... bredouilla Lewis, que Baines a probablement...

— Il en savait probablement plus sur le destin de Valerie Taylor que nous ne le pensions, oui. Il devait se garer à proximité de la maison des Taylor, pas trop près, et attendre que Valerie soit retournée à l'école. Puis il entrait, obtenait ce qu'il voulait, payait la marchandise...

— C'était un peu risqué, non ?

— Quand on est célibataire, comme Baines, et qu'on meurt d'envie de se soulager, eh bien... après tout, personne ne pouvait savoir ce qui se passait. Il suffisait de fermer la porte à clé et...

— Mais s'ils avaient rendez-vous le jour de la disparition de Valerie, Mrs Taylor aurait fait une folie en assassinant sa fille.

— C'était une folie de toute façon. Elle ne se serait pas fait plus de souci s'il y avait eu la police devant la maison et les pompiers dans le jardin. Écoutez. Voici ma version des faits. Baines s'est garé assez près de la maison, sans doute dans le terrain vague, à côté des boutiques, tout près de chez les Taylor. Il a attendu que les cours reprennent, puis il a vu quelque chose de très étrange. Il a vu Valerie, du moins il pensait que c'était elle, sortir par la porte d'entrée et descendre la rue en courant. Ensuite, il est allé frapper chez les Taylor. Pas de réponse. Tout cela est étrange. Sa maîtresse fort réticente, espérons que c'était le cas, était-elle sortie quelques instants ? Il est presque certain qu'elle est là, mais pas complètement. Il revient sur ses pas, fâché et déçu, se gratte les couilles dans la voiture, et quelque chose lui dit d'attendre. Dix minutes plus tard, il voit arriver Mrs Taylor, qui marche sans doute d'un pas vif, de l'une des ruelles avoisinantes en direction de chez elle. Était-elle sortie pendant le déjeuner ? C'était pour le moins inhabituel. Mais il y a quelque chose d'encore plus bizarre, encore bien plus bizarre. Quelque chose qui lui donne une idée de vengeance. Valerie, il s'en souvient, était partie avec un panier à la main. Et voilà que sa mère rentrait avec exactement le même panier. Devine-t-il la vérité ? Je l'ignore. Retourne-t-il frapper à la porte ? Probablement. Et elle a dû lui dire qu'elle ne pouvait pas le voir cet après-midi-là. Alors Baines s'éloigne, retourne chez lui et se pose des questions. Il s'en pose encore plus le lendemain en apprenant la disparition de Valerie.

— Il a deviné ce qui s'était passé, à votre avis ?

— J'en suis certain.

Lewis réfléchit quelques instants.

— Mrs Taylor ne pouvait peut-être plus faire face. Elle lui a dit que c'était fini ; et lui a menacé d'aller la dénoncer à la police.

— Peut-être. Mais je doute que quelqu'un ait tué Baines pour l'empêcher de vendre la mèche. Ou même une partie de la vérité. Non, Lewis, je pense qu'on l'a tué parce qu'on le détestait férocement. Ce n'était qu'un acte de vengeance superbe et jubilatoire.

— Alors vous croyez que c'est Mrs Taylor qui l'a tué ?

Morse opina de la tête.

— Vous vous rappelez la première fois que nous avons vu Mrs Taylor, au pub ? Vous vous rappelez ce grand sac qu'elle avait ? On s'est demandé comment on pouvait transporter un si long couteau. Mais la façon la plus évidente est celle qu'a choisie Mrs Taylor. Le mettre dans son sac à main. Elle est arrivée à Kempis Street vers 21 h 15. Elle a frappé à la porte, raconté une histoire à dormir debout à Baines, qui était étonné de la voir, l'a suivi dans la cuisine, a accepté de boire un verre et, tandis qu'il se penche pour prendre la bière dans le frigo, elle sort son couteau et... Vous connaissez la suite.

Lewis s'adossa et réfléchit à ce que Morse venait de dire. Cela se tenait à peu près, d'accord, mais il avait chaud et se sentait un peu las.

— Allez vous coucher, dit Morse comme s'il lisait dans ses pensées. Cela suffit pour aujourd'hui.

— Je crois que c'est ce que je vais faire, monsieur. Cela ira bien mieux demain.

— Ne vous en faites pas pour demain. Je ne vais rien faire avant l'après-midi.

— N'allez-vous pas au tribunal, demain matin, monsieur ?

— Ce n'est qu'une formalité, dit Morse. Je n'ai pas grand-chose à dire. A part le faire identifier et dire au coroner que nous lâchons les détectives. Homicide, coupable non identifié. Je me demande pourquoi on gaspille l'argent public pour ces foutues enquêtes judiciaires devant jury.

— C'est la loi.

— Hum.

— Et demain après-midi, monsieur ?

— Je convoque les Taylor.

— Cela me fait un peu de peine pour lui, dit Lewis en se levant.

— Et pas pour elle ?

Il y avait une inflexion un peu sèche dans la voix de Morse. Après son départ, Lewis se demanda pourquoi son supérieur était devenu si amer.

A 16 heures, pendant que Morse et Lewis se torturaient les méninges sur l'affaire Valerie Taylor, un homme grand, d'allure militaire, dictait une lettre à l'une des dactylos. Il avait une certaine expérience de la jeune femme en question et se dit qu'il valait mieux abréger la lettre encore davantage qu'il n'en avait eu l'intention. Bien qu'elle ne contienne pas de nouvelle extraordinaire, il tenait absolument à ce qu'elle parte le soir même. Il avait essayé de téléphoner, un peu plus tôt, mais n'avait pas voulu laisser de message lorsqu'il apprit que le seul homme qui pourrait s'intéresser à la question était sorti pour un lieu inconnu. A 16 h 15, la lettre était signée et placée dans le sac de courrier du soir.

La bombe explosa sur le bureau de Morse à 8 h 45, le lendemain matin.

# CHAPITRE XXXII

« Quand on a éliminé l'impossible, ce qui reste doit être la vérité, même si elle est improbable. »

A. CONAN DOYLE, *Le Signe des quatre*

— C'est une erreur, je vous dis. C'est encore un guignol de sergent qui s'est mélangé les pinceaux.

Il parlait d'une voix stridente, exaspérée. Il était prêt à excuser l'inefficacité jusqu'à un certain point, mais jamais une telle incompétence. A l'autre bout du fil, son correspondant semblait ferme et posé, comme un père patient qui cherche à faire entendre raison à un enfant turbulent.

— Il ne s'agit pas d'une erreur, je le crains. J'ai vérifié moi-même. Et, pour l'amour du ciel, calmez-vous, Morse, mon vieux. Vous m'avez demandé de vous rendre un service et je l'ai fait. Si cela vous contrarie un peu...

— Me contrarier ! Nom de Dieu, cela ne me contrarie pas qu'un peu ! Croyez-moi, c'est de la pure folie, je vous dis !

Il y eut un court silence à l'autre bout du fil.

— Écoutez, mon vieux, je pense que vous devriez monter vérifier par vous-même. Si vous croyez encore que c'est une erreur... Enfin, à vous de voir.

— Arrêtez de dire « si c'est une erreur ». *C'est* une erreur, j'en mettrais ma main au feu.

Il se calma autant qu'il le put et mit fin à la conversation d'un ton un peu plus calme.

— Le problème, c'est que je dois aller au tribunal, aujourd'hui, pour l'enquête judiciaire.

— Ne vous en faites pas. N'importe qui peut y aller à votre place. A moins que vous ayez arrêté quelqu'un, bien sûr.

— Non, non, marmonna Morse. Je n'ai arrêté personne. L'enquête aurait été ajournée, de toute façon.

— Vous avez l'air d'en avoir un peu assez.

— Ça, on peut le dire ! dit Morse d'un ton sec. Qui n'en aurait pas assez, à ma place ? J'ai une affaire bien ficelée et voilà qu'on m'envoie une petite note qui vient tout foutre en l'air ! Qu'est-ce que vous feriez, à ma place ?

— Vous ne vous attendiez pas à ce qu'on trouve quelque chose, c'est ça ?

— Non, répondit Morse. En tout cas, pas tout ça.

— Eh bien, comme vous dites, vous allez pouvoir vérifier par vous-même. Bien sûr, cela aurait pu être une autre personne portant le même nom, mais ce serait une sacrée coïncidence. Même nom, mêmes dates. Non, ce n'est pas possible. Vous prendriez des risques, à mon avis.

— Et je vais le faire, dit Morse. Vous pouvez me faire confiance. Les coïncidences, cela arrive.

Cela ressemblait plus à une supplique aux dieux qu'à une affirmation de la vérité.

— Peut-être, parfois. Mais c'est de ma faute.

J'aurais dû vous joindre hier. J'ai essayé plusieurs fois dans l'après-midi, mais...

— Vous ne pouviez pas savoir. Pour vous, ce n'était qu'une enquête de routine parmi tant d'autres.

— Parce que cela ne l'était pas ? demanda doucement la voix.

— Non, fit Morse. Enfin, j'arrive dès que possible.

— Très bien. Tout sera prêt.

CONFIDENTIEL

A l'attention de l'inspecteur en chef Morse
Q.G. de Thames Valley,
Kidlington, Oxfordshire.

« Cher Morse,

« Vous aviez demandé une vérification auprès des cliniques pratiquant l'avortement au sujet de la jeune disparue Valerie Taylor. Je suis désolé de vous avoir fait attendre aussi longtemps, mais cela n'a pas été facile. Le problème, c'est que tous ces endroits semi-officiels pratiquent encore les avortements de façon non officielle, à des tarifs exorbitants, à n'en pas douter. En tout cas, nous l'avons retrouvée. Elle se trouvait dans une clinique d'East Chelsea aux dates que vous nous avez indiquées. Elle est arrivée à 16 h 15, le mardi, s'est inscrite sous son vrai nom et est sortie le vendredi dans l'après-midi. Elle a pris un taxi. Elle était enceinte d'environ trois mois. Pas de complications. La description concorde, mais nous pouvons faire d'autres vérifications. Elle avait une compagne de chambre qui ne devrait pas être trop difficile à retrouver. Nous attendons vos instructions.

« Meilleures salutations,

« P.S. N'oubliez pas de passer quand vous serez de nouveau dans le coin. La bière du Westminster est très buvable ! »

L'inspecteur en chef Rogers haussa les épaules et plaça la copie dans le courrier au départ. Ce Morse avait décidément toujours été un drôle d'oiseau.

Adossé dans son fauteuil de cuir noir, Morse se sentait comme un homme qui venait d'être informé de façon très officielle que finalement la lune n'existait pas. Scotland Yard ! Ils avaient dû tout faire rater, c'était certain ! Il était inutile de faire semblant de pouvoir suivre le programme qu'il s'était fixé. A quoi bon convoquer deux personnes pour interrogatoire sur un homicide ? La jeune fille qu'ils étaient censés avoir tuée ne se trouvait pas ce jour-là dans le coffre d'une voiture mais était entrée bien vivante dans une clinique miteuse d'East Chelsea, en plus ! L'espace d'un instant, Morse songea même à prendre au sérieux cette nouvelle information. Mais il n'y parvenait pas. Ce ne pouvait pas être vrai, et il existait un moyen assez simple de le prouver. Le centre de Londres n'était qu'à quatre-vingt-dix kilomètres.

Il se rendit chez Strange, qui accepta à contrecœur de se rendre à l'enquête judiciaire à sa place.

Il téléphona à Lewis pour lui dire qu'il devait aller à Londres, sans rien ajouter. Lewis devait reprendre du service le lendemain matin. Enfin, si nécessaire. Morse dit d'une voix assez faible qu'il pensait que cela le serait.

## CHAPITRE XXXIII

« Elle viendra en pyjama de soie. »

Chanson populaire

De l'avis général, Yvonne Baker était ravissante. Elle vivait seule, du moins elle louait un petit appartement dans une tour de Bethune Road, à Stoke Newington. Elle aurait préféré un quartier plus central et un logement un peu plus luxueux. Mais elle se trouvait à dix minutes à pied de la station de métro de Manor House, dans Seven Sisters Road, et pouvait se rendre au centre de Londres en vingt minutes. En voyant le décor coûteux et de bon goût de son appartement, on pouvait deviner (fort justement) qu'Yvonne Baker jouissait de bons revenus, qu'ils soient gagnés honorablement au rayon cosmétiques d'un grand magasin chic d'Oxford Street ou par d'autres moyens non spécifiés.

A 18 h 30, elle était langoureusement allongée sur son couvre-lit somptueux, vernissant paresseusement ses longs ongles impeccablement manucurés d'un vernis glauque particulièrement hideux. Elle portait un peignoir en satin pêche, ses longues jambes envoûtantes relevées, et songeait à la soirée qui s'annonçait. Le problème, avec les soirées pyjama, c'est que certains invités n'osaient pas jouer le jeu et portaient assez de vêtements sous leur pyjama ou chemise de nuit pour gâcher tout le charme de l'opération. Au moins, elle allait leur montrer, elle. Certaines filles porteraient soutien-gorge et culottes, mais pas elle. Oh non. Elle se sentit tout excitée à l'idée de danser avec des hommes tout en sachant très bien l'effet qu'elle ferait sur eux. C'était une sensation délicieuse d'être si peu vêtue. Si sensuelle, si abandonnée !

Elle termina sa main gauche et la tendit en avant comme un agent réglant la circulation, tout en pliant les doigts. Puis elle versa du dissolvant sur un morceau de coton et entreprit d'ôter tout le vernis. Ses mains étaient plus belles ainsi, se dit-elle. Elle se leva, ôta son peignoir et sortit avec précaution un pyjama vert pâle de sa commode. Elle avait un corps magnifique, et en était très consciente, comme ses nombreux admirateurs. Elle se contempla dans la glace, laissa le premier bouton du pyjama défait et se mit à brosser ses longs cheveux soyeux couleur de miel. On venait la chercher en voiture à 19 h 30. Elle jeta un regard sur le réveil posé sur sa table de chevet. Encore trois quarts d'heure. Elle se rendit dans le salon, posa un disque sur la platine et alluma une cigarette king-size.

On sonna à la porte à 18 h 50. Elle crut d'abord que son réveil devait encore retarder. Eh bien, tant mieux. Elle alla ouvrir d'un pas joyeux, un large sourire aux lèvres, ses lèvres douces et pleines. Son sourire se figea et finit par s'évanouir quand elle aperçut un homme qu'elle n'avait jamais rencontré. Il se tenait, très raide, sur le seuil. Un homme d'âge mûr, l'air amer.

— Bonjour, parvint-elle à articuler.

— Miss Baker ?

Elle hocha la tête.

— Je suis l'inspecteur en chef Morse. Puis-je entrer pour vous dire quelques mots, s'il vous plaît ?

— Bien sûr.

Ses sourcils parfaitement épilés se froncèrent légèrement tandis qu'elle s'écartait avant de refermer la porte.

Tandis qu'il lui exposait les raisons de sa visite, elle se dit que c'était le seul homme sur qui, apparemment, elle ne faisait pas d'effet érotique. Et elle était en pyjama, en plus ! Il était brusque et professionnel. En juin, deux ans plus tôt, elle avait partagé une chambre dans une clinique d'East Chelsea avec une fille nommée Valerie Taylor. Il voulait en savoir plus sur cette fille. Tout ce dont elle pouvait se souvenir, chaque petit détail.

Le carillon de la porte retentit une nouvelle fois à 19 h 25. Morse lui dit sur un ton étonnamment péremptoire de se débarrasser de son visiteur, qui que ce soit.

— J'espère que vous vous rendez compte que je suis invitée à une soirée, inspecteur.

Elle paraissait en colère, mais elle ne l'était pas autant qu'elle voulait le faire croire. Étrangement, il commençait à l'intéresser.

— Je vois ça, dit Morse en examinant le pyjama. Dites-lui simplement que vous en avez encore pour une demi-heure, au moins.

Elle se dit qu'il avait une belle voix.

— Et dites-lui que je vous accompagnerai moi-même s'il ne veut pas attendre.

Elle se dit que cette idée ne lui déplaisait pas.

Morse en savait déjà assez. Et il savait, il le savait

auparavant, en fait, que ce que Rogers lui avait appris était vrai. Il ne faisait pas le moindre doute que Valerie Taylor s'était rendue par un moyen quelconque à Londres dans une clinique où l'on pratiquait les avortements le jour de sa disparition. Le médecin responsable de la clinique s'était montré agréable et coopératif, mais il avait catégoriquement refusé de trahir le secret professionnel en révélant l'identité de la personne ou des personnes ayant organisé le séjour de Miss Taylor. Morse fut sidéré d'apprendre que cet avorteur ait connu, voire appliqué, le secret professionnel. Mais le médecin lui avait clairement fait comprendre que, à moins de forcer l'accès à ses dossiers, Morse n'obtiendrait pas plus de renseignements.

Après avoir expliqué la situation à son fiancé, vêtu d'un simple pantalon de pyjama, Miss Baker se retira quelques instants dans sa chambre, se regarda une nouvelle fois dans le miroir et enfila son peignoir, sans trop le fermer. Elle commençait à avoir froid.

— Inutile de vous soucier de moi, dit Morse. Il paraît que je suis inoffensif avec les femmes.

Pour la première fois, elle lui sourit, pleinement et sincèrement. Morse le regretta aussitôt.

— Je veux bien ôter mon peignoir si vous montez le chauffage, inspecteur, roucoula-t-elle.

Le signal d'alarme retentit dans l'esprit de Morse.

— Je ne vous retiendrai pas très longtemps, Miss Baker.

— Appelez-moi Yvonne.

Elle sourit encore et s'adossa dans son fauteuil. Personne n'appelait jamais Morse par son prénom.

— Je vais monter le chauffage si vous ne faites pas attention, dit-il.

Mais il n'en fit rien.

— Vous dites qu'elle a déclaré venir d'Oxford, pas de Kidlington ?

— Où ça ?

— Kidlington. C'est tout près d'Oxford.

— Ah bon ? Non. Elle a dit Oxford. J'en suis certaine.

C'est peut-être normal, après tout, se dit Morse. C'était tout de même plus prestigieux. Il en avait presque terminé.

— Une dernière petite chose, et je veux que vous réfléchissiez bien, Miss, heu, Yvonne. Miss Taylor vous a-t-elle jamais dit qui était le père ? Du moins qui elle croyait être le père ?

Elle éclata de rire.

— Vous êtes si délicat, inspecteur. Mais en fait, oui. C'était une fille bien, vous savez.

— Qui était-ce ?

— Elle a parlé de l'un de ses professeurs. Je m'en souviens parce que j'ai été un peu surprise d'apprendre qu'elle allait encore à l'école. Elle avait l'air plus âgée. Elle semblait bien plus... plus au courant des choses de la vie. Ce n'était pas une idiote, ça je peux vous le dire.

— Ce professeur, dit Morse, elle vous en a parlé ?

— Elle n'a pas précisé son nom, je crois. Mais elle a dit qu'il avait une barbe et que cela la piquait chaque fois qu'il... enfin... vous comprenez.

Morse baissa tristement les yeux vers l'épaisse moquette vert foncé. Il venait de passer la plus folle des journées.

— A-t-elle dit quelle matière il enseignait ? Quel sujet ?

Elle réfléchit quelques instants.

— Vous savez, je crois que oui... Je crois qu'elle

a dit que c'était un professeur de français, ou quelque chose comme ça.

Il la conduisit dans le West End, s'efforçant d'oublier qu'elle se rendait à une orgie, vêtue du simple pyjama qu'il avait regardé avec envie, dans l'appartement, et se dit que, dans la vie, il avait raté le coche.

Quand il la déposa à Mayfair, elle le remercia, un peu tristement, se tourna vers lui et l'embrassa à pleine bouche, les lèvres douces et entrouvertes. Il la regarda s'éloigner, le bas de son pyjama vert pâle dépassant de son manteau de fourrure. Ce jour-là, Morse avait connu des instants désagréables, mais, assis dans sa Jaguar, essuyant le rouge à lèvres orange foncé de sa bouche, il se dit que c'était vraiment le pire.

Morse retourna à Soho et se gara juste devant le *Penthouse Club*, en stationnement interdit. Il était 21 heures. Il vit tout de suite que l'homme assis à l'entrée n'était pas Maguire, comme il l'espérait. Mais il s'en moquait presque en entrant dans le vestibule.

— Désolé, vous pouvez pas vous garer là, mon vieux.

— Vous ne savez peut-être pas qui je suis, dit Morse avec l'autorité arrogante de Jules César ou d'Alexandre le Grand à la tête de ses troupes.

— Je me fous de qui vous êtes, mon vieux, fit le jeune homme en se levant. Mais vous pouvez...

— Je vais te dire qui je suis, fiston. Je m'appelle Morse. M.O.R.S.E. D'accord ? Et si on vient te demander à qui est cette voiture, tu leur dis que c'est la mienne. Et s'ils ne te croient pas, tu me les envoies, mon bonhomme, et vite fait !

Il passa le comptoir et franchit le seuil.

— Mais...

Morse n'en entendit pas plus.

Le nain maltais était assis bien sagement à son poste. De façon un peu perverse, Morse fut ravi de le voir.

— Vous vous souvenez de moi ?

De toute évidence, la réponse était oui.

— Pas besoin de ticket, monsieur. Entrez. Je vous invite.

Il esquissa un sourire, mais Morse ignora l'invitation.

— Je veux vous parler. Ma voiture est dehors.

C'était sans réplique. Ils s'installèrent à l'avant.

— Où est Maguire ?

— Il est parti. Récemment. Je ne sais pas où.

— Quand ?

— Il y a deux ou trois jours.

— Il avait une petite amie, ici ?

— Il avait plein de filles. Certaines d'ici, d'autres d'ailleurs. Qui peut savoir ?

— Dernièrement, il y avait une fille, ici, elle portait un masque. Je crois qu'elle s'appelait Valerie.

Le petit homme eut l'impression de voir la lumière et se détendit un peu.

— Valerie ? Non. Vera. Oh oui ! Elle en connaît des garçons !

Il commençait à se sentir plus à l'aise et ses mains sales mimèrent les contours de son corps harmonieux.

— Elle est là, ce soir ?

— Non. Elle est partie, elle aussi.

— J'aurais dû m'en douter, marmonna Morse. Elle a fichu le camp avec Maguire, je suppose.

Le petit homme sourit, révélant de grandes dents

blanches. Il haussa ses robustes épaules. Morse réprima l'envie de lui mettre son poing dans la figure et posa une autre question.

— Vous n'êtes jamais sorti avec elle, vous, sale petite ordure ?

— Parfois. Qui sait ?

Il haussa de nouveau les épaules et tendit les mains, paumes levées, dans un geste typiquement méditerranéen.

— Sortez.

— Vous voulez entrer, monsieur le policier ? Vous voulez voir de jolies filles ?

— Sortez, répéta Morse d'un ton sec.

Morse resta quelques instants dans sa voiture, à méditer. La vie était vraiment pourrie. Il s'était rarement senti aussi seul et abattu. Il se rappela sa première conversation avec Strange, au tout début de l'affaire. Il avait ressenti du dégoût à l'idée de chercher une jeune fille au milieu de cette ville corrompue et corruptrice. Il devait de nouveau partir du principe qu'elle était en vie. Malgré son instabilité et son entêtement, il y avait au fond de lui une passion brûlante pour la vérité, l'analyse logique. A présent, inexorablement, les faits, presque tous les faits, pointaient dans la même direction. Il avait fait fausse route depuis le début.

Un jeune agent de police, grand, sûr de lui, frappa à la vitre de la voiture.

— C'est votre véhicule, monsieur ?

Morse abaissa la vitre d'un air las et se fit connaître.

— Désolé, monsieur. Je pensais que...

— Bien sûr.

— Puis-je vous être utile ?

— J'en doute, répondit Morse. Je cherche une jeune fille.

— Elle habite dans le coin ?

— Je l'ignore, répondit Morse. Je ne sais même pas si elle vit à Londres. Je n'ai pas beaucoup d'espoir.

— Mais vous voulez dire qu'on l'a vue dans le secteur, dernièrement ?

— Non, dit calmement l'inspecteur. Cela fait plus de deux ans qu'on ne l'a vue nulle part.

— Ah, je vois, dit le jeune homme, qui ne voyait rien du tout. Dans ce cas, je ne puis vous être utile. Bonsoir, monsieur.

Il porta la main à son casque et s'éloigna, sans comprendre, longeant les clubs racoleurs et les librairies pornographiques.

— Non, fit Morse pour lui-même. Je ne crois pas que vous puissiez m'aider.

Il démarra et rejoignit la M40 en passant par Shepherd's Bush et White City. Il arriva à son bureau juste avant minuit.

Il n'eut même pas l'idée de rentrer directement chez lui. Il était pleinement conscient, même s'il ne pouvait pas l'expliquer, du fait étrange que son esprit n'était jamais aussi résistant et alerte que quand il semblait abattu. Dans ces moments-là, son cerveau s'agitait en tous sens dans son crâne comme un tigre féroce dans une cage étroite, tournant en rond avec des grognements furieux et meurtriers. Pendant tout le trajet de retour, il avait eu l'impression d'être un joueur d'échecs vaincu après une lutte acharnée, qui revoit d'un œil critique ses mouvements, analysant les raisons de sa défaite. Déjà, une nouvelle idée très étrange germait au fin fond de son esprit et il fut impatient d'arriver.

A 23 h 57, il était penché sur le dossier Taylor avec la concentration frénétique d'une doublure de dernière minute qui n'a que quelques instants pour mémoriser un long texte.

A 2 h 30, le sergent de nuit, portant sur un plateau une tasse de café fumant, frappa doucement à la porte et entra. Il trouva Morse, les mains sur les oreilles, le bureau jonché de papiers, avec sur le visage une expression de si profonde intensité qu'il s'empressa de poser le plateau, referma la porte et s'éloigna vivement.

Il revint à 4 h 30, posa avec précaution une autre tasse de café près de la première, pleine d'un liquide brun sale que l'inspecteur n'avait pas touchée. Morse était à présent profondément endormi, la tête penchée en arrière sur le fauteuil de cuir noir, le col de sa chemise blanche déboutonné, avec l'air d'un jeune enfant dont les terreurs nocturnes sont terminées...

*C'est Lewis qui l'avait retrouvée. Elle était allongée tranquillement sur le lit, tout habillée, le bras gauche replié sur le corps, le poignet profondément tailladé. Le couvre-lit blanc n'était qu'une mare écarlate. Le sang avait infiltré le matelas. Dans sa main droite elle serrait un couteau au manche en bois, « Prestige, fabriqué en Angleterre », d'environ trente-cinq centimètres de long, dont la lame effilée avait le tranchant d'un rasoir.*

# CHAPITRE XXXIV

« Les choses ne sont pas toujours ce
[qu'elles semblent être,
La première apparence est souvent
[trompeuse. »

PHÈDRE

En reprenant le travail, à 8 heures, Lewis trouva un Morse rasé de frais, assis à son bureau. Quand son supérieur commença à lui raconter les événements de la veille, il eut du mal à cacher sa déception. Il ne comprenait pas très bien le ton plein d'énergie de Morse. Mais il retrouva le moral en prenant connaissance de l'indice essentiel fourni par Miss Baker. Une fois au courant de toute l'histoire, il ne fut guère surpris par les instructions de Morse. Il y avait plusieurs coups de téléphone à donner. Il commençait à avoir une petite idée des intentions globales de l'inspecteur.

A 9 h 30, il avait terminé et fit son rapport.

— Vous êtes prêt à prendre le volant, Lewis ?

— Je veux bien conduire à l'aller, monsieur, mais...

— D'accord. Je conduis à l'aller et vous au retour. Ça vous va?

— Vous pensiez partir quand?

— Tout de suite, répondit Morse. Passez un coup de fil à votre femme pour lui dire que nous devrions être de retour vers...

— Je peux dire quelque chose, monsieur?

— Qu'est-ce qui se passe?

— Si Valerie était dans cette clinique...

— Elle l'était, coupa Morse.

— Eh bien, quelqu'un a bien dû l'y emmener, aller la chercher et payer la note.

— Le toubib refuse de nous le dire. Pour l'instant, en tout cas.

— Mais n'est-ce pas assez facile à deviner?

— Vraiment? fit Morse avec un intérêt apparent.

— Ce n'est qu'une supposition. Mais s'ils sont tous dans le coup, vous savez, pour étouffer l'affaire...

— Tous?

— Phillipson, les Taylor et Acum. Quand on y réfléchit, cela ferait d'une pierre pas mal de coups, non?

— Précisez votre pensée.

— Eh bien, si vous avez raison, au sujet de Valerie et Phillipson, il a dû avoir un complexe de culpabilité à son égard et se sentir moralement obligé de l'aider, non? Et il y a aussi les Taylor. Cela leur évitait le scandale et empêcherait Valerie de gâcher sa vie. Et il y a Acum. Cela le sortait d'un sacré pétrin et sauvait son mariage, par-dessus le marché. Ils jouaient tous gros dans l'affaire.

Morse hocha la tête, ce qui encouragea Lewis à continuer.

— Ils ont peut-être tout manigancé ensemble,

réservé à la clinique, organisé le transport, payé la note et trouvé un emploi à Valerie, pour la suite. Ils ne se doutaient probablement pas qu'en fichant le camp comme ça, elle sèmerait la zizanie. Et une fois qu'ils étaient partis, ils étaient obligés de continuer. Alors ils sont restés solidaires. Et ils ont raconté la même histoire.

— Il se pourrait bien que vous ayez raison.

— Si c'est le cas, vous croyez que ce serait une bonne idée d'aller chercher Phillipson et les Taylor ? Je veux dire, cela nous épargnerait pas mal de travail.

— Cela nous éviterait d'aller à Caernarfon, c'est ça ?

— Oui. S'ils crachent le morceau, on pourra faire venir Acum ici.

— Et s'ils persistent à raconter la même histoire ?

— Alors nous devrons aller le chercher.

— Je crains que ce ne soit pas si facile, dit Morse.

— Pourquoi pas ?

— J'ai essayé de joindre Phillipson, de bonne heure, ce matin. Il est parti pour Brighton hier après-midi, pour participer à une conférence de proviseurs.

— Ah.

— Et les Taylor sont partis en voiture pour l'aéroport de Luton à 6 h 30 hier matin. Ils passent une semaine de vacances en voyage organisé dans les îles Anglo-Normandes, d'après les voisins.

— Ah bon ?

— Et, reprit Morse, nous cherchons toujours le meurtrier de Baines, rappelez-vous.

— C'est pour cela que vous avez demandé à la police de Caernarfon d'aller le chercher ?

— Ouais. Et nous ne devrions pas le faire patienter trop longtemps. Nous en avons pour environ quatre heures et demie, sans s'arrêter. Bon, disons cinq. Il faudra reposer un peu la voiture, en chemin.

Devant un pub, se dit Lewis en enfilant son pardessus. Mais Lewis se trompait.

Il y avait peu de circulation en ce dimanche matin. La voiture de police traversa rapidement Brackley, atteignit Towcester avant de tourner à gauche sur l'A5. Aucun des deux hommes ne semblait très désireux d'entretenir une conversation. Un silence s'installa vite entre eux, comme s'ils attendaient nerveusement le point décisif dans un match de cricket. Le trafic ralentit jusqu'à un bouchon à cause de travaux à Wellington. Soudain, Morse alluma les pleins phares et le gyrophare. Sirène hurlante, la voiture longea la file de voitures immobiles pour vite se retrouver à grande vitesse sur la route enfin dégagée. Morse se tourna vers Lewis et lui adressa un clin d'œil presque joyeux.

Sur la corniche de Shrewsbury, Lewis tenta de lancer une conversation :

— C'est un coup de chance, cette Miss Baker.

— Oui.

Lewis le dévisagea d'un air curieux.

— Elle est jolie, monsieur ?

— C'est une allumeuse.

— Ah.

Ils traversèrent Betws-y-coed. Caernarfon, trente-sept kilomètres.

— En fait, le problème, c'est que je la croyais morte, dit soudain Morse.

— Et à présent vous pensez qu'elle est en vie.

— Je l'espère de tout cœur, fit Morse avec une gravité peu coutumière. Je l'espère de tout cœur.

A 14 h 55, ils atteignirent les alentours de Caernarfon. Ignorant le panneau pointant vers la gauche en direction du centre ville, Morse tourna à gauche dans la rue principale de Pwllheli.

— Vous savez vous diriger, dans le coin, monsieur ?

— Pas très bien. Mais nous avons une petite visite à rendre avant d'aller voir Acum.

Il roula au sud du village de Bont-Newydd, quitta la grand-route en tournant à gauche. Ils s'arrêtèrent devant une maison dont la porte était peinte en bleu de Cambridge.

— Attendez-moi là.

Lewis le regarda remonter la petite allée et frapper à la porte. Il frappa encore. Apparemment, il n'y avait personne. Bien sûr, David Acum ne pouvait être là, il se trouvait à cinq kilomètres, convoqué pour interrogatoire à la demande de la police de Thames Valley. Morse retourna dans la voiture. Il semblait d'une gravité inexplicable.

— Il n'y a personne, monsieur ?

Morse ne parut pas l'entendre. Il ne cessait de regarder aux alentours, jetant un œil de temps à autre dans le rétroviseur. Mais la rue tranquille était d'un calme surnaturel dans l'après-midi ensoleillé d'automne.

— N'allons-nous pas être en retard pour Acum, monsieur ?

— Acum ?

L'inspecteur surgit soudain de ses pensées.

— Ne vous en faites pas pour Acum. Il va bien.

— Vous pensez attendre ici combien de temps ?

— Comment voulez-vous que je le sache ? dit Morse d'un ton sec.

— Eh bien, si nous devons attendre, je crois que je vais...

Il ouvrit la portière et détacha sa ceinture de sécurité.

— Ne bougez pas.

Il y avait une note autoritaire et sèche dans la voix de Morse. Lewis haussa les épaules et referma la portière.

— Si c'est Mrs Acum que vous attendez, elle est peut-être partie avec lui.

— Non, je ne crois pas, fit Morse en secouant la tête.

Le temps passa, inexorable. Puis Morse rompit enfin le silence.

— Allez frapper à la porte, Lewis.

Mais le sergent n'eut pas plus de succès que Morse. Il revint dans la voiture et claqua la portière d'un geste impatient. Il était déjà 15 h 30.

— Accordons-lui encore un quart d'heure, dit Morse.

— Mais pourquoi est-ce elle que nous attendons ? Qu'est-ce qu'elle vient faire dans tout cela ? Nous ne savons pratiquement rien d'elle.

Morse posa ses yeux bleu clair sur son sergent et s'exprima avec unc simplicité presque brutale.

— C'est là que vous vous trompez, Lewis. Nous en savons plus sur elle, bien plus même que sur quiconque dans cette affaire. Voyez-vous, la femme qui vit avec David Acum n'est pas sa vraie femme. C'est la personne que nous recherchons depuis le début.

Il se tut et laissa ses paroles faire effet.

— Oui, Lewis. La femme qui vit ici depuis deux ans comme son épouse n'est pas Mrs Acum. C'est Valerie Taylor.

# CHAPITRE XXXV

> « A présent, écoute-moi, petit diable, murmura Sikes. Monte doucement l'escalier devant toi, longe le petit couloir jusqu'à la porte, ouvre-la et laisse-nous entrer. »
>
> Charles DICKENS, *Oliver Twist*

Lewis en demeura bouche bée, tandis que cette révélation cheminait lentement dans son esprit.

— Vous ne voulez pas dire...

— Mais si. C'est exactement ce que je veux dire. Et c'est pour cela que nous attendons. Nous attendons que Valerie Taylor rentre enfin à la maison.

Dans l'immédiat, Lewis était incapable de faire de commentaire plus intelligent qu'un sifflement de stupéfaction.

— Cela vaut la peine d'attendre encore quelques minutes, non ? Après tout ce temps.

Petit à petit, Lewis commençait à saisir les implications de ce que Morse venait de dire. Cela signifiait... Cela signifiait... Mais son cerveau paraissait anesthésié et il abandonna cette lutte inégale.

— Vous ne croyez pas que vous pourriez me mettre au parfum, monsieur ?

— Par où voulez-vous que je commence ? demanda Morse d'un ton un peu plus vif.

— Eh bien, d'abord, vous devriez me dire ce qui est arrivé à la vraie Mrs Acum.

— Écoutez, Lewis, dans cette affaire, vous avez plus souvent été dans le vrai que moi. J'ai commis des erreurs tout à fait stupides, comme vous le savez. Mais, enfin, nous touchons au but, du moins je le crois. Vous me demandez ce qui est arrivé à la vraie Mrs Acum. Eh bien, je n'en suis pas certain. Toutefois je vais vous exposer ma petite idée sur la question. Je n'en ai pas la moindre preuve, mais voilà comment je vois les choses.

« Que savons-nous de la vraie Mrs Acum ? Un peu guindée, peut-être. Elle a une silhouette mince et masculine, de longs cheveux blonds. Pas repoussante, d'accord, à sa façon, mais très complexée par les boutons qui la défigurent. Et prenez Valerie. Elle est délicieuse, à tous les points de vue. Une petite garce nubile avec une sorte de sensualité animale qui attire irrésistiblement les membres du sexe opposé, quel que soit leur âge. A présent, mettez-vous à la place d'Acum. Il trouve Valerie dans son cours de français et commence à être attiré par elle. Il se dit qu'elle doit avoir des capacités, mais ni l'envie ni la volonté de faire quoi que ce soit. Pour une raison quelconque, il lui parle en privé et suggère des cours particuliers. Essayons d'imaginer ce qui a pu se passer. Supposons que Mrs Acum se soit inscrite à un cours de couture à Headington Tech. Je sais, Lewis, mais ne m'interrompez pas. On se moque des détails. Où en étais-je ? Ah oui. Acum est libre le mercredi soir. Disons qu'il invite Valerie chez lui. Mais, un soir de mars, le cours de couture est annulé. Disons que le professeur a la grippe. Mrs Acum rentre plus tôt que d'habitude, vers 19 h 45, et les trouve tous les deux au lit. Elle est terriblement humiliée. Elle décide que leur couple est fichu. Mais elle ne cherche pas nécessairement à anéantir la carrière d'Acum. Elle se sent peut-être un peu responsable, d'une certaine façon. Peut-être qu'elle n'aime pas le sexe, ou qu'elle ne peut pas avoir d'enfants, je ne sais pas. De toute façon, comme je l'ai dit, c'est fini entre eux. Ils continuent à vivre ensemble, mais font chambre à part et ne se parlent presque plus. Malgré tous ses efforts, elle n'arrive pas à lui pardonner. Alors ils se mettent d'accord pour se séparer à la fin de l'année scolaire. Acum sait parfaitement qu'il vaut mieux qu'il demande un autre poste. Qu'il ait dit la vérité à Phillipson ou non importe peu. Peut-être ne lui a-t-il rien révélé en lui donnant sa démission. Mais il a bien dû dire quelque chose quand Valerie lui a appris qu'elle était enceinte et très certainement de lui. Alors, comme vous l'avez dit ce matin, Lewis, ils décident tous d'unir leurs efforts. Valerie, Acum, Phillipson et Mrs Taylor. Pour George, je ne sais pas. Ils réservent dans une clinique à Londres et louent cette maison au pays de Galles, où Valerie arrive juste après l'avortement, et où Acum doit la rejoindre aussitôt après la fin des cours. Alors Valerie s'installe et joue les épouses modèles, décore la maison, fait le ménage. Et elle est toujours là. Où se trouve la vraie Mrs Acum, je l'ignore. Mais il doit être facile de le découvrir. A mon avis, elle vit chez sa mère, dans un petit village près d'Exeter.

Pendant quelques minutes, Lewis demeura immobile dans la voiture silencieuse. Puis, agacé par ce silence, il sortit un chiffon de la boîte à gants et essuya les vitres embuées. La reconstruction pleine d'imagination de Morse semblait très convaincante. A plusieurs reprises, il avait malgré lui hoché la tête en signe d'approbation.

Soudain, Morse regarda une nouvelle fois sa montre.

— Venez, Lewis, dit-il. Nous avons attendu assez longtemps.

La barrière latérale était fermée à clé. Lewis l'escalada péniblement. La fenêtre de la cuisine, à l'arrière de la maison, était entrouverte. Il parvint à glisser le bras dans l'étroite fente en se hissant sur la gouttière et à ouvrir la fenêtre. Il grimpa, sauta à l'intérieur et alla ouvrir en haletant la porte d'entrée pour l'inspecteur. Il régnait dans la maison un silence inquiétant.

— Il n'y a personne, monsieur. Que faisons-nous ?

— Nous allons jeter un rapide coup d'œil, dit Morse. Je reste en bas. Vous, montez.

Les marches de l'étroit escalier grincèrent sous les pas prudents du sergent. Morse le regarda monter, le cœur battant la chamade.

Il n'y avait que deux chambres, qui s'ouvraient presque tout de suite après un minuscule palier. L'une à droite, l'autre en face. Le débarras, de toute évidence. Un petit lit défait était contre le mur à l'extrémité de la pièce. Le lit et le peu d'espace qui restait étaient jonchés du fouillis habituel d'objets plus ou moins utiles qui n'avaient pas encore trouvé une place définitive dans le foyer des Acum. Plusieurs bonbonnes de vin maison, dans lesquelles apparaissaient quelques bulles, un aspirateur avec son emballage et ses divers accessoires, des abat-jour poussiéreux, des vieilles tringles à rideaux, une tête de biche pleine de mites et tout un bric-à-brac encombraient la petite pièce. Mais rien d'autre. Rien.

Lewis quitta le débarras et entra dans l'autre chambre. Il savait que c'était leur chambre. Il entrouvrit prudemment la porte et aperçut une chose écarlate allongée sur le lit, une chose rouge vif, de la couleur du sang frais. Il ouvrit en grand et entra. Et là, couchée sur le couvre-lit blanc, les bras croisés sur le corps, la taille serrée par une ceinture, était posée une longue robe de chambre en velours rouge.

## CHAPITRE XXXVI

« On ne fait jamais rien pour une seule raison. »

S. T. COLERIDGE, *Biographie littéraire*

Ils étaient assis dans la petite cuisine.

— On dirait que l'oiseau s'est envolé.

— Hum, fit Morse en posant la tête sur son bras tout en regardant par la fenêtre, dans le vague.

— Quand avez-vous commencé à avoir des soupçons ?

— Cette nuit, sûrement. Vers 3 h 30.

— Alors ce matin !

Morse parut quelque peu surpris. Cela semblait si loin.

— Qu'est-ce qui vous a mis sur la voie ?

Morse se redressa et s'adossa sur la chaise bancale.

— Quand nous avons appris que Valerie était toujours en vie, tout a été bouleversé. Voyez-vous, depuis le début, j'avais dans l'idée qu'elle était morte.

— Vous deviez bien avoir des raisons.

— Je suppose que c'était surtout la photo, répondit Morse. Celle de la vraie Mrs Acum que m'a montrée Phillipson. C'était un cliché net et brillant, pas comme les photos floues et anciennes que nous avons de Valerie. Réfléchissez, je doute qu'aucun de nous reconnaisse Valerie quand nous la verrons. De toute façon, j'ai rencontré celle que j'ai prise pour Mrs Acum la première fois que je suis venu à Caernarfon. Quoiqu'elle ait mis une serviette sur sa tête, j'ai bien remarqué que ce n'était pas une vraie blonde. Elle avait les racines foncées. C'est alors que, pour une raison quelconque (il ne s'étendit pas), un détail m'a frappé. Elle s'était fait teindre les cheveux, c'était évident.

— Mais rien ne nous dit que la vraie Mrs Acum soit une vraie blonde.

— Non, c'est vrai, admit Morse.

— Alors on n'a pratiquement rien de concret ?

— Il y avait autre chose, Lewis.

— Quoi ?

Morse se tut quelques instants.

— C'est la photo de Mrs Acum. Elle avait une silhouette un peu... masculine, si vous voyez ce que je veux dire.

— Un peu plate, c'est ça ?

— Oui.

— Et alors ?

— La femme que j'ai vue ici, eh bien, elle n'était pas plate, c'est tout.

— Elle portait peut-être un soutien-gorge rembourré. On ne peut jamais être sûr.

— Ah bon ?

Un petit sourire nostalgique flotta sur les lèvres de Morse, mais il n'éclaira pas davantage son sergent.

— J'aurais dû deviner bien plus tôt, bien sûr. Mrs Acum et Valerie Taylor n'ont simplement rien en commun. Je pense qu'il n'y a pas moins bas-bleu que Valerie. Et je lui ai parlé deux fois au téléphone, Lewis ! Pire, je l'ai même vue !

Il secoua la tête.

— Oui, vraiment, j'aurais dû deviner la vérité il y a longtemps.

— Mais d'après ce que vous dites, monsieur, vous n'en avez pas vu grand-chose. Vous avez dit qu'elle portait un masque de beauté...

— Oh, je n'ai pas vu grand-chose, Lewis, en effet...

Ses pensées étaient à mille lieues de là.

— Qu'est-ce que tout cela a à voir avec les agences de location de voitures sur lesquelles nous nous renseignons ? s'enquit soudain Lewis.

— Il faut bien que je trouve des preuves tangibles, non ? J'avais songé, de façon assez amusante, à la laisser me la fournir elle-même, mais...

— Je ne vous suis pas très bien, fit Lewis, complètement perdu.

— Eh bien, j'ai eu l'idée de lui téléphoner ce matin, à la première heure et d'essayer de la piéger. Cela aurait été très facile, en fait.

— Ah bon ?

— Oui. Je n'avais qu'à lui parler en français. La vraie Mrs Acum est diplômée d'Exeter, souvenez-vous. Mais d'après ce que nous savons du français de cette pauvre Valerie Taylor, je doute qu'elle puisse aller plus loin que *bonjour*.

— Mais vous non plus, vous ne parlez pas français !

— J'ai de nombreux talents cachés dont vous ne vous doutez même pas, répondit Morse d'un ton un peu pompeux.

— Ah bon.

Mais Lewis soupçonnait fortement Morse d'en savoir autant (ou aussi peu) que lui en français. De plus, il n'avait pas obtenu de réponse à sa question.

— Vous ne voulez pas me dire pourquoi vous vérifiez auprès des agences de location de voitures ?

— Vous avez eu assez de surprises pour aujourd'hui.

— Je ne pense pas qu'une de plus fera une grande différence, rétorqua Lewis.

— D'accord, je vais vous le dire. Voyez-vous, non seulement nous avons retrouvé Valerie, mais nous avons aussi trouvé l'assassin de Baines.

Lewis ouvrit et referma la bouche comme un poisson rouge hors de l'eau, mais n'articula pas le moindre mot.

— Vous allez vite comprendre, reprit Morse. C'est assez évident quand on y réfléchit un peu. Elle doit se rendre de Caernarfon à Oxford, d'accord ? C'est son mari qui a la voiture. Que fait-elle ? Le train ? Le bus ? Il n'y en a pas. D'ailleurs, elle est pressée. Il n'y a qu'une chose à faire, louer une voiture.

— Mais nous ne savons pas encore si elle l'a fait, protesta Lewis. Nous ne savons même pas si elle sait conduire.

— Nous le saurons bien assez tôt.

Il n'était plus question de « si », désormais ; Morse s'exprimait comme un prophète mineur énonçant des vérités. Avec un scepticisme de plus en plus modéré, Lewis commençait à sentir l'inexorabilité des événements que Morse était en train de lui exposer ainsi que le travail de logique immuable mené au cours de cette enquête qu'ils avaient commencée ensemble. Une jeune lycéenne disparue, et, plus de deux ans plus tard, un proviseur adjoint d'une cinquantaine d'années assassiné. Et pas la moindre explication satisfaisante pour aucun des deux mystères. Simplement deux problèmes insolubles. Soudain, en un clin d'œil, les deux problèmes ont disparu, car comme par miracle chacun des deux a résolu l'autre.

— Vous croyez que ce jour-là elle est partie d'ici en voiture ?

— Et elle est revenue, dit Morse.

— Et c'est Valerie qui a... tué Baines ?

— Oui. Elle a dû arriver là-bas vers 21 heures.

Lewis pensa à la nuit où Baines avait été tué.

— Alors elle pouvait se trouver dans la maison de Baines au moment où Mrs Phillipson et Acum sont passés, dit-il lentement.

— C'est possible, en effet, fit Morse en hochant la tête.

Il se leva et longea l'étroit couloir. De la fenêtre du salon, il voyait deux petits garçons qui se tenaient à distance respectable de la voiture de police en essayant de jeter un coup d'œil curieux à l'intérieur. Mais pour le reste, rien. Personne ne quitta ni n'arriva dans la rue tranquille.

— Vous êtes inquiet, monsieur ? demanda doucement Lewis quand Morse se rassit.

— Nous allons lui donner encore quelques minutes, répondit l'inspecteur en regardant sa montre pour la énième fois.

— Je me disais que ce doit être une fille courageuse.

— Hum.

— Et lui une véritable ordure.

— C'était une merde, dit Morse avec une conviction féroce. Mais je ne crois pas que Valerie ait pu tuer Baines pour son propre compte.

— Alors quel était son mobile ?

C'était une question simple qui appelait une réponse simple. Mais Morse se lança dans une explication évasive et réservée, en vieux routier de la circonvolution.

— Je suis un peu sceptique quant à l'emploi du mot « mobile », vous savez, Lewis. Cela laisse à penser qu'elle n'en avait qu'un. Un grand et superbe mobile. Mais ce n'est pas toujours le cas. Une mère peut gifler son enfant parce qu'il ne cesse de pleurer. Pourquoi le fait-elle ? On peut affirmer qu'elle veut que l'enfant arrête de hurler, mais ce n'est pas tout, n'est-ce pas ? Les mobiles sont bien plus profonds que cela. Ils sont liés à un tas d'autres facteurs. Elle est fatiguée, elle a mal à la tête, elle en a marre, elle est tout simplement désillusionnée par ses devoirs de mère. Tout ce que vous voudrez. Mais quand on se demande ce qu'il y a dans les profondeurs glauques, sous ce qu'Aristote appelait la cause immédiate... Vous connaissez Aristote, Lewis ?

— J'en ai entendu parler. Mais vous n'avez toujours pas répondu à ma question.

— Ah non. Bon, réfléchissons une minute à la situation dans laquelle se trouvait Valerie à ce moment-là. A mon avis, elle se retrouve toute seule. Depuis qu'il est venu la rejoindre, Acum s'est sans doute montré très protecteur à son égard. Au départ, il était sans doute désireux de ne pas laisser Valerie avoir une vie sociale trop agitée. Elle reste à la maison. Et elle se décolore les cheveux. Probablement dès le début. C'est drôle, vous ne trouvez pas, comme tant de gens prennent la peine de faire un geste, même léger et dénué de tout sens. Elle voulait se concilier les bonnes grâces d'Acum, sans doute. Comme vous le savez, la vraie femme d'Acum avait de longs cheveux blonds. C'est la première chose que l'on remarquait chez elle. Peut-être Acum lui a-t-il demandé de le faire. Cela apaisait probablement sa conscience. En tout cas, il a dû être content qu'elle se teigne les cheveux. Vous vous rappelez la photo de Valerie, dans le supplément couleurs du journal ? S'il l'a vue, il devait être très inquiet. Je sais, la photo n'était pas très nette. Elle datait de trois ans, et les jeunes filles changent beaucoup, surtout quand elles passent de l'état de lycéenne à celui de femme mariée, du moins officieusement. Mais c'était tout de même une photo de Valerie et, comme je viens de le dire, Acum devait être très content qu'elle ait changé de couleur de cheveux. A notre connaissance, personne n'a remarqué la ressemblance.

— On ne lit peut-être pas le *Sunday Times* à Caernarfon.

Malgré ses préjugés antigallois, Morse laissa tomber.

— Alors elle est enfin seule. Elle peut faire ce qu'elle veut. Elle éprouve sans doute un merveilleux sentiment de liberté, la liberté de faire quelque chose pour elle-même, une chose qui à présent, pour la première fois, peut être faite.

— Cela, je le comprends. Mais pourquoi ? Voilà ce que je voudrais savoir.

— Lewis ! Mettez-vous un peu à la place de Valerie, de sa mère, d'Acum, de Phillipson et Dieu sait qui d'autre. Ils ont tous leurs secrets personnels et communs, futiles ou importants, et quelqu'un d'autre est au courant de tout. Baines est au courant. D'une façon ou d'une autre, j'ai maintenant ma petite idée là-dessus, il a pris connaissance de ces secrets. Il a passé tant d'années dans son petit bureau, près du téléphone et du courrier. Il était le centre nerveux d'une petite communauté, le lycée Roger Bacon. Il est proviseur adjoint et il est parfaitement normal qu'il sache ce qui s'y passe. A tout instant, ses oreilles captent les rumeurs et les soupçons. Il est comme un micro du Watergate, il ramasse tout et rassemble tout. Et cela procure à sa nature sinistre exactement ce dont elle raffole, le pouvoir sur la vie des gens. Pensez à Phillipson. Baines peut le faire virer quand il le veut, mais ne le fait pas. Voyez-vous, je pense qu'il tirait moins de plaisir à exercer son pouvoir qu'à...

— Mais il faisait chanter Phillipson, non ?

— Je le crois, oui. Mais même le chantage n'était pas aussi agréable pour cette ordure de Baines que de savoir qu'il avait le pouvoir de faire chanter quelqu'un, quand il le voulait.

— Je vois, fit Lewis, aveugle.

— Et Mrs Taylor. Songez à ce qu'il sait sur elle. Sur l'organisation de l'avortement de sa fille, sur ses mensonges élaborés à la police, sur son alcoolisme, sur ses problèmes d'argent, sur son désir que George Taylor, le seul homme qui l'ait jamais traitée décemment, ignore tout de ses excès à elle.

— Mais chacun savait sûrement qu'elle allait au bingo presque tous les soirs et prenait un verre de temps en temps.

— Vous savez combien elle dépensait au bingo et dans les machines à sous ? Même selon George, c'était une livre par soirée, et on peut être certain qu'elle ne lui disait pas la vérité. Et elle boit comme un trou, vous le savez. Le midi aussi.

— Vous aussi, monsieur.

— Oui, mais... Enfin, je ne bois qu'avec modération. De toute façon, ce n'est que la moitié de l'histoire. Vous avez vu comment elle s'habille. Vêtements coûteux, chaussures, accessoires, la totale. Et des bijoux. Vous avez remarqué les diamants qu'elle porte aux doigts ? Dieu sait combien ils valent. Et vous savez ce que fait son mari ? Un éboueur ! Non, Lewis, elle vit au-dessus de ses moyens, vous devez vous en rendre compte.

— D'accord. C'est peut-être un bon mobile pour Mrs Taylor, mais...

— Je sais. Que vient faire Valerie dans tout cela ? Eh bien, je pense que Valerie a dû rester en contact avec sa mère par téléphone. Il serait bien trop dangereux d'écrire. La jeune fille devait avoir une idée très claire de ce qui se passait, que sa mère était terriblement compromise avec Baines, qu'elle ressemblait de plus en plus à une droguée, qu'elle se haïssait dans ses moments de lucidité mais était incapable de s'en passer. Valerie a dû se rendre compte que la vie de sa mère devenait peu à peu un enfer et devinait comment les choses risquaient fort de se terminer. Sa mère lui a peut-être laissé entendre qu'elle était au bout du rouleau et ne pouvait plus faire face. Je ne sais pas.

« Et pensez un peu à Valerie. Baines est au courant de tout. Son passé douteux, sa nuit avec Phillipson, sa liaison avec Acum et toutes ses conséquences éventuelles. Il n'ignore rien. Et à chaque instant, il peut tout anéantir. Avant tout David Acum, parce qu'une fois qu'on saura qu'il fricote avec certaines élèves auxquelles il est censé enseigner, il aura les plus grandes peines à trouver un poste, même en ces temps permissifs. Et je crois que Valerie s'est peu à peu mise à aimer Acum plus que tout ce qu'elle avait jamais désiré. Je crois qu'ils sont heureux ensemble, du moins aussi heureux qu'on peut l'être étant donné les circonstances. Vous voyez ce que je veux dire ? Non seulement le bonheur de sa mère était menacé à tout moment par ce salaud de Baines, mais aussi son bonheur avec Acum. Et un jour, elle se retrouve face à l'occasion de faire quelque chose. De résoudre tous les problèmes d'un seul coup, sans difficulté, en se débarrassant de Baines.

Lewis réfléchit quelques instants.

— N'a-t-elle jamais pensé qu'Acum puisse être soupçonné ? Il se trouvait à Oxford, lui aussi, et elle le savait.

— Non, je crois qu'elle n'y a pas songé. Je veux dire par là qu'il y avait une chance sur un million qu'il se rende chez Baines en même temps qu'elle.

— C'est pourtant une coïncidence troublante.

— Il existe une autre coïncidence étrange, Lewis. C'est que le quarante-sixième mot du début et le quarante-sixième de la fin du quarante-sixième psaume de la Version Autorisée s'écrive en anglais « Shakespear ».

Aristote, Shakespeare et le livre des Psaumes. C'était un peu trop pour Lewis. Il ne dit rien, songeant qu'il devait être passé à côté de quelque chose en matière de culture. Il avait posé ses questions, obtenu ses réponses. Ce n'étaient pas les meilleures réponses du monde, peut-être, mais elles se tenaient. Elles étaient, disons, satisfaisantes.

Morse se leva et se rendit à la fenêtre de la cuisine. La vue était superbe. Il demeura quelques instants à admirer les massifs de la chaîne de Snowdon.

— On ne va pas pouvoir rester éternellement ici, je suppose, dit-il enfin.

Une main posée sur le bord de l'évier, il ouvrit presque involontairement le tiroir de droite. Morse y vit un couteau à manche en bois tout neuf, « Prestige, fabriqué en Angleterre ». Il était sur le point de le prendre quand il entendit le bruit de la clé dans la serrure de la porte d'entrée. Il posa vite un doigt sur sa bouche et attira Lewis contre le mur de la cuisine, derrière la porte. Il la voyait clairement à présent, les cheveux blonds tombant sur ses épaules. Elle actionna la serrure, ôta la clé et referma derrière elle.

Dès qu'elle aperçut Morse dans le couloir, son visage trahit une colère à peine voilée ainsi qu'une légère surprise.

— Je suppose que c'est votre voiture qui est garée dehors, déclara-t-elle.

Elle parlait d'un ton morne, presque méprisant.

— De quel droit entrez-vous ainsi chez moi ?

— Votre colère est légitime, répondit Morse sans agressivité en levant la main gauche en signe d'apaisement. Je vais tout vous expliquer dans une minute, je vous le promets. Mais je voudrais d'abord vous poser une question. Juste une seule. C'est très important.

Elle lui lança un regard curieux, comme s'il était un peu dérangé.

— Vous parlez français, n'est-ce pas ?

— Oui.

Les sourcils froncés, elle posa son panier près de la porte et resta immobile, à quelque distance des deux policiers.

— Oui, je parle français. Qu'est-ce que...

Morse se jeta à l'eau.

— *Avez-vous appris le français à l'école*[1] *?*

L'espace d'un éclair, elle le dévisagea, le regard vide, troublé. Puis une réponse dévastatrice jaillit de ses lèvres érudites, dans un français impeccable.

1. En français dans le texte.

— *Oui, je l'ai étudié d'abord à l'école et après pendant trois ans à l'université. Alors je devrais parler la langue assez bien, n'est-ce pas ?*

— *Et avez-vous rencontré votre mari à Exeter ?*

— *Oui. Nous étions étudiants là-bas, tous les deux. Naturellement, il parle français mieux que moi. Mais il est assez évident que vous parlez français comme un Anglais typique, et votre accent est abominable.*

Morse retourna dans la cuisine, affichant l'air d'un zombie sous-développé. Il s'assit à table et se prit la tête dans les mains. Pourquoi s'être donné cette peine ? Il savait déjà. Il l'avait su dès qu'elle avait refermé la porte d'entrée et s'était tournée vers lui. Elle avait le visage parsemé de boutons disgracieux.

— Aimeriez-vous une tasse de thé ? demanda Mrs Acum.

Embarrassé, Lewis sortit de derrière la porte de la cuisine, l'air penaud.

# CHAPITRE XXXVII

« Ce jour immonde, indiscret et plein
[de remords
est enfoui au cœur des mers. »

SHAKESPEARE, *Henri IV*

Assis lourdement sur le siège du passager, Morse affichait un air de perplexité mêlée de stupéfaction. Ils avaient quitté Caernarfon peu après 21 heures et n'arriveraient à Oxford que très tôt le lendemain. Chacun des deux hommes laissait l'autre à ses pensées, réflexions qui quadrillaient sans cesse le terrain vague de l'échec et de la futilité.

L'interrogatoire d'Acum fut une affaire des plus étranges. Morse semblait avoir perdu le fil de l'enquête et ses premières questions furent pleines d'excuses. C'est Lewis qui dut insister sur certains points exposés plus tôt par l'inspecteur. Après quelques réponses un peu évasives, Acum sembla disposé à se soulager de ce qu'il avait sur le cœur. Et il le fit. Lewis se demandait à quel moment l'esprit de Morse avait déraillé avant de s'écrouler en un tas de ferraille au bord de la voie. Pourtant, beaucoup des idées de Morse étaient vraies, semblait-il. De façon presque inquiétante, même.

Acum (selon ses propres déclarations) s'était en effet senti attiré par Valerie Taylor et avait eu plusieurs fois des rapports avec elle. Notamment une nuit du début avril (non pas mars), quand sa femme était rentrée plus tôt à la maison, un mardi soir (et non un mercredi) après un cours du soir à Oxpens (et non Headington) sur l'art (et non la couture). Son professeur avait un zona (et non la grippe) et le cours avait été annulé. Il était un peu plus de 20 heures (et pas moins le quart) quand Mrs Acum était rentrée pour les trouver tous les deux allongés sur le canapé (et non au lit). Bien sûr, la réaction fut volcanique. Valerie était certainement la moins bouleversée des trois. S'ensuivit pour le couple Acum une période morne et désolée. Tout était fini entre eux. Elle insistait beaucoup sur ce point. Mais elle avait accepté de rester avec lui jusqu'à ce que la séparation puisse se faire sans trop de scandale. Décidant qu'il fallait déménager, il demanda un poste à Caernarfon. Bien qu'il ait été longuement interrogé par Phillipson sur les motivations de sa décision de postuler sans raison pour un poste moins prometteur, il ne lui avait rien révélé. Absolument rien. Il ne lui restait plus qu'à prier pour que Valerie ne vende pas la mèche.

Ce n'est que trois semaines avant sa disparition qu'il avait eu une conversation privée avec la jeune fille. Elle lui avait appris qu'elle attendait un bébé, probablement de lui. Elle semblait (du moins aux yeux d'Acum) totalement insouciante et lui assura que tout allait bien se passer. Elle ne lui demandait qu'une seule chose. Si elle s'enfuyait, il ne devrait rien dire à personne. C'était tout. Quoiqu'il l'ait pressée de questions sur ses intentions, elle se contentait de lui répéter que tout allait bien. Avait-elle besoin d'argent ? Elle lui répondit qu'elle le lui ferait savoir. Mais, avec un sourire malicieux, elle répéta que tout allait bien. Tout allait donc bien. Il en était toujours ainsi avec Valerie. (C'est à ce moment de l'interrogatoire mené par Lewis, et à ce moment seulement, que Morse sembla enfin dresser l'oreille et posa quelques questions sans conséquence.) Toutefois, apparemment, l'aspect financier des choses ne s'avéra pas « aller bien ». Environ une semaine avant sa disparition, Valerie vint trouver Acum pour lui dire qu'elle accepterait volontiers un peu d'argent s'il en avait. Elle ne se montra pas insistante, mais il fut heureux de pouvoir l'aider. Grâce au peu d'économies qu'ils avaient pu faire, et en accord avec sa femme, il lui avait donné cent livres. Puis elle partit. Les autres n'avaient pas la moindre idée de sa destination, et il avait gardé le silence depuis ce jour, ainsi que Valerie le lui avait demandé.

Entre-temps, les larmes commençaient à sécher chez les Acum. Après le départ de Valerie, ils avaient essayé, pour la première fois depuis cette soirée funeste, de discuter de leur situation lamentable de façon rationnelle et dans un climat de compréhension mutuelle. Il lui dit qu'il l'aimait, qu'il se rendait à présent compte à quel point elle comptait pour lui et qu'il souhaitait désespérément rester avec elle. Alors elle se mit à pleurer et déclara à quel point elle était déçue de ne pas pouvoir avoir d'enfants... Tandis que la fin de l'année approchait, ils décidèrent, presque avec bonheur, de rester ensemble et d'essayer de recoller les morceaux. De toute façon, il n'avait jamais été question de divorce. Sa femme était catholique.

Donc, reprit Acum, ils s'installèrent ensemble dans le nord du pays de Galles où ils étaient assez heureux. Du moins ils l'étaient jusqu'à ce que toute cette histoire leur explose à la figure avec le meurtre de Reggie Baines, dont il était totalement innocent, il le jurait sur l'honneur. Du chantage? C'était ridicule. La seule personne qui le tenait était Valerie Taylor. Et il n'avait plus jamais eu la moindre nouvelle d'elle depuis le jour de sa disparition. Il ignorait même si elle était morte ou encore en vie.

L'interrogatoire s'était arrêté là. Ou presque. Morse lui-même administra le *coup de grâce* qui mit fin à la torture infligée par sa théorie tortueuse.

— Votre femme a-t-elle son permis de conduire?

Acum le dévisagea avec quelque surprise.

— Non. Elle n'a jamais conduit de sa vie. Pourquoi?

En roulant dans la nuit, Lewis revivait cette entrevue. En songeant aux faits énoncés par Acum, il ressentit de plus en plus de sympathie pour le pauvre homme amer, déprimé qui était assis à côté de lui, fumant cigarette sur cigarette (ce qui ne lui était pas coutumier) et qui devait se sentir terriblement en colère contre lui-même...

Pourquoi avait-il fait fausse route? Où s'était-il trompé? La question résonnait tel un écho dans l'esprit de Morse comme si un interlocuteur installé dans son cerveau ne cessait de la lui répéter comme une litanie. Il réfléchit à sa première analyse de l'affaire. Celle qui désignait Mrs Taylor comme meurtrière non seulement de Reginald Baines mais aussi de sa fille Valerie. Comme il était à présent facile de voir à quel point elle était erronée ! Son raisonnement s'était heurté au mur de l'improbabilité et de l'impossibilité. Il était en effet improbable que Mrs Taylor ait tué sa fille unique (les mères ne faisaient pas souvent ce genre de choses, non ?), et il était impossible que quiconque ait assassiné Valerie le jour de sa disparition, car trois jours plus tard, bien vivante, elle était montée dans un taxi devant une clinique londonienne. Oui, la première analyse venait d'être réduite en miettes par les faits et gisait maintenant sous les mers. C'était aussi simple que cela.

Et la deuxième analyse ? Elle avait semblé correspondre à tous les faits, ou presque. Où était la faille ? Une fois de plus, la logique de Morse s'était heurtée à l'écueil de la déraison. L'improbabilité flagrante que Valerie Taylor ait eu un mobile suffisant ou une occasion adéquate de tuer un homme qui ne semblait représenter qu'une menace mineure sur son bonheur futur. L'impossibilité pure et simple que la femme qui vivait avec David Acum soit Valerie Taylor. Ce n'était pas elle. C'était Mrs Acum. Les deux analyses gisaient côte à côte, épaves irrécupérables au fond de l'océan.

Morse tenta presque frénétiquement de chasser ces pensées de son esprit. Il s'efforça d'évoquer un rêve de jolies femmes mais en vain. Il dut essayer de se projeter un film non censuré d'un érotisme torride. Il essaya si fort... Mais les satanées réalités concrètes de l'affaire Taylor encombraient son cerveau, interdisant l'accès des fantasmes presque interdits et replongeaient Morse dans une humeur morose et déprimée. Les faits, les faits, les faits ! Il les passa pour la énième fois en revue tandis qu'ils défilaient dans son esprit. Si seulement il s'en était tenu aux faits ! Ainley était mort, c'était un fait. Quelqu'un avait écrit une lettre le lendemain, c'était un fait. Valerie était en vie dans les jours qui avaient suivi sa disparition, c'était un fait. Baines était mort, c'était un fait. Mrs Acum était bien Mrs Acum, c'était un fait. Mais à partir de là, il ne possédait que peu de faits. Très peu. De nombreux faits potentiels. Une fois de plus, ils se regroupèrent et paradèrent dans sa tête... Il secoua vivement la tête, se disant qu'il devenait fou.

Il voyait que Lewis se concentrait sur la route. C'est Lewis qui lui avait posé la question, la seule question, qui l'avait complètement anéanti. Pourquoi Baines avait-il écrit cette lettre ? Pourquoi ? Il ne s'était jamais attaqué au problème de façon assez satisfaisante et à présent elle le tourmentait de nouveau. Pourquoi ? Pourquoi ? Pourquoi ?

C'était tandis qu'ils longeaient à vive allure l'ancienne Watling Street, à la sortie de Wellington, que Morse élabora en un éclair une réponse possible à cette question inopportune. Une réponse d'une simplicité incroyable et dévastatrice. Il entoura sa petite découverte comme une mère apeurée protège son enfant unique dans les ruines d'une ville victime d'un tremblement de terre... A présent, le manège ralentissait... Les pubs étaient fermés depuis longtemps et les frites étaient froides... Son esprit redevenait normal... C'était bien mieux ainsi ! Méthodiquement, il se mit à déshabiller en pensée Miss Yvonne Baker.

Lewis avait pratiquement la route pour lui. Il était plus d'une heure du matin et les deux hommes n'avaient pas échangé une parole. Étrangement, le silence avait semblé se renforcer progressivement.

Toute conversation semblait à présent aussi sacrilège que de rompre le silence devant le cénotaphe.

Pendant la dernière partie du trajet, son esprit vagabonda parmi les événements quasi surréalistes des dernières heures. Il s'arrêta sur le début de l'enquête. Bien sûr, Valerie avait tout simplement fichu le camp. Il l'avait dit dès le départ. Elle en avait assez du lycée et de sa famille, elle voulait connaître les lumières de la ville, l'excitation et le glamour de la grande ville. Une fois débarrassée de l'enfant non désiré, elle s'était retrouvée jeune femme moderne et dans le vent. Plutôt satisfaite, peut-être même heureuse. La dernière chose qu'elle voulait était retourner auprès de sa mère capricieuse et de son beau-père indifférent. Tout le monde était ainsi, à un moment ou à un autre. On a tous envie de tout recommencer, d'avoir une nouvelle vie. C'était comme renaître... A son âge, il avait eu envie de s'enfuir de chez lui... Concentre-toi, Lewis ! Oxford, 45 kilomètres. Il jeta un coup d'œil vers l'inspecteur et sourit intérieurement. Le pauvre vieux était endormi.

Ils n'étaient plus qu'à une quinzaine de kilomètres d'Oxford quand Lewis prit conscience que Morse avait marmonné quelques mots indistincts. Des paroles dénuées de sens. Pourtant, petit à petit, elles commencèrent à prendre une forme que Lewis comprit presque.

— Satanées photos !... La reconnaître... satanées photos...

— On arrive, monsieur.

C'était la première fois qu'il s'exprimait depuis plus de cinq heures et sa voix parut étrangement forte.

Morse se réveilla et regarda autour de lui.

— J'ai dû m'assoupir, Lewis. Ce n'est pas dans mes habitudes.

— Vous voulez boire un verre chez moi ou une tasse de café avec quelque chose à grignoter ?

— Non. Mais merci quand même.

Il se hissa hors de la voiture comme s'il était fourbu d'arthrite, bâilla longuement et s'étira.

— Prenons notre journée, demain, Lewis. D'accord ? Vous l'avez bien mérité.

Lewis était de son avis. Il gara la voiture de police, récupéra son propre véhicule et lui fit un signe d'adieu d'un geste las.

Morse entra au Q.G. et longea le couloir sombre jusqu'à son bureau. Il ouvrit son placard à dossiers et parcourut les premiers documents de l'affaire Taylor. Il trouva presque immédiatement ce qu'il cherchait et baissa les yeux sur cette lettre si familière. Une fois de plus, son esprit était remis sur les rails bien luisants. Ce devait être cela !

Il se demanda si Lewis lui pardonnerait un jour.

## CHAPITRE XXXVIII

« Et il n'en resta que deux. »

*Dix petits nègres*

— ... *Généralement pas apprécié. Nous assumons tous que l'instinct sexuel est si puissant, si primitivement prédominant qu'il doit...*

Morse venait de se réveiller, dans une forme étonnante. Il passa sur Radio 3 puis sur Radio Oxford. Mais aucune des stations ne semblait disposée à indiquer l'heure qu'il était, aussi revint-il sur Radio 4.

— ... *Et notamment par Freud. Supposez que vous soyez échoué sur une île déserte pendant trois jours sans vivres. Lequel de vos instincts souhaiterez-vous avant tout assouvir ?*

Soudain intéressé, Morse monta le son. C'était une voix pédante, un peu efféminée.

— ... *Supposez qu'une superbe blonde apparaisse portant un appétissant steak-frites.*

Se penchant pour augmenter encore le volume, Morse toucha involontairement le bouton. Le temps de rectifier son erreur, il était clair que la superbe blonde avait perdu aux points.

— ... *Alors vous vous jetez goulûment sur le steak et...*

Morse éteignit la radio.

— Ta gueule, pauvre pédé, dit-il à voix haute.

Puis il se leva, s'habilla, descendit au rez-de-chaussée pour appeler l'horloge parlante.

— Au premier top, il sera onze heures, vingt-huit minutes et quarante secondes.

Elle avait une belle voix. Morse se demanda si c'était une blonde. Cela faisait plus de vingt-quatre heures qu'il n'avait pas mangé. Mais pour l'heure, le steak-frites arrivait bon dernier dans la liste de ses désirs.

Sans prendre la peine de se raser, il se rendit au *Fletchers'Arms*, où il observa d'un air soupçonneux les sandwiches « frais » sous Cellophane et commanda un verre de bitter. A 12 h 45, il en avait bu quatre pintes et sentait une douce langueur envahir ses membres. Il rentra doucement chez lui et s'écroula tout habillé sur son lit. C'était cela, la vie.

A son réveil, à 17 h 20, il se sentait vaseux. Il se demanda s'il était à la fin de sa jeunesse ou au début de la vieillesse.

A 18 heures, il était assis dans son bureau en train de le débarrasser de ses ordures. Il y avait plusieurs messages pour lui. Il les jeta un par un dans un cendrier qui n'avait jamais été vide et ne le serait jamais. Il y avait un autre message sur son bloc-notes. « Appeler le 01 — 787 24392. » Morse feuilleta l'annuaire pour apprendre que le 787 était l'indicatif de Stoke Newington. Il composa le numéro.

— Allô ? fit une voix très sensuelle.

— Morse à l'appareil. J'ai trouvé votre message. Heu, que puis-je faire pour vous ?

— Ah, inspecteur, roucoula la voix. C'est hier que je voulais vous joindre, mais ce n'est pas grave. Je suis si heureuse que vous ayez appelé.

Elle parlait lentement en espaçant chaque mot.

— Je me demandais simplement si vous aimeriez me revoir, vous savez, pour faire une déposition, ou quelque chose comme ça. Je me demandais si vous alliez revenir... peut-être ?

— C'est très gentil à vous, Miss, heu, Yvonne. Mais je crois que c'est l'inspecteur en chef Rogers qui va venir vous voir. Toutefois, nous allons avoir besoin de votre déposition, vous avez raison.

— Est-il aussi gentil que vous, inspecteur ?

— Beaucoup moins, répondit Morse.

— Tant pis. Mais ce serait si agréable de vous revoir.

— C'est vrai, fit Morse avec conviction.

— Bon, eh bien, je vais vous laisser. J'espère que mon appel ne vous aura pas ennuyé ?

— Heu, non, bien sûr que non. Je suis ravi d'entendre à nouveau votre voix.

— Alors n'oubliez pas, si vous passez par ici, il faut venir me voir.

— Très bien, je le ferai, mentit Morse.

— J'aimerais beaucoup vous revoir.

— Moi aussi.

— Vous avez mon adresse, n'est-ce pas ?

— Oui, je l'ai.

— Et vous avez noté mon numéro de téléphone ?

— Heu, oui, bien sûr.

— Alors au revoir. A bientôt.

Au ton de sa voix, Morse devina qu'elle devait être couchée, glissant sensuellement les mains sur son corps superbe. Tout ce qu'il avait à faire était de dire oui. Londres n'était pas très loin et il était encore tôt. Il l'imagina telle qu'il l'avait vue le soir de leur entrevue, avec le premier bouton de son pyjama défait. Ses doigts déboutonnèrent les autres en pensée, un par un, pour ouvrir doucement le vêtement.

— Au revoir, dit-il tristement.

Il se rendit à la cantine et commanda un café noir.

— Je croyais que vous aviez pris votre journée, fit une voix derrière lui.

— Vous devez vraiment aimer cet endroit, Lewis !

— J'ai téléphoné. Ils ont dit que vous étiez là.

— Vous ne pouviez pas rester chez vous ?

— Non. Ma femme dit que je traîne dans ses jambes.

Ils s'assirent. Ce fut Lewis qui exprima ses pensées.

— Où allons-nous, maintenant ?

— Je l'ignore, fit Morse en secouant la tête d'un air sceptique.

— Vous voulez bien me dire une chose ?

— Si je le peux.

— N'avez-vous pas la moindre idée de la personne qui a tué Baines ?

— Et vous ? répondit Morse en remuant son café.

— Le vrai problème, c'est qu'il semble que nous ayons éliminé tous les suspects. Il ne nous reste plus grand monde.

— Nous ne sommes pas encore vaincus, dit l'inspecteur, reprenant soudainement le moral. Nous nous sommes un peu perdus dans ce labyrinthe et nous ne voyons toujours pas le bout du tunnel, mais...

Il s'interrompit et regarda par la fenêtre. Une bourrasque de vent fit tomber les feuilles des arbres

— Mais quoi, monsieur ?
— Quelqu'un a dit un jour que la fin c'était le début, Lewis.
— On ne peut pas dire que cela nous avance à grand-chose.
— Ah, mais si. Voyez-vous, nous savons quel était le début.
— Ah bon ?
— Oui. Nous savons que Phillipson a rencontré Valerie un soir et nous savons que lorsqu'il a été nommé proviseur, il a découvert que c'était l'une de ses élèves. Voilà où tout a commencé, et c'est là qu'il faut regarder. Nulle part ailleurs.
— Vous voulez dire... Phillipson ?
— Ou Mrs Phillipson.
— Vous ne croyez pas...
— Lequel des deux nous importe peu. Ils ont le même mobile. Ils ont eu la même occasion d'agir.
— Comment allons-nous nous y prendre ?
— Comment vous allez vous y prendre, vous voulez dire. Je vous laisse faire, Lewis.
— Ah.
— Vous voulez un conseil ?
Morse sourit faiblement.
— J'ai du culot, hein, de vous donner des conseils ?
— Bien sûr que je veux vos conseils, répondit doucement Lewis. Nous le savons tous les deux.
— D'accord. Voici une devinette. Vous cherchez une feuille dans la forêt et vous cherchez un cadavre sur un champ de bataille. D'accord ? Où chercheriez-vous un couteau ?
— Dans une quincaillerie ?
— Non. Pas un couteau neuf. Un couteau qui a déjà servi, et souvent, si souvent que la lame est émoussée.

— Dans une boucherie ?

— Vous chauffez. Mais nous n'avons aucun boucher dans cette affaire.

— Une cuisine ?

— Ah ! quelle cuisine ?

— Celle de Phillipson ?

— Ils n'ont qu'un couteau. Il aurait disparu, non ?

— Peut-être qu'il avait disparu.

— Je ne le crois pas, mais vous allez devoir vérifier. Non, nous cherchons un endroit où on utilise quotidiennement un couteau, de nombreux couteaux. Un endroit où nul ne remarquerait la disparition de l'un d'entre eux, un endroit qui est au cœur de l'enquête. Allez, Lewis ! des tas de gens en train de couper des patates et des carottes et de la viande...

— La cantine du lycée Roger Bacon, dit lentement Lewis.

— C'est une idée, non ? fit Morse en hochant la tête.

— Oui, admit Lewis qui réfléchit quelques instants. Mais pourquoi voulez-vous que je m'en occupe ? Et vous ?

— Je dois m'occuper de la dernière piste qu'il nous reste.

— A savoir ?

— Je vous l'ai dit. Le secret de cette affaire se trouve dans le début. Phillipson et Valerie Taylor. Vous en avez une moitié, je prends l'autre.

— Vous voulez dire...

Lewis n'en avait pas la moindre idée.

— Ouais, fit Morse en se levant. Vous voyez chez les Phillipson. Moi, je vais devoir trouver Valerie.

Il baissa les yeux vers Lewis et lui adressa un sourire désarmant.

— Où devrais-je commencer à chercher, selon vous ?

— J'ai toujours pensé qu'elle était à Londres, dit Lewis en se levant à son tour. Vous le savez. Je crois qu'elle a...

Mais Morse ne l'écoutait plus. Il se sentit parcouru d'un frisson et une lumière s'alluma soudain dans ses yeux bleu pâle.

— Pourquoi pas, Lewis, pourquoi pas ?

Il retourna dans son bureau et composa immédiatement le numéro. Après tout, c'est elle qui l'avait invité, non ?

# CHAPITRE XXXIX

> « Le meilleur moyen que je connaisse pour attraper un train, c'est de rater le précédent. »
>
> G. K. CHESTERTON

— Maman ?

Alison parvint à froncer les sourcils de façon très convaincante tandis que sa mère la bordait dans son lit. Il était 20 heures.

— Oui, chérie ?

— Est-ce que les policiers vont revenir voir papa quand il rentrera ?

— Je ne crois pas, chérie. Ne t'inquiète pas pour cela.

— Il est pas parti en prison ou ailleurs, hein ?

— Bien sûr que non. Ne dis pas de bêtises. Il va rentrer ce soir, tu le sais, et je lui dirai de venir te faire un gros bisou, c'est promis.

Alison se tut quelques instants.

— Maman, il n'a rien fait de mal, hein ?

— Mais non, voyons. Ne dis pas de bêtises.

Alison fronça de nouveau les sourcils et leva les yeux vers sa mère.

— Même s'il avait fait quelque chose de mal, il serait toujours mon papa, hein ?

— Oui. Il sera toujours ton papa, quoi qu'il arrive.

— Et on lui pardonnera ?

— Oui, ma chérie. Et tu pardonnerais aussi à maman, n'est-ce pas, si elle faisait quelque chose de mal ? Surtout si...

— N'aie pas peur, maman. Dieu pardonne à tout le monde. Ma maîtresse dit que tout le monde devrait faire comme lui.

Mrs Phillipson descendit lentement les marches, les yeux embués de larmes.

Morse laissa la Jaguar chez lui et se rendit à pied à la gare. Il mit presque une heure. Il n'était pas très sûr de la raison pour laquelle il avait décidé de faire cela. Mais il avait à présent l'esprit clair et cet exercice peu coutumier lui avait fait du bien. A 20 h 20, devant le buffet de la gare, il regarda aux alentours. Il faisait nuit, mais en face, les réverbères scintillaient sur les quelques maisons de Kempis Street. Elles étaient si proches ! Il n'avait pas vraiment réalisé combien elles étaient proches de la gare. Une centaine de mètres ? Pas plus, c'est certain. Il suffit de descendre du train, quai numéro 2, d'emprunter le passage souterrain, de donner son billet... L'espace d'un instant, il demeura immobile, sentant un frisson familier lui parcourir le dos. Il prenait le train de 20 h 35, celui-là même que Phillipson aurait pu prendre, ce soir fatal, il y a si longtemps... Arrivée à Paddington vers 21 h 40. Taxi. Voyons... Oui, avec un peu de chance, il y serait vers 22 h 15.

Il prit un billet de première classe et se rendit sur le quai numéro 1. Presque aussitôt, un haut-parleur annonça de quelque part sur le toit de la gare : « Le train arrivant quai numéro 1 est à destination de Reading et Paddington uniquement. Les voyageurs pour... » Mais Morse n'écoutait pas.

Il s'installa confortablement et ferma les yeux. Quel imbécile ! Tout était si simple. Lewis avait trouvé la pile de cahiers dans le débarras et avait juré qu'il n'y avait pas de poussière sur le premier. Et Morse n'avait fait que crier après son fidèle sergent. Bien sûr qu'il n'y avait pas de poussière sur le premier cahier ! Quelqu'un avait pris celui du dessus, qui lui-même devait être couvert de poussière. On l'avait pris récemment. Si récemment que le suivant était à peine poussiéreux quand Lewis l'avait trouvé. Ce quelqu'un s'appelait Baines. Il l'avait emporté chez lui et l'avait étudié avec soin. Mais pas parce qu'il voulait écrire une fausse lettre de Valerie Taylor. C'était là l'une des plus grandes erreurs de Morse. Comme il l'avait deviné au cours de la nuit, il y avait une réponse très simple à la question de savoir pourquoi Baines avait écrit cette lettre aux parents de Valerie. *Il ne l'avait pas écrite*. Mr et Mrs Taylor avaient reçu la lettre le mercredi matin et avaient hésité à la montrer à la police. C'est George Taylor qui l'avait avoué à Morse. Pourquoi ? De toute évidence, ils n'étaient pas certains qu'elle fût de la main de Valerie. Il s'agissait peut-être d'une mauvaise plaisanterie. C'est certainement Mrs Taylor qui l'avait montrée à Baines. Très sagement, Baines avait pris un cahier dans le débarras et écrit sa propre version du bref message, en recopiant aussi fidèlement que possible le style de Valerie dans le cahier de sciences appliquées. Ensuite, il avait comparé les deux versions avant de déclarer à Mrs Taylor que, à son avis, la lettre était authentique. Voilà comment les choses avaient dû se passer. Et il y avait autre chose. En toute logique, les Taylor n'avaient aucune idée de l'endroit où se trouvait leur fille. Cela faisait plus de deux ans qu'ils n'avaient aucune nouvelle. S'ils furent si troublés par cette lettre, il n'y avait qu'une explication incontournable : les Taylor étaient innocents dans cette affaire. Continue, Morse ! Continue ! Les pièces commençaient à se mettre tranquillement en place. Continue !

Si cette hypothèse était exacte, il était fort probable que Valerie était vivante et qu'elle avait écrit cette lettre, comme Peters l'avait dit, comme Lewis l'avait dit, et lui-même avait affirmé le contraire. De plus, comme il l'avait appris la veille au soir, il y avait à présent une preuve très intéressante. C'est Acum qui la lui avait fournie. Valerie utilisait toujours l'expression « tout va bien ». A son retour, Morse avait vérifié sur la lettre :

> « Je voulais juste vous dire que tout va bien alors ne vous en faites pas. Désolée de ne pas avoir écrit plus tôt mais tout va bien. »

Et Ainley (le pauvre Ainley) savait non seulement qu'elle était vivante, mais il l'avait retrouvée. Morse en avait la certitude. Du moins, il savait où la trouver. Ce vieil Ainley si flegmatique et besogneux ! Un bien meilleur flic qu'il ne le serait jamais (n'est-ce pas ce que Strange avait dit, au début de l'enquête ?). Valerie ne pouvait se douter des remous causés par sa disparition. Après tout, des centaines de jeunes filles disparaissaient chaque année. Des centaines. Mais avait-elle été mise au courant, si longtemps après ? Ainley l'avait-il rencontrée ? Lui avait-il parlé ? C'était fort probable, car le lendemain elle avait écrit à ses parents pour la première fois. C'était tout. Juste ce petit mot griffonné. Et on avait fait appel à ce guignol de Morse ! La belle affaire ! Quel chantier il en avait fait !

Ils arrivaient dans la banlieue londonienne. Morse sortit dans le couloir et alluma une cigarette. Une seule chose l'inquiétait, à présent. Une pensée qui lui avait traversé l'esprit alors qu'il se trouvait devant le buffet de la gare et regardait en direction de Kempis Street. Mais il en saurait bientôt assez long. Très bientôt, il saurait tout.

## CHAPITRE XL

« Car nous nous connaissions depuis
[longtemps,
Et je savais tout d'elle. »

A. E. HOUSMAN, *Derniers poèmes*

Peu après 22 h 30, Morse régla le chauffeur de taxi en lui laissant un pourboire. La course lui coûta plus cher que son aller-retour en première classe Oxford-Londres. Au pied de l'immeuble, il trouva comme la dernière fois deux ascenseurs, l'un menant aux étages pairs, à gauche, et un autre pour les étages impairs, à sa droite. Il se rappelait à quel étage elle habitait. Bien sûr qu'il se le rappelait.

Elle était radieuse. C'était le meilleur qualificatif qu'on puisse trouver, bien qu'il y en eût beaucoup d'autres. Elle était vêtue d'un fin tricot noir dans lequel son opulente poitrine nue ballottait avec une sensualité irrésistible, et d'une longue jupe noire, fendue très haut sur la jambe, laissant planer un doute sublime sur ce qu'elle portait en dessous. Sa bouche, comme Morse l'avait déjà constaté, était brillante et attirante, ses lèvres humides et entrouvertes, ses dents d'un blanc éclatant... Mon Dieu, ayez pitié de notre âme !

— Qu'aimeriez-vous boire, inspecteur ? Whisky, gin ?

— Whisky, s'il vous plaît. Ce sera parfait.

Elle disparut dans la cuisine. Morse se dirigea vivement vers une petite bibliothèque, près du canapé en cuir. Il parcourut rapidement les couvertures des ouvrages et les replaça tout aussi vite. Un seul retint son attention, l'espace de quelques secondes. Les yeux bleu pâle s'illuminèrent d'une lueur de satisfaction, voire de surprise.

Quand Yvonne revint avec un grand whisky dans un verre ciselé, le policier était installé sur le divan. Elle prit place à côté de lui.

— Vous ne buvez pas, vous ?

— Tout à l'heure, murmura-t-elle en plongeant les yeux dans son regard.

Elle passa un bras sous le sien et effleura son poignet du bout des doigts.

Il prit doucement sa main avec l'impression délicieuse qu'une onde électrique lui parcourait les veines jusqu'aux tempes. Il baissa les yeux vers sa main gauche si délicate et aperçut à la base de son index la ligne blanche d'une ancienne cicatrice, comme celle qui était mentionnée dans le dossier médical de Valerie Taylor, qui s'était blessée avec un couteau de cuisine, à Kidlington, quand elle était élève au lycée Roger Bacon.

— Quel est votre prénom ? demanda-t-elle soudain. Je ne vais pas vous appeler « inspecteur » toute la nuit.

— C'est drôle, répondit Morse, mais personne ne m'appelle jamais par mon prénom.

Elle effleura sa joue de ses lèvres et glissa la main le long de la cuisse du policier.

— Ce n'est pas grave. Si vous n'aimez pas votre prénom, vous pouvez toujours en changer, vous savez. Il n'y a aucune loi contre ça.

— Non, c'est vrai. Je pourrais le changer, si je le voulais. Tout comme vous avez changé le vôtre.

Elle se raidit et elle dégagea son bras.

— Et qu'est-ce que vous voulez dire, au juste ?

— La dernière fois que je vous ai vue, vous m'avez dit que vous vous appeliez Yvonne. Mais ce n'est pas votre vrai nom, n'est-ce pas, Valerie ?

— Valerie ? Mais ce n'est pas...

Elle ne put aller plus loin. Son visage superbe afficha une expression perplexe.

— Écoutez, inspecteur, quel que soit votre nom, fit-elle en se levant, je m'appelle Yvonne Baker, autant que ce soit clair avant d'aller plus loin. Et si vous ne me croyez pas, vous n'avez qu'à appeler le couple qui vit à l'étage au-dessous. Je suis allée à l'école avec Joyce, dans Seven Sisters Road...

— Allez-y, fit Morse. Téléphonez à votre ancienne camarade de classe si vous le souhaitez. Pourquoi ne pas lui dire de monter nous rejoindre ?

Un éclair de colère traversa alors son visage, qui parut un peu moins beau. Elle hésita, puis prit le téléphone et composa un numéro.

Morse s'installa confortablement et sirota son whisky, l'air satisfait. Même de l'endroit où il se trouvait, il entendait clairement la sonnerie bourdonnante, à l'autre bout du fil. Il se surprit à les compter mentalement... Elle finit par raccrocher et par s'asseoir à côté de lui. Il tendit la main et prit un exemplaire de *Jane Eyre*, en format relié, qu'il ouvrit. A l'intérieur était collée l'étiquette du lycée Roger Bacon, sur laquelle apparaissait le nom de Valerie Taylor, à la suite de ses prédécesseurs littéraires :

Angela Lowe 5C
Mary Ann Baldwin 5B
Valerie Taylor 5C

— Alors ? fit-il en lui tendant l'ouvrage.

— Alors quoi ? répondit-elle en secouant la tête.

— Il est à vous ?

— Bien sûr que non. Il est à Valerie, vous le voyez bien. Elle me l'a prêté à la clinique. C'était l'un des ouvrages au programme de ses examens et elle s'était dit que je l'aimerais bien. Mais je n'ai pas eu le temps de le lire et... J'ai oublié de le lui rendre, c'est tout.

— C'est votre version ?

— Ce n'est pas *ma* version. C'est la vérité ! Je ne sais pas...

— Que s'est-il passé, chez vous, Valerie ? Avez-vous...

— Oh, non ! Qu'est-ce que vous racontez ? Je ne suis pas Valerie. C'est... Je... Je... Je ne sais pas par où commencer. Écoutez, mes parents vivent à Uxbridge, vous comprenez. Je peux leur téléphoner. Vous n'avez qu'à les appeler, vous. Je...

— Je connais vos parents, Valerie. Vous en aviez tellement marre que vous êtes partie. Sans un mot d'explication, du moins jusqu'à ce qu'Ainley vous retrouve. Ensuite, enfin, vous avez écrit chez vous...

— Qu'est-ce que vous racontez ? Ainley ? Qui est-ce ? J'ai... Oh, et puis zut !

Sa voix était à présent aiguë et dure, mais la jeune femme s'écroula soudain contre le dossier du canapé, presque désespérée.

— D'accord, inspecteur ! Comme vous voudrez. Racontez-moi donc ce qui s'est passé.

— Vous leur avez écrit, reprit Morse. Vous ne

vous étiez pas rendu compte des problèmes que vous aviez provoqués jusqu'à ce que l'inspecteur Ainley vous rencontre. Mais Ainley s'est tué. Il a eu un accident de voiture en rentrant à Oxford, le jour où il est venu vous voir.

— Désolée de vous interrompre, inspecteur. Mais je croyais que j'étais Yvonne Baker. Quand suis-je soudain devenue Valerie Taylor ?

Elle avait une voix plus posée.

— Vous avez rencontré Yvonne à la clinique. Vous en aviez marre de vos parents, de l'école, et Yvonne... Enfin, c'est sans doute elle qui vous a donné l'idée. Disons que c'était une fille qui avait les moyens, des parents fortunés. Elle partait sans doute se reposer un an en Suisse après l'avortement. Pourquoi ne pas prendre son nom ? Recommencer une nouvelle vie ? Vous n'aviez rien à perdre. Vous aviez décidé de ne pas rentrer chez vous, quoi qu'il arrive. De toute façon, vous ne voyiez pas souvent votre mère, à part le midi. Et elle ne pensait qu'à picoler ou à jouer au bingo. Et aux hommes, bien sûr. Et il y avait votre beau-père. Pas très brillant, peut-être, mais plutôt gentil, à sa façon. Jusqu'à ce qu'il commence à apprécier un peu trop sa jolie belle-fille. Et votre mère l'a appris, je crois, et quand vous vous êtes retrouvée enceinte, elle a eu des soupçons terribles. Elle a cru que c'était peut-être lui, le père. Et elle était folle de rage. Ce fut la goutte d'eau qui a fait déborder le vase. Il fallait que vous partiez. Et vous l'avez fait. Par chance, vous aviez quelqu'un pour vous aider, votre proviseur. Inutile d'entrer dans les détails, vous les connaissez aussi bien que moi. Vous pouviez compter sur lui. Il a réservé à la clinique et vous a donné de l'argent. Vous avez sans doute fait votre valise la veille et pris rendez-vous avec lui pour la cacher dans le coffre de la voiture. Puis, le mardi, il est venu vous chercher après le début des cours, l'après-midi, et vous a conduite à la gare. Vous n'aviez qu'un sac, contenant probablement vos vêtements. Vous vous êtes changée dans le train puis êtes allée à la clinique. Je continue ?

— Je vous en prie. C'est passionnant !

— Interrompez-moi si je me trompe.

— Mais...

Elle se tut et se contenta de secouer la tête.

— A présent, je ne fais que deviner. Mais je pense qu'Yvonne vous a trouvé un travail, disons dans un magasin du West End. Le marché du travail n'était pas encore encombré par les jeunes gens sortant de l'école, et cela vous a été assez facile. Il vous fallait des références. Mais vous avez téléphoné à Phillipson pour le lui expliquer et il s'est occupé de tout. C'était votre premier emploi. Pas de problème, pas de formalités, rien.

Morse se tourna de nouveau vers la créature élégante et sophistiquée qui se trouvait à côté de lui. On ne la reconnaîtrait plus, à Kidlington. Ils ne se rappelaient que la lycéenne en chaussettes rouges et chemisier blanc. Ces deux-là attireraient toujours les hommes, la mère et la fille. Elles partageaient la même sensualité impalpable et pénétrante, et la nature les avait gâtées.

— Vous avez fini ? demanda-t-elle tranquillement.

— Non, rétorqua Morse d'un ton brusque. Où étiez-vous lundi dernier, le soir ?

— Lundi soir ? En quoi cela vous regarde ?

— Quel train avez-vous pris le soir où Baines a été tué ?

— Quel train ? demanda-t-elle, l'air abasourdi. Je n'ai pas...

— Vous n'y êtes pas allée, ce soir-là ?

— Où ça ?

— Vous le savez bien. Vous avez sans doute pris le train de 20 h 15 à Paddington pour arriver à Oxford à 21 h 30.

— Vous êtes fou ! J'étais à Hammersmith, lundi soir.

— Ah bon ?

— Oui ! Je vais à Hammersmith tous les lundis soir.

— Continuez.

— Vous voulez vraiment le savoir ?

Son regard se fit plus doux et elle secoua tristement la tête.

— Si vous voulez le savoir, il y a une sorte de... une sorte de fête qui a lieu tous les lundis soir.

— A quelle heure ?

— Ça commence vers 21 heures.

— Et vous y étiez lundi dernier ?

Elle hocha la tête presque brutalement.

— Vous dites que vous y allez tous les lundis ?

— Oui.

— Pourquoi n'y êtes-vous pas, ce soir ?

— Je... Eh bien, je me suis dit... Quand vous avez appelé.

Elle eut un regard lugubre.

— Je ne pensais pas que les choses se passeraient comme ça.

— A quelle heure se terminent ces fêtes ?

— Elles ne finissent pas.

— Vous voulez dire que vous restez toute la nuit ?

Elle opina de la tête.

— Des partouzes ?
— D'une certaine façon.
— Qu'est-ce que vous voulez dire ?
— Vous le savez bien. Ça se passe comme d'habitude. D'abord, des films...
— Des films porno ?
Elle hocha de nouveau la tête.
— Et ensuite ?
— Oh, je vous en prie ! A d'autres ! Vous essayez de vous faire du mal, ou quoi ?
Elle se trouvait bien trop près de la vérité. Morse se sentit très embarrassé. Il se leva et chercha des yeux son manteau.
— Vous allez devoir me donner l'adresse, vous savez.
— Mais je ne peux pas. Je...
— Ne vous en faites pas, dit Morse d'un ton las. Je ne fouillerai pas plus que nécessaire.
Il balaya une nouvelle fois l'appartement luxueux du regard. Elle devait gagner pas mal d'argent. Il se demanda s'il s'agissait d'un dédommagement pour les peines de cœur et la jalousie qu'elle devait subir autant que lui. Ou peut-être les gens n'étaient-ils pas tous les mêmes. Peut-être n'était-il pas possible de vivre comme elle l'avait fait et de garder intactes les sentiments plus fins, plus tendres.
Il la regarda, assise devant un petit bureau, notant quelque chose sur un papier. Sans doute l'adresse de cette maison obscène à Hammersmith. Il en avait besoin, quoi qu'il arrive Mais cela avait-il vraiment de l'importance ? Il savait d'instinct qu'elle s'y trouvait, le lundi précédent, parmi les vieux messieurs riches et lubriques, qui bavaient sur des films pornographiques en pelotant les prostituées de luxe assises sur leurs genoux, occupées à défaire leur braguette.

Et alors ? Lui aussi était un vieux monsieur lubrique, non ? Il n'en était pas loin, en tout cas. Il lui restait un minimum de sensibilité. Un tout petit peu.

Elle vint vers lui. L'espace d'un instant, elle fut de nouveau très belle.

— J'ai été très patiente avec vous, inspecteur, vous ne croyez pas ?

— Je suppose que oui. Patiente, mais pas particulièrement coopérative.

— Je peux vous poser une question ?

— Bien sûr.

— Vous voulez coucher avec moi, ce soir ?

— Non, fit-il, la gorge soudain très sèche.

— C'est vrai ?

— Oui.

— Très bien, fit-elle d'une voix plus brutale. Alors je vais être coopérative, comme vous dites.

Elle lui tendit une feuille de papier sur laquelle étaient notés deux numéros de téléphone.

— Le premier est celui de mon père. Vous aurez peut-être à le tirer du lit, mais il est certainement chez lui, en ce moment. L'autre est celui des Wilson, de l'étage au-dessous. Comme je vous l'ai dit, j'étais à l'école avec Joyce. J'aimerais que vous les appeliez tous les deux, s'il vous plaît.

Morse prit le papier sans un mot.

— Et prenez aussi ceci, dit-elle en lui tendant un passeport. Je sais qu'il est périmé, mais je ne suis allée à l'étranger qu'une seule fois. En Suisse, il y a trois ans, en juin.

Les sourcils froncés, Morse ouvrit le passeport. Le visage très reconnaissable de Miss Yvonne Baker lui sourit avec un petit air moqueur, sur un photomaton. Trois ans, en juin... alors que Valerie Taylor était toujours à l'école à Kidlington. Bien avant qu'elle... Avant...

Morse ôta son manteau et se rassit sur le divan.

— Yvonne, téléphonez à vos voisins du dessous. Et si vous voulez être gentille, j'aimerais avoir un autre whisky. Un double.

A Paddington, on l'informa que le dernier train pour Oxford était parti une demi-heure plus tôt. Il entra dans la lugubre salle d'attente, posa les pieds sur un banc et s'endormit sans tarder.

A 3 h 30, une main ferme lui secoua l'épaule. Il leva les yeux vers un agent de police barbu.

— Vous ne pouvez pas dormir ici, monsieur. Je vais devoir vous demander de circuler.

— Vous n'allez tout de même pas refuser à un homme un petit roupillon, monsieur l'agent ?

— Je vais devoir vous demander de circuler, monsieur.

Morse faillit lui dire qui il était. Mais les autres dormeurs se faisaient réveiller en même temps que lui et il ne voyait pas pourquoi il aurait droit à un traitement de faveur.

— Très bien, monsieur l'agent. Tout va bien.

Voilà ce que Valerie aurait dit. Mais il chassa cette pensée et sortit d'un pas traînant de la gare. Il aurait peut-être plus de chance à Marylebone. Il fallait bien qu'il ait de la chance quelque part.

## CHAPITRE LXI

> « Pilate lui dit : qu'est-ce que la vérité ? »
>
> Jean, 18

Donald Phillipson était inquiet. Bien sûr, le sergent avait été très correct, et très poli. « Vérifications de routine », rien de plus. Mais l'étau de la police commençait à se resserrer dangereusement sur lui. Un couteau qui manquait peut-être à la cantine du lycée, c'était tout à fait compréhensible, mais dans sa propre cuisine ! Et il n'était guère surprenant que lui soit soupçonné de meurtre, mais Sheila ! Il ne pouvait pas parler à Sheila. Et il ne la laissait pas lui parler. Le sujet de Valerie et ensuite le meurtre de Baines se dressaient entre eux deux comme un terrain vague, une zone bien limitée, sur laquelle nul n'osait s'aventurer. Que savait Sheila ? Savait-elle que Baines le faisait chanter ? Avait-elle appris, ou plus ou moins deviné, la raison honteuse ? Baines avait peut-être fait des allusions à ce sujet. Baines ! Qu'il pourrisse en enfer ! Quoi que Sheila ait pu faire ou souhaité faire, le soir où Baines avait été tué, cela n'avait aucune importance. Il ne voulait rien savoir. Qu'on prenne les choses par tous les angles, c'était bien lui, Phillipson, qui avait tué Baines.

Les murs du petit bureau semblaient se fermer doucement sur lui. Toutes les pressions accumulées depuis trois ans étaient devenues si fortes que la toile d'araignée de mensonges et de tromperies s'était tissée jusqu'au tréfonds de son âme. S'il voulait rester sain d'esprit, il fallait qu'il agisse. Qu'il fasse quelque chose pour apaiser sa conscience, torturée jusqu'au point de non-retour. Quelque chose qui expie la folie et le péché. Il songea de nouveau à Sheila et aux enfants. Il ne pourrait plus leur faire face très longtemps. Ses pensées ne cessaient de danser dans son esprit et il venait toujours à la même conclusion. Quel que soit l'angle par lequel il considère le problème, c'était bien lui le meurtrier de Baines.

Les cours de la matinée étaient presque terminés. Mrs Webb rangeait son bureau quand il passa devant elle.

— Je ne serai pas là cet après-midi, Mrs Webb.

— Non, je sais. Vous n'êtes jamais là le mardi.

— Heu, non. Le mardi après-midi, bien sûr. Je... J'avais oublié.

Il eut l'impression d'entendre une sonnerie de téléphone dans un feuilleton télévisé, en sachant qu'il n'avait pas besoin de répondre. Toujours épuisé, il enfouit sa tête sans son oreiller. N'ayant pas trouvé plus de tranquillité à Marylebone qu'à Paddington, il avait fini par arriver à Oxford à 8 h 05 et était rentré chez lui en taxi. D'une façon ou d'une autre, cela avait été une débâcle onéreuse.

Une heure plus tard, le téléphone sonna à nouveau, strident, péremptoire. Il marqua plus profondément la conscience de Morse, qui secoua la tête pour se réveiller et décrocha le combiné posé sur sa table de chevet.

— Ouais ? fit-il en bâillant tout en essayant de se redresser. Lewis ? Qu'est-ce que vous voulez ?

— J'essaie de vous joindre depuis deux heures, monsieur. C'est...

— Quoi ? Mais quelle heure est-il, maintenant ?

— Bientôt trois heures. Je suis désolé de vous déranger, mais j'ai une surprise pour vous.

— Hum. J'en doute.

— Je pense que vous devriez tout de même venir. Nous sommes à la gare.

— Que voulez-vous dire par « nous » ?

— Si je vous le disais, ce ne serait plus une surprise, non ?

— Donnez-moi une demi-heure, dit Morse.

Il était assis à table, dans la salle d'interrogatoire numéro un. Devant lui était posé un document tapé avec soin mais non encore signé. Il le prit et le lut.

« Je me présente volontairement à la police pour faire la déposition suivante. J'espère que cela jouera en ma faveur dans une certaine mesure. Je souhaite plaider coupable pour le meurtre de Mr Reginald Baines, proviseur adjoint du lycée Roger Bacon à Kidlington, Oxfordshire. Les raisons de mon acte n'ont, à mon avis, pas grand-chose à voir avec les procédures qui seront appliquées à mon encontre. Il y a certaines choses que chacun devrait pouvoir conserver de façon sacro-sainte. Je ne souhaite pas non plus donner encore de détails sur le crime. Je me rends compte que la question d'homicide volontaire et de préméditation peut avoir une grande importance. Pour cette raison, je souhaite faire appel à mon avocat et prendre conseil auprès de lui.

« Je certifie que cette déclaration est faite en présence du sergent Lewis, de la police criminelle de Thames Valley, aux jour et heure indiqués. »

Morse leva les yeux de la feuille dactylographiée et posa ses yeux bleu pâle droit devant lui.

— Vous ne savez pas écrire « procédures », dit-il.

— C'est votre dactylo, inspecteur. Pas moi.

Morse prit son paquet de cigarettes et le lui tendit.

— Non merci. Je ne fume pas.

Sans baisser les yeux, Morse alluma une cigarette et prit une bouffée. Il affichait une expression où se mêlaient un vague dégoût et un scepticisme tacite. Il désigna du doigt la déposition.

— Vous voulez que je fasse suivre ceci ?

— Oui.

— Comme vous voudrez.

Ils se turent, comme s'ils n'avaient plus rien à se dire. Morse regarda par la fenêtre, vers la cour goudronnée. Il avait commis des erreurs profondément stupides tout au long de cette enquête. Personne n'allait le remercier d'en commettre une de plus. C'était sans doute la seule solution raisonnable. Ou presque. Cela avait-il de l'importance ? Mais il affichait toujours un certain mécontentement.

— Vous ne m'appréciez pas beaucoup, n'est-ce pas, inspecteur ?

— Je ne dirais pas cela, répondit Morse, sur la défensive. C'est simplement... Vous n'avez jamais pu vous habituer à me dire la vérité.

— J'espère avoir pu me racheter.

— Vraiment ?

Morse lui lança un regard perçant et dur, mais sa question demeura sans réponse.

— Dois-je signer, à présent ?

Morse ne répondit pas tout de suite.

— Vous croyez que ce sera mieux ainsi ? demanda-t-il très calmement.

Mais là encore, il n'obtint pas de réponse. Morse lui tendit la feuille et se leva.

— Vous avez un stylo ?

Sheila Phillipson hocha la tête et ouvrit son grand sac à main très coûteux.

— Vous la croyez, monsieur ?

— Non, répondit simplement Morse.

— Alors qu'est-ce qu'on fait ?

— Laissons-la mariner dans une cellule pour la nuit. A mon avis, elle sait ce qui s'est passé, mais je ne crois pas qu'elle ait tué Baines, c'est tout.

— Vous croyez qu'elle couvre Phillipson ?

— Peut-être. Je l'ignore.

Morse se leva.

— Et je vais vous dire une chose, Lewis, je m'en fous ! A mon avis, celui qui a tué Baines devrait être décoré, pas condamné à perpétuité.

— Mais c'est tout de même votre boulot de découvrir qui c'est.

— Plus pour très longtemps. J'en ai ras le bol de tout ça, et j'ai échoué. Je vais aller voir Strange dès demain matin pour lui demander de me retirer de l'affaire.

— Cela ne va pas lui faire très plaisir.

— Rien ne lui fait plaisir.

— Mais cela ne vous ressemble pas.

— Je vous déçois, n'est-ce pas, Lewis ? fit Morse avec un sourire presque enfantin.

— Eh bien, oui, d'une certaine façon, si vous laissez tout tomber maintenant.

— C'est ce que je vais faire.
— Je vois.
— La vie est pleine de déceptions, Lewis. Je pensais que vous l'auriez appris, depuis le temps.

Morse retourna, seul, dans son bureau. En vérité, il se sentait très peiné par les paroles de Lewis. Le sergent avait raison, bien sûr, et il avait parlé avec une grande intégrité. *Mais c'est tout de même votre boulot de découvrir qui c'est.* Oui, il le savait. Mais il avait eu beau essayer, il n'y était pas parvenu. En y pensant bien, il n'avait même pas découvert si Valerie était morte ou vivante... A l'instant, il avait essayé de croire Sheila Phillipson, mais, en fait, il ne pouvait pas. De toute façon, si ce qu'elle avait dit était exact, il valait mieux que quelqu'un d'autre se charge des formalités. C'était mieux ainsi. Il avait envoyé Lewis chez Phillipson, mais le principal ne se trouvait ni chez lui ni au lycée. C'étaient les voisins qui s'occupaient des enfants.

Quoi qu'il arrive, ce mardi après-midi marquait la fin de l'enquête. Il songea à cet autre mardi après-midi, dans le bureau de Phillipson... Qu'est-ce qui lui avait échappé, dans cette affaire ? Quel petit détail apparemment insignifiant qui aurait pu le lancer sur la bonne voie ? Il resta une demi-heure à réfléchir, pour n'aboutir à rien. C'était inutile : son esprit était fatigué, et les sources de son imagination et de son inspiration étaient aussi taries que dans le désert du Sahara. Oui, il irait voir Strange dès le lendemain matin et abandonnerait toute l'affaire. Il était encore capable de prendre des décisions, quoi que Lewis puisse penser.

Pour la dernière fois, il sortit l'imposant dossier. Il remplissait à présent deux boîtes d'archives. Morse les ouvrit et en renversa le contenu sur son bureau. Il fallait au moins remettre un peu d'ordre dans tout cela Cela ne lui prendrait pas trop de temps et son esprit avait grand besoin d'un peu de travail administratif de base pendant une heure ou deux. Il entreprit donc d'agrafer avec soin notes et feuilles volantes aux documents correspondants dans l'ordre chronologique. Il se rappela la dernière fois qu'il avait tout renversé sur son bureau. Le dossier était alors moins volumineux. C'est alors que Lewis avait remarqué un détail étrange concernant Joe Godberry. Une fausse piste, finalement. Mais cela aurait très bien pu être un point essentiel, et il ne l'avait pas remarqué. Avait-il encore raté autre chose, au milieu de tout ce fatras? Mais il était trop tard, et il se remit à la tâche. Les rapports sur Valerie. Il valait mieux les classer dans l'ordre. Trois bulletins par an. Un par trimestre. Il n'y avait aucun bulletin pour la première année, mais tous les autres étaient là, sauf un. Celui du troisième trimestre de la quatrième année. Pourquoi? Il ne l'avait pas remarqué. Son cerveau se remettait en branle. Mais non, Morse coupa aussitôt le courant. Ce n'était rien. Le bulletin avait été perdu, on perdait beaucoup de choses, il n'y avait rien de grave à cela... Mais, malgré lui, il s'interrompit dans son travail et s'appuya dans son fauteuil de cuir noir, posa le bout des doigts sur sa lèvre inférieure, les yeux rivés sur les bulletins scolaires. Il les avait déjà lus, bien sûr, et en connaissait le contenu. Valerie était l'une de ces nombreuses élèves du genre « peut mieux faire ». Comme nous tous... En fait, les professeurs du lycée Roger Bacon auraient aussi bien pu se dispenser de bulletins dans le cas de Valerie. Ils se ressemblaient tous, et l'un aurait pu servir pour le trimestre suivant. N'importe lequel. Le dernier, par exemple, celui du deuxième trimestre, relatif à ses progrès (ou à leur absence) au cours de l'année où elle avait disparu. Morse baissa les yeux sur le document. La signature d'Acum figurait dans la case réservée au français. « Pourrait mieux faire avec un peu d'efforts. Son accent est étonnamment bon, mais le vocabulaire et la grammaire sont encore un peu faibles. » Toujours les mêmes commentaires. En fait, il n'y avait qu'une seule matière pour laquelle Valerie ne semblait pas avoir caché ses talents derrière sa désinvolture. Il s'agissait étrangement des sciences appliquées et technologie. C'était bizarre, en fait, de voir une fille s'intéresser à de tels sujets. Mais les programmes scolaires avaient évolué de façon étrange depuis l'époque de Morse. Il prit des bulletins précédents et lut les commentaires des professeurs de sciences appliquées. « Bonne adresse manuelle », « Bon trimestre », « Sens de la mécanique ». Il se leva pour aller chercher les cahiers de Valerie, sur l'étagère. Il était là. Sciences appliquées et technologie. Morse le feuilleta. Oui, le travail était bon, il pouvait le constater, étonnamment bon. Une minute ! Il parcourut le cahier une nouvelle fois, avec plus d'attention et lut les titres des leçons : travail, énergie, puissance, taux de vélocité, efficacité des machines, machines simples, manettes, poulies, systèmes de transmission, moteurs automobiles, embrayage...

Il retourna vers son bureau, comme un somnambule, et relut le dernier bulletin : français et sciences appliquées et technologie...

Soudain, il eut la chair de poule. Sa gorge se noua et il fut parcouru d'un long frisson. Il décrocha le téléphone et composa un numéro, les doigts tremblants.

## CHAPITRE LXII

> « Je suis venu avec modération pour le tuer honnêtement. »
>
> BEAUMONT et FLETCHER, *The Little French Lawyer*

Valerie Taylor déboucha son dernier tube de pommade, le sixième qu'on lui prescrivait. La dernière fois qu'elle était allée chez le médecin, il lui avait demandé avec une certaine insistance si quelque chose l'inquiétait. Peut-être était-ce le cas. Mais pas trop, tout de même. Elle ne s'était jamais vraiment inquiétée pour quoi que ce soit. Elle ne cherchait qu'à profiter de l'instant présent et s'amuser... Elle badigeonna avec soin la pommade blanche sur ses affreux boutons. Si seulement ils pouvaient disparaître ! Cela faisait plus d'un mois, et ils étaient toujours là. Elle avait pratiquement tout essayé, y compris ces fameux masques. En fait, elle en avait un sur le visage lorsque l'inspecteur en chef Morse était venu. Hum. Elle pensa à Morse. Un peu vieux, peut-être, mais elle avait toujours été attirée par les hommes mûrs. David n'était pas vieux, lui. Plutôt jeune, même, et il avait été très gentil avec elle, mais...

Morse avait fait une de ces têtes quand elle lui avait répondu en français ! Elle sourit au souvenir de cet instant. Quelle chance elle avait eue ! Heureusement qu'elle avait accompagné David au cours de ses nombreux séjours linguistiques en France, avec ses terminales. Mais elle s'en serait tout de même bien sortie. Bien sûr, David avait dû longtemps la pousser, mais elle avait apprécié ces deux années de cours du soir à Caernarfon. Au moins, cela lui donnait l'occasion de sortir une fois par semaine, et elle s'ennuyait tant, toute seule à la maison, toute la journée. Elle n'avait rien à faire. Mais il n'y avait pas grand-chose à faire à l'extérieur, non plus, d'ailleurs. Ce n'était pas la faute de David, mais...

Satanés boutons ! Elle essuya la pommade et en appliqua une nouvelle couche. Il valait peut-être mieux les laisser tranquilles, laisser le soleil s'en occuper. Mais, en ce mardi soir, le ciel était gris et il ferait bientôt de nouveau froid. Bien plus froid qu'au sud. Comme l'hiver dernier. Brrr ! Elle n'avait pas l'intention d'affronter un nouvel hiver si rigoureux. La vaisselle était faite et David était en bas, corrigeant des copies dans le salon. Bien sûr, il allait sans doute être bouleversé, mais...

Elle sortit de son armoire la longue robe de velours rouge qu'elle avait portée chez le teinturier la semaine précédente. Penchant légèrement la tête, elle la maintint contre son corps, devant le miroir. Dîners, fêtes, bals... Cela faisait si longtemps qu'elle n'était pas sortie. Sortie vraiment. A présent, elle avait des racines brunes d'environ deux centimètres qui commençaient vraiment à se voir. Demain, elle achèterait un nouveau flacon de décolorant Polybleach. A moins que non ? Après tout, elle avait facilement fait l'aller-retour à Oxford... Mais elle ne voulait plus louer de voiture. Elle n'avait pas les moyens, pour commencer. Il était plus facile de prendre le bus à Bangor puis de faire du stop sur l'A5. De nombreux hommes roulaient encore en espérant voir une jolie fille seule faire du stop tous les kilomètres. Oui, ce serait plus facile, et l'A5 allait jusqu'à Londres...

Heureusement qu'elle avait parlé de la voiture à David. Cela l'avait vraiment inquiétée de savoir s'ils avaient vérifié auprès des agences de location. Elle n'avait pas dit la vérité à David, bien sûr, mais simplement affirmé être allée voir sa mère. Oui, elle avait admis que c'était une bêtise dangereuse et avait promis de ne plus jamais recommencer. Mais ce fut une précaution très sage de lui dire de prétendre qu'elle ne savait pas conduire. Du moins s'ils posaient la question. Et Morse l'avait posée, apparemment. Intelligent, ce Morse... Elle avait été un peu coquine, non, la première fois qu'il était venu ? Oui, et la seconde fois... Cela avait peut-être été le pire moment de tous, quand elle avait ouvert la porte pour le trouver en train de fouiller le tiroir de la cuisine. Naturellement, elle en avait acheté un neuf, exactement le même genre de couteau, la même marque... C'était drôle, il n'en avait même pas parlé...

Valerie se regarda une nouvelle fois dans le miroir. Les boutons semblaient s'arranger. Elle referma la porte de la chambre derrière elle. Morse ! Elle sourit en descendant l'escalier dont les marches craquaient. Son expression ! *Oui. Je l'ai étudié d'abord à l'école et après...*

Le téléphone sonna au Q.G. de la police de Caernarfon. Le standard passa l'appel à l'inspecteur de service.

— D'accord, passez-le-moi.

Il posa la main sur le combiné et marmonna quelques mots à voix basse au sergent qui était assis en face de lui.

— C'est encore Morse.

— Morse ?

— Oui. Rappelez-vous. Ce type d'Oxford qui nous a emmerdés tout le week-end. Je me demande ce... Allô ? Oui, que puis-je faire pour vous ?

# ÉPILOGUE

« Nombreuses sont les larmes, et les choses mortelles nous touchent le cœur. »

VIRGILE, *Énéide*, I

Ce n'est que le samedi matin que Lewis, un peu mécontent, fut enfin convoqué dans le bureau de Morse pour prendre connaissance des derniers développements de l'affaire.

La police de Caernarfon avait déclaré, à juste titre, il fallait l'admettre, ne pas avoir de preuves suffisantes de retenir Valerie Taylor, malgré les violentes protestations de Morse, qui affirmait que la femme vivant avec David Acum était Valerie Taylor. Le mercredi matin, Morse était arrivé trop tard. Le chauffeur du bus de 9 h 50 de Bont-Newydd à Bangor se rappelait clairement la jeune femme. Un pompiste l'avait remarquée (vous aussi, vous l'auriez remarquée, monsieur l'agent !) faisant du stop sur l'A5.

Lewis écouta avec attention, mais un ou deux détails le troublaient encore.

— Alors c'est Baines qui a écrit la lettre ?

— Oui. Ce ne pouvait être Valerie.

— Je n'en serais pas si sûr, monsieur. C'est une fille très futée.

Et moi, je suis un guignol, se dit Morse. La voiture, le français et les boutons. Un concours de circonstances que même lui n'avait pu accepter. Un obstacle qu'il aurait normalement franchi sans la moindre difficulté, mais qu'il avait en l'occurrence étrangement refusé. Après tout, il aurait été bien étrange qu'une jeune fille passionnée de mécanique comme Valerie ne passe pas son permis. Et elle n'était pas mauvaise en français oral, même à l'école. Ces bulletins ! Si seulement...

— C'est une sacrée coïncidence, n'est-ce pas ? fit Lewis. Je veux parler des boutons.

— Non, pas vraiment. N'oubliez pas qu'elles couchaient toutes les deux avec Acum. Et Acum est barbu.

Encore une chose à laquelle Lewis n'avait pas songé.

— Je suppose qu'elle est partie pour Londres, monsieur ?

Morse hocha la tête d'un air las, un sourire aux lèvres.

— Nous voilà revenus à la case départ.

— Vous croyez que nous allons la retrouver ?

— Je l'ignore. Je le suppose, à la fin.

Samedi soir, la famille Phillipson se rendit à White Horse Hill à Uffington. C'était un événement rare pour Andrew et Alison. Mrs Phillipson les regarda tendrement en train de gambader gaiement dans les *Downs*[1]. Il s'était passé tant de choses entre

1. Downs : Collines herbeuses dans le sud de l'Angleterre.

elle et Donald, ces derniers jours. Mardi soir, leur vie commune ne tenait plus qu'à un fil. Mais, à présent, par un après-midi beau et vif, ils avaient l'avenir devant eux, ouvert comme le paysage qui les entourait. Elle décida d'écrire une longue lettre à Morse, pour le remercier du fond du cœur. Car ce soir terrible, c'est lui qui avait trouvé Donald et le lui avait ramené. C'est Morse qui avait su comprendre ce qui se passait entre eux...

Samedi soir, Mrs Grace Taylor regardait fixement par la fenêtre vers la rue sombre. Ils étaient rentrés de vacances au milieu de l'après-midi et les choses étaient au même point qu'avant leur départ. A 20 h 15, à la lumière des réverbères, elle vit Morse marcher d'un pas lent, la tête baissée, en direction du pub. Puis elle n'y pensa plus.

Plus tôt dans la soirée, elle était sortie dans le jardin pour tailler ses rosiers. Il restait une dernière fleur écarlate, d'une beauté parfaite. Elle l'avait coupée et posée sur la cheminée, dans un vase bon marché que Valerie avait gagné sur un stand de tir à la fête de St Giles, sous les canards qui déployaient leurs ailes vers le plafond, dans une pièce vide.

Certaincs filles ne rentraient jamais chez elles... Jamais.

*Cet ouvrage a été réalisé par la*
*SOCIÉTÉ NOUVELLE FIRMIN-DIDOT*
*Mesnil-sur-l'Estrée*
*pour le compte des Éditions U.G.E. 10/18*
*en mars 1997*

*Imprimé en France*
Dépôt légal : septembre 1996
N° d'édition : 2690 – N° d'impression : 37796
Nouveau tirage : mars 1997